KB064023

지리산권 불교설화

지리산권 불교설화

국립순천대 · 국립경상대
인문한국(HK) 지리산권문화연구단 엮음

| 발간사 |

국립순천대학교 지리산권문화연구원과 국립경상대학교 경남문화연구원은 2007년에 컨소시엄을 구성하고 '지리산권 문화 연구'라는 아젠다로 한국연구재단의 인문한국(HK) 지원 사업에 신청하여 선정되었습니다.

인문한국 지리산권문화연구단은 지리산과 인접하고 있는 10개 시군을 대상으로 문학, 역사, 철학, 생태 등 다양한 방면의 연구를 목표로 하였습니다. 이에 따라 연구단을 이상사회 연구팀, 지식인상 연구팀, 생태와 지리 연구팀, 문화콘텐츠 개발팀으로 구성하였습니다. 이상사회팀은 지리산권의 문학과 이상향 · 문화사와 이상사회론 · 사상과 이상사회의 세부과제를 설정하였고, 지식인상 연구팀은 지리산권의 지식인의 사상 · 문학 · 실천에 관한 연구를 진행하였습니다. 그리고 생태와 지리 연구팀은 지리산권의 자연생태 · 인문지리 · 동아시아 명산문화에 관해 연구하고, 문화콘텐츠 개발팀은 세 팀의 연구 성과를 DB로 구축하여 지리산권의 문화정보와 휴양정보망을 구축하였습니다.

본 연구단은 2007년부터 아젠다를 수행하기 위해 매년 4차례 이상의 학술대회를 개최하고, 학술세미나 · 초청강연 · 콜로키움 등 다양한 학술활동을 통해 '지리산인문학'이라는 새로운 학문영역을 개척하였습니다. 또한 중국 · 일본 · 베트남과 학술교류협정을 맺고 '동아시아산악문화연구회'를 창립하여 매년 국제학술대회를 개최하였습니다. 그 과정에서 자료총서 32권, 연구총서 10권, 번역총서 8권, 교양총서 7권, 마을총서 1권 등

총 50여 권의 지리산인문학 서적을 발간한 바 있습니다.

이제 지난 8년간의 연구성과를 집대성하고 새로운 연구방향을 개척하기 위해 지리산인문학대전으로서 기초자료 10권, 토대연구 10권, 심화연구 10권을 출판하기로 하였습니다. 기초자료는 기존에 발간한 자료총서 가운데 연구가치가 높은 것과 새롭게 보충되어야 할 분야를 엄선하여 구성하였고, 토대연구는 지리산권의 이상향 · 유학사상 · 불교문화 · 인물 · 신앙과 풍수 · 저항운동 · 문학 · 장소정체성 · 생태적 가치 · 세계유산적 가치 등 10개 분야로 나누고 관련 분야의 우수한 논문들을 수록하기로 하였습니다. 그리고 심화연구는 지리산인문학을 정립할 수 있는 연구와 지리산인문학사전 등을 담아내기로 하였습니다.

지금까지 연구단은 지리산인문학의 정립과 우리나라 명산문화의 세계화를 위해 혼신의 힘을 다해 왔습니다. 하지만 심화 연구와 연구 성과의 확산에 있어서 아쉬운 점도 없지 않았습니다. 이번 지리산인문학대전의 발간을 통해 그 아쉬움을 만회하고자 합니다. 우리 연구원 선생님의 노고가 담긴 이 책을 통해 독자 여러분들이 지리산인문학에 젖어드는 계기가 되리라 기대합니다.

끝으로 이 책이 출간되기까지 수고해주신 본 연구단 일반연구원 선생님들, HK연구원 선생님들, 그리고 외부에서 참여해주신 필자선생님들께 깊이 감사드립니다. 또한 이 자리를 빌려 이러한 방대한 연구활동이 가능하도록 재정적 지원을 해주신 정민근 한국재단이사장님, 박진성 순천대 총장님과 이상경 경상대 총장님께도 고맙다는 말씀을 드립니다.

2016년 7월

국립순천대 · 국립경상대 인문한국(HK) 지리산권문화연구단

단장 남호현, 부단장 장원철

| 서문 |

설화는 우리 이야기다. 그래서 우리가 걸어온 천년의 길이자, 우리가 걸어 갈 천년의 길이다. 설화는 개인의 이야기가 아니다. 우리 경험의 뼈저린 반성이 만들어 낸 이야기이자, 그 반성 속에서 인식한 '있어야 할 세계'의 이야기인 것이다. 구비 전승하는 과정에서 공동체의 반성과 소망을 담아 낸 그릇이 설화이다.

늦은 밤까지 이어지는 술자리에서 나오는 하소연, 애달픔, 수다, 빈말, 희망……. 여기에 우리의 삶이 담겨 있다고 믿는다면, 아고라 광장이 우리 사회의 자화상이자, 미래의 모습이라는 걸 인정한다면, 이제 설화에 대하여 진지하게 이야기 나눠도 좋을 것이다.

설화를 신화, 전설, 민담으로 도식화하고, 화소에 따라 유형을 분류하고, 구비 전승 과정의 내재적 의미를 분석하는 작업이 필요하다는 것을 부정하고 싶지 않다. 다만 그러한 작업에 쏟는 열정의 반의 반 만큼이라도, 설화를 찾아 떠나는 여행에도 노력을 기울였으면 한다.

'틸틸'과 '미틸'이 되어 '파랑새'를 찾아 떠나는 첫 번째 여행으로 불교설화를 상정하였다. 이천년 전에 이 땅에 들어와 민중의 지혜가 되었던 불교가, 우리 삶 속에서 어떻게 체화되었는가를 살펴보는 작업은 이 여행의 첫 번째 여정으로 적합하다고 판단했기 때문이다. 얼마나 긴 크리스마스 밤이 될 지는 아무도 모른다. 얼마나 긴 여정을 거치게 될 지도 모른다. 다만 우린 그 여정의 끝에서 파랑새를 보게 될 것이라는 믿음을 가지고 있을 뿐이다.

이 땅 위에 피어 온 문화의 원형을 찾고자 지난 2007년 4월 〈지리산권 문화연구원〉이 출범하였다. 문 · 사 · 철이 중심이 되어 생태와 문화콘텐츠 개발 팀까지 참여하여, 본격적인 문화 연구를 위한 베이스캠프를 마련한 것이다. 지리산권이라는 구체적 지역을 설정하고, 이상사회와 지식인상이라는 나침반을 가지고, 희망과 열정이라는 무기를 지니고, 문화라는 거대한 바다에 첫 발걸음을 들여 놓은 것이다.

지리산 자락에서 함께 호흡하고 작업하여 만든 첫 번째 성과물을 이렇게 묶어 놓았다. 뒤돌아보면 결코 쉽지 않은 시간들이었다. '지리산권 불교설화'를 정의하는 작업부터가 어려움이었다. 많은 격론이 오고 간 끝에 작업의 현실성을 감안하여 직접 지리산과 맞닿아 있는 구례, 남원, 산청, 하동, 함양 등 5개 시군을 지리산권이라고 설정하였다. 많은 이론(異論)이 있을 수 있을 터이지만 작업의 현실성을 고려했다는 것을 넓은 아량으로 헤아려 주길 바랄 뿐이다.

설화의 기본적 정의를 무시하고자 하는 의도는 없었다. 아무리 폭을 넓히더라도 도저히 설화로 간주할 수 없는 기록도 일부 수록하였다. 많은 비판이 있을 수 있겠지만, 그 기록의 설화성(說話性)을 가지고 논쟁을 하며 밤을 지새운 날이, 수록한 작품 수보다 많았다는 사실을 알아주었으면 좋겠다는 작은 바람을 가져볼 따름이다.

여기에 '지리산권 불교설화'를 모두 수록하였다고 장담할 수는 없다. 하지만 '지리산권 불교설화'에 관심이 있다면 이 책을 보지 않으면 안 될 것이라고 자신하고 싶다. 5개 시군에 퍼져 있는 모든 불교설화를 수집 정리하는 것이 목표였고, 지나친 열정이 설화성이 깃든 기록까지 수집하게 하였다. 그 작업의 결과물인 이 책은 '지리산권 불교설화'를 이해하는 단초를 제공해 줄 것이라 확신한다.

이 책은 다음과 같이 구성하였다. 먼저 지리산과 직접 맞닿아 있는 5개 시군을 중심으로 각 지역의 사찰에 얽힌 설화를 정리하였다. 그러므로 지역별, 사찰별 설화를 이해하는데 편리할 것이라 판단한다. 불교설화가 전해지는 사찰을 중심으로 사찰과 설화에 대한 해제를 덧붙였다. 사찰에 대한 간단한 소개 수준의 해제를 덧붙인 것은 설화가 살아 숨 쉬는 문화라는 믿음 때문이다. 이 책을 읽는 독자가 그 사찰을 찾아보기를 바라는 마음에서다. 책상 앞에서 읽었던 이야기를 일주문 앞에서 떠 올려보았을 때, 행간의 보이지 않은 의미까지 누릴 수 있을 것이라고 생각한다.

지리산권에는 많은 사찰이 있다. 그리고 수천 년을 이어 온 우리들의 이야기가 있다. 불교설화는 부처님의 이야기가 아니다. 더구나 스님들의 이야기는 더더욱 아니다. 우리의 이야기이다. 지금도 천년 고찰의 웅장함을 보여주는 사찰에서, 이젠 과거 영화의 자취는 찾을 수 없고 빈터만 남은 사찰까지 25개 사찰, 104편의 이야기를 정리하였다. 나아가 각 설화의 끝에 출전을 밝히고, 각 편의 마지막에 출전의 서지 사항을 밝혀 원전을 보고자 하는 이들의 편의를 도모하였다.

과정이 결과를 담보해줄 수 없다는 것을 잘 알고 있다. 그러므로 이 책에 쏟아질 질정이 두려운 것 역시 사실이다. 다만 이러한 작업들의 축적 속에서 이제는 옛날이야기 취급도 못 받는 설화 문학이 우리 곁으로 조금 더 다가섰으면 좋겠다는 희망으로 출발선 하나를 그어본 것이다. 대나무는 마디가 생겨나며 성장한다. 처음 생겨난 여린 마디는 그 위로 마디가 생겨날수록 굵어지고 단단해진다. 이러한 자연의 이치가 지리산권 불교설화 연구에도 적용되리라고 믿는다.

우리 작업의 결과물이 이렇게 묶어지기까지 물심양면으로 많은 도움을 받았다. 특히 선행 작업의 결과물을 사용하는데 흔쾌히 허락해 준 여러 선생님께 이 자리를 빌려 감사의 마음을 전한다. 또한 같은 길을 걷는다는 것으로 커다란 힘이 되었던 〈지리산권문화연구원〉의 모든 선생님께 특별히 감사의 마음을 따로 전한다.

2016년 7월

지리산자락에서 이상구 謹識

목차

구례편

남원편

산청편

하동편

구례편

화엄사(華嚴寺)

화엄사는 의상대사가 화엄경을 전교토록 한 화엄십찰 중 하나로서, 지리산에 위치한 천년고찰이다. 연기조사(鷰起祖師, 緣起祖師, 煙氣祖師)가 창건한 이후 자장율사와 의상대사, 도선국사, 대각국사 등에 의해 중수·중창되었으며, 조선시대에는 선종대본산(禪宗大本山)으로 지정되어 설응, 숭인, 부휴, 중관, 무렴 등의 고승대덕에 의한 법석(法席)의 요람이 되었다. 임진왜란 이후에는 벽암 각성 선사와 계파 선사 등에 의해 중건불사가 이루어졌으며 계속되는 중수를 거쳐 오늘날에 이르고 있다. 유구한 역사를 지닌 화엄도량인 만큼 각황전(覺皇殿)과 화엄석경(華嚴石經) 등 각종 문화재가 보존되어 있으며, 이와 함께 사찰 창건과 중창, 그리고 고승과 관련한 설화가 전승되어 오고 있다.

화엄사와 관련한 설화 중 창·중건 연기설화와 여러 고승의 신이한 행적이 잘 드러나 있는 전기와 비명(碑銘), 그리고 화엄사 인근 지명과 관련 있는 설화 등을 수록하였다. 창건주에 대해서는 『신증동국여지승람』과

『추강선생문집』에서는 각각 연기(煙氣)와 연기(緣起)가 창건했다고 나오는데 비해 〈연기존자(鷰起尊者)와 지리산(智利山) 화엄사, 화엄차(華嚴茶)〉, 그리고 〈세 분의 연기조사〉에는 인도에서 '연(鷰)'을 타고 건너온 연기조사가 544년(백제성왕 22, 진흥왕 5)에 지리산 화엄사를 창건했다고 전하고 있다. 창건주에 대해 각기 다른 이야기가 전승되고 있는 것이다.

그렇지만 신라 경덕왕 14년(755년)에 완성된 사경(寫經)인 '백지묵서대방광불화엄경(新羅白紙墨書大方廣佛華嚴經)'에 따르면, 비록 연기조사의 출생지를 분명하게 확인할 수는 없지만 그의 활동 연대는 8세기경임을 알 수 있다. 곧 연기조사의 출생지와 활동 연대에 대해서 전승 설화와 사료(史料)가 각기 다른 내용을 담고 있는 것인데, 화엄사의 연기설화는 역사적 사실과는 별개로 영속적인 생명력을 지니며 전승되는 설화의 특징을 잘 보여준다. 또한 각황전과 관련해서는 시주자가 숙종의 공주 혹은 청나라 황제의 공주로 되어 있는데, 시주의 주체가 다를 뿐 신이한 존재의 현몽(現夢)과 시주자의 죽음과 부활, 원조라는 서사구조는 동일하다. 특히 〈땡땡이 중과 천자(天子)〉는 각황전 중건 설화가 창건 설화로 바뀌고 주체 또한 변이된 것을 볼 수 있는데, 이 또한 역사적 사실과는 무관하게 흥미 본위로 전승되는 설화의 특징을 잘 보여준다고 할 수 있겠다.

그리고 고승의 행적을 담고 있는 전기와 비명은 각기 전기적(傳奇的)인 요소가 다분하기 때문에 각 인물과 관련한 설화를 수집하는데 필요한 기초 자료로서의 가치가 있기에 일부를 수록하였다. 또한 〈영재우적〉과 〈우뭇가사리의 연기〉는 도적들의 회심(悔心)과 불교로의 귀의라는 공통된 주제를 담고 있으며, 후자의 경우 변신모티프와 지명설화와 관련되어 있는 까닭에 수록하였다.

화엄사 각황전

1. 연기(煙氣)의 창건과 그 어머니

화엄사(華嚴寺)는 지리산 기슭에 있다. 중 연기(煙氣)는 어느 때 사람인지 알 수 없는데 이 절을 세웠다 한다. 절 속에는 한 전(殿)이 있는데 네 벽(壁)을 흙으로 바르지 않고 모두 청벽(靑壁)을 만들어서 그 위에 『화엄경(華嚴經)』을 새겼으나 여러 해가 되어 벽이 무너지고 글자가 지워져서 읽을 수가 없다. 석상(石像)이 있어 어머니를 이고 섰는데 세상사람들이 말하기를, '연기(煙氣)와 그 어머니가 화신(化身)한 곳이라.' 한다. 절 앞에 큰 시내가 있고 동쪽에는 일류봉(日留峯), 서쪽에는 월류봉(月留峯)이 있다.

– 출전 : 『신증동국여지승람(新增東國輿地勝覽)』

| 佛宇 | 華嚴寺

在智異山麓 僧煙氣不知何代人建 此寺中有一展四壁不以土塗皆用 靑壁刻華嚴經於其上 歲久壁壞文字夢沒不可讀 有石像戴母而立俗云煙氣與其母化身之地 寺前有大溪東有日留峯西有月留峯

2. 황둔사(黃芚寺)와 사사자삼층석탑(四獅子三層石塔)

황둔사(黃芚寺)의 옛 이름은 화엄(華嚴)으로 명승(名僧) 연기(緣起)가 창건했다. 절의 양쪽에는 모두 대숲이고, 절의 뒤편에 금당(金堂)이 있는데, 금당 뒤쪽에 탑전(塔殿)이 있다. 탑전은 가장 밝고 깨끗한데, 차꽃, 큰 대나무, 석류, 감나무 등이 그 곁을 빙 둘러 있고, 아래로 큰 들이 보이며, 긴 내가 그 아래를 가로질러 곰소를 이루었다. 뜰 가운데 석탑이 있고, 탑의 네 모서리에 네 기둥이 있어서 탑을 받히고 있는데, 또 부인이 그 가운

화엄사 사사자삼층석탑

데 서서 이마로 떠받드는 모습이 있다. 스님이 말하기를, “이는 연기의 어머니로 비구니가 된 자다.”라고 했다.

그 앞에는 작은 탑이 있는데, 탑의 네 모서리에는 역시 네 기둥이 탑을 받들고 있으며 그 가운데에 서서 이마로 받들며 탑을 받치고 있는 부인의 모습을 남자가 우러러 향하고 있는데, 이는 연기다. 연기는 옛 신라 사람으로 그 어머니를 따라 이 산에 들어와 절을 창건하고 제자 천 명을 거느리고 화도(話道) 정진(精進)하니, 선림(禪林)에서는 조사(祖師)라고 불렀다.

– 출전 : 『추강선생문집(秋江先生文集)』

觀黃芚寺 寺古名花嚴 名僧緣起所創 寺兩傍皆竹林 寺後有金堂 堂後有塔殿 殿最明溉 茶花, 鉅竹, 石榴, 柿穆柿木環繞其傍 俯視大野 長川橫跨其

下 爲熊淵 中庭有石塔 塔四隅 有四柱戴塔 又有婦人中立頂戴狀 僧曰 此緣起毋爲尼者也 其前有小塔 塔四隅 亦有四柱戴塔 亦有男子中立頂戴仰向於戴塔婦人狀 此緣起也 緣起者 故新羅人 從其母入此山創寺 率弟子千人精盡話道 禪林號爲祖師

3. 땡땡이 중과 천자(天子)

전라남도 구례 화엄사가 있지요. 화엄사, 이 화엄사에 대한 내가 이얘기를 잠깐 이얘기 히야 겄는디 그 인자 사찰이라 허먼은 적어도 천년 전 아닙니까? [조사자 : 그러죠.] 그런디 어떻게 해서 사찰 그 운영난에 봉착을 헌 몬양여. 그러자 한 번 그 전부 모다 스님들 전부 인자 한 자리에 집합을 해서 그 회의를 가졌어. 회의는 무슨 회의냐 허먼은,

"결국 인자 그 우리가 여태 사찰이 답도 없고 에 여러 가지 앞으로 이 운영허기가 곤란헌게 말여 그대로 우리가 이걸 에 묵인할 수도 없고, 좌우간에 전부 다 같이 우리가 불도를 이렇게 연구를 허자먼은 우리가 그래도 첫째 식량이 있어얄 것 아니냐? 그서 인자 시주를 받으러 나가야 할텐데 누가 나갈 사람이 누가 있냐? 나갈만 헌 분이 있으먼 희망허는 분이 있으먼 손을 들어 봐라."

손드는 사람이 없어. 그서 가만히 들으니까 이 큰스님들이 큰 방이서 회의를 허고 있거든. 근디 가만히 들은게는 땡땡이 중이 말여, 땡땡이 중이란 것은 심부름도 허고 밥도 해 주고 부엌에서 일해 주는 그 녀석이 땡땡이 중여. 근디 그런 회의를 허고 있어. 회를 허고 있는디 그서 가만히 있다 보니까는 그 나만 빠졌어. 다 인자 회의에 참석을 허고, '참석을 허고 나만 빠졌는데 이 어떻게 나도 좌오간에 들어 가서 어 회의라도 그 들어 보고 그러고 무슨 애기를 허는가 나도 좌오간 같은 한 솥밥을 먹고 사

는디 그 나라고 해서 어떻게 그냥 말 수가 있냐' 그리서 들어 갔어. 그러니까 인자 그런 얘기를 해요, 인자 뭐 거시기가 대표가. 그서 가만히 들이니까 모두 손을 안 들어.

"갈 사람 누구냐? 희망허는 분 있으믄 손을 들어 봐라."

하더니 안 들어. 그래 인자 꾀를 냈는데,

"그러므는 우리가 인자 갈 사람이 서로 안 갈라고 허니 이거 어떠 누구든지 가야 헐 것 아니냐?"

"그 좋습니다."

히서는 인자,

"그러믄 그 어떻게 갈 사람은 여그서 선정을 허는데 어느 방법으로 허느냐?"

그래가지고는 인자 이런 방법 저런 방법이 많이 나오는데,

"독아지 하나에다가 밀가리를 이렇게 한 푸대 풀어라. 그래가지고 팔을 걷어가지고 이렇게 그 밀가리 속에다 팔을 집어 너봐라. 그리서 밀가리가 묻어 나오는가 안 묻어 나오는가 이걸 시험해가지고 우리가 결정을 허자."

근디 가만히 보니까는 인자 차례 차례로 순서있게 팔을 걷어가지고 느니까는 다 묻어 나와. 밀가리 안 묻는 사람이 누가 있겄어, 다 묻어 나오지. 근디 인자 제일 끄터리에 땡땡이 중 차례여. 게 인자,

"너도 한번 해 봐라."

안 헐 수가 없어서 한번 넣다 그 말여. 아 그러니까 이놈은 아무것도 없어. 안 묻어 나와. 이상허다. [테이프 교환] 인제 그래서는 에 인자 따라서 결국 인자 묻은 사람은 안 가고 안 묻은 사람이 가기로 그렇게 결정을 만장일치로 단정지은 거라 헌게 헐 수 없이 내가 인자 안 묻어 나왔은게 가야 허는데 회의가 다 끝난 뒤에 에 그 대표가 오라고 했어.

"니가 어쩔 수 없이 가야 헐 형편 아니냐? 그리야 이 사찰이 살고 어

우리가 다 똑같이 불도를 연구해얄 것 아니냐고. 가얄 것 아니냐?"
"아 그믄 가야겠습니다."
헌디 가는데 주의를 인자 이렇게 이렇게 해라 그런 주의를 인자 이얘기 해요, 대표가 하는데,
"제일 처음에 만나는 이 사람을 절대로 어 놓치지 말고 그분한티 시주를 받어야 헌다."
그걸 부탁을 받었어요. 꼭이 그러얀다고 말여. 그서 인자 그 바랑 하나 질머 지고 인자 시주를 거두러 나가는 질여. 아 질인디 인자 아침 밥을 먹고 그러고 인자 점심 때가 지나 어디쯤 시 오후가 되아. 아 이래도 아 뭐 사람 한 사람을 만나들 못 해. 슥 근게 그 배는 고프고 그 참 책임은 내가 이행을 해야겄고 어쩔 수 없이 좌우간 인자 그 일몰이 되드락까지 좌우간 가는 도중인디, 어디를 냇가 이런 제방을 죽허니 타고 나가는데 그 한 아낙네가 나와서 빨래를 허고 있더라 이것여. 그 인자 젤 처음에 만나는 그 손님이라 게 저 손님을 놓쳐서는 아니 되겄다는 생각에 가서 인자 슬슬 이렇게 빨래허는 디 가서 도와주고 이러고 저러고 인자 허면서 이얘기를 꺼냈어. 비로소 땡땡이 중이,
"나는 암디 있는 중인디 이렇게 시주를 거두러 나가는데 데 제일 첨에 이렇게 아낙네를 만나니 내가 시주를 꼭 저 망 다 다망노라고 시주를 내가 꼭이 해 주셔야 앞으로에 내가 시주러 얻으러 다니는 데 큰 성과를 거두겄소."
그런게 묵묵부답여. 아무런 대답이 없어. 이것 슥 폭폭해 죽을 일이지. 나는 인자 실컨 인자 배는 고프고 기진맥진 해가지고 배는 고프고 헌디 인자 말을 해보니까는 아 안 들어준다 이것여. 슥 근게 인자 또 이얘기 허고 이얘기 허고 말여 좌우간 혀가 닳드락까지 이얘기를 여러 번 했어요. 했어도 그 아낙네가 안 들어줘. 그리도 내가 그대로 묵과허고 지나갈수도 없고 좌우간 그 절대적으로 처음에 만난 그런 손님을 만나면은

꼭이 시주를 얻어야 한다고 단단히 주의를 받고 내가 시방 이렇게 출발을 했는데 이 아낙을 떨추면은 곤란허거든. 근게 '여기서 기연히 내가 시주를 얻어야겄다.' 그런 참 철저한 생각으로서 그 여자한티 아낙네한티 또 이얘기 허고 또 이얘기 허고 허니까는, 아 이 아낙네가 나중에는 걍 어떻게 빨래를 빨고는 말여 푹허니 물속으로 들어 가더라 그 말여. 그 아믄 인자 올라 오는가 봤자 안 올라 와. '어이! 인자 이 아낙네가 죽었고나. 나로 말미암아서 이 아낙네가 죽었고나' 허고 말여. 이 큰일났거든. 인자 아 그러더니 이 땡땡이 중은 갈 데도 없고 말여. 이놈으 시주고 지랄이고 걍 이거 다 걍 집어 버리고는 어디를 갔냐? 짚은 산중으로 불도를 연구허로 갔어. 들어 갔어.

그리가지고 한 십여 년이 되았던지 이 십여 년이 되았던지 불도 연구를 많이 했어. 그러자 그 땡이 어디냐면 중국땡여, 지금 생각허면. 중국땅으로 들으가서 인자 그 불도 연구를 했는디 십년 했는가는 모르지만은 가만히 풍문이 들으니까, 중국의 에 천자님이 지금 급병이 나가지고 말여 금방 금방허는 이러헌 순간이다 허닌게 이거 아무리 약을 구해봤자 약도 없고 써봤자 백약이 무효여. 그래서 듣자허니 고 땡땡이 중을 찾어왔어. 그 인자 모두 전부 다 그 천하에서 말여 인자 그 중국땅 천지에서. 그리서 와서는 아 인자 거시기 지금으로 허믄 인자 자동차지만 옛날로 허면은 가마지. 가마를 잘 이렇게 사인교로 해서 어,

"이러이러 히서 천하의 명령입니다. 중국 임금님의 명령입니다. 당신을 모셔가야 겄소."

"아 아닌 밤중에 홍두깨 격으로 이거 내가 뭐 큰 무슨 죄나 지었는가 아 나는 갈 일이 없습니다."

허고는 그냥 거절을 혀.

"아니 그런 것이 아닙니다. 실은 시방 천자님이 급병이 나서 말여 아무리 약을 써야 안 들어. 백약이 무효여. 듣자허니 당신을 모셔가믄 혹시나

병이 낫을 수 있는가 허고 그래서 우리가 이렇게 명을 받들어 가지고 왔습니다."

이 얘기를 했더니 인자 그때는 들을 만히서 인자,

"타시오."

가매를 태가지고 인자 들어 갔어. 들으 가서는 인자 하 참 대접을 아조 극진히 받고 말여, 사실 얘기 죽허니 들으니까는,

"아 과연 늬가 어떻게 이 낫을 수가 있느냐? 치료를 헐 수가 있느냐?" 허고 곰곰이 생각헌게,

"아 치료를 한번 해 봐야죠."

해가지고 치료를 헌 결과 그 천자님이 완전히 나았어. 그래서 그 중국 천자를 도왔다고 생명을 도왔다고 히서 중국서 그 천자 저 저 뭐여 거시기를 다 뭔 절이지? 아까 화엄사를 지어 주었다는 그런 전설이 있습니다.

– 출전 : 『한국구비문학대계』

화엄사 대웅전

4. 연기존자(鷰起尊者)와 지리산(智利山) 화엄사, 화엄차(華嚴茶)

한반도와 만주땅에 고구려, 백제, 신라의 삼국이 정립된 뒤 제각기 국력을 기르고 영토를 확장하여 중국을 비롯한 멀리 천축에서까지 문화와 문명을 수입하여 바야흐로 태평성국의 기틀을 다진 삼국시대의 중엽, 소백대간(小白大幹)의 남단에 우뚝솟은 두류산(頭流山 : 현 智利山)에 봄이 무르익어가는 삼월 중순 무렵.

농부들은 밭을 갈고 씨를 뿌리기에 한창 바삐 일손을 놀리고, 동리에서 꼬마들은 부처님께 공양 올리는 소꿉놀이 준비에 한창이었다. 꼬마들은 멀리 두류산을 향하여 합장하고 그들의 할머니와 어머니가 조석으로 염불을 외던 대로 소리를 맞추어 관세음보살을 부르기 시작했으며 선재 할아버지는 밭 언덕에 쉬면서 꼬마들의 놀이에 눈을 던지며 미소를 지으면서 두류산을 응시하고 있었다.

박 노인은 어제도 그제도 산 중턱 골짜기에 연기가 피어오르는 것을 목격한 그는 지금 또 안개마냥 골짜기에 번지는 것을 바라본 것이다. 그러나 다음 순간 안개가 피어오르는 것이 아닌가. 자세히 보니 안개가 아니라 연기가 피어 오르는 것이었다. 박 노인은 '필시 산중에 무엇이 있겠구나.' 하면서 마을사람 십 여 명을 대동하고 골짜기에 이르렀다.

계곡 곁에 움막을 발견하고 다가가니 움막 안에서는 낭랑한 목소리와 장중한 음성이 조화를 이룬 독경소리가 새어 나왔다. 그들은 발을 멈추고 귀를 모았다. 사실 마을 사람들로서는 일찍이 들어보지도 못한 다른 나라 사람이 읽고 있는 독경 소리를 알아들을 줄도 몰랐으며, 독경이 끝나고 잠시 후 한 사문이 나왔다.

머리를 깎고 가사를 걸친 사문의 모습은 이들의 마을 십여 리 떨어진 홍련사(紅蓮寺)라는 절의 스님과 어딘가 다른 점이 있었는데 그것은 그의 얼굴 생김새와 피부가 우리 민족과는 전혀 달랐으며 가사를 둘둘 말아서 몸을 감고 있는 점이었다. 박 노인은 사문과 합장한 후 대화를 나눴지만 의사 소통을 할 수 없었다. 사문은 움막 안에서 벼루, 붓, 종이를 갖고 나와 글로써 얘기를 주고 받게 되었다.

천축국에서 불법을 펴고자 인연국토에 찾아왔으며 한문은 천축국에 유학 온 양나라 스님에게 배웠고 백제국에는 '연(鳶)'이라는 짐승을 타고 비구니이신 어머니와 함께 날아서 왔다는 말에 마을사람들은 놀라는 기색을 하였다.

'빈도는 바닷가의 절에 살면서 바다 속에 사는 연이라는 짐승과 친해졌지요. 이 연은 능히 공중을 날고 바다 속으로도 헤엄쳐 가며 바다에 떠서 배처럼 다니기도 합니다. 빈도는 이 연을 교화하여 오계(五戒)를 주고 제자로 삼아 이곳에 까지 왔고 방금 읽던 경전은 부처님의 최고경전인 대방광불화엄경(大方廣佛華嚴經)입니다.'

이렇게 필담을 나눈 후 사문은 저녁공양 거리를 준비하기 위하여 피리 비슷한 악기를 꺼내어 입에 대고 길게 세 번 불어대니 웅장한 소리와 함께 천년 묵은 거북만한 연이 공중에서 날아오더니 사문 곁에 사뿐히 내려 앉았는데 그 형상이 머리는 꼭 용 같고 몸은 거북이며, 몸 길이가 열자는 넘어 보이고 두 날개를 가진 짐승이었다. 박 노인 일행은 숨을 죽이고 이 신기한 동물을 보느라고 노비구니께서 그들의 등 뒤에 나와 서 있는 것도 알지 못하였다. 연의 등에 사문이 앉자 노비구니는 바른손을 들어 번쩍 들어 떠나도 좋다는 신호를 보내고 사문은 노비구니에게 합장하고 다음에 연의 목을 쓰다듬어 주고는 범어로 뭐라고 이르니 연은 곧 공중으로 솟아오르며 날아가는 것이었다.

박 노인 일행은 감탄을 하며 사문이 사라져간 남쪽을 향하여 합장을 하였다. 연을 타고 다니시니 연존자라 할까, 비연존자(飛鳶尊者)라 할까, 의논한 끝에 연기존자(鳶起尊者)라고 부르기로 결정한 후,

"우리 고을에 경사가 난거야. 부처님께서 태어난 나라에서 오신 스님께

서 부처님의 최고경전인 『화엄경』을 백제땅에 가져왔으니, 부처님의 자비광명이 충만한 이곳이 바로 최고의 불연국토(佛緣國土)야"

몇 달이 지나고 연기존자도 우리말에 상당히 익숙해져서 이제는 의사소통이 가능하게 향상되었고 박 노인의 손자인 선재를 시자로 두게 되었다. 그런데 마을사람들이 존자님의 법문을 듣고 싶어하나 예불할 장소가 마땅치 못했다. 움막에서 그러한 생활을 할 수 없다하여 박 노인의 마을사람들은 법당을 건립하고자 존자님께 간청을 하여 불사를 진행하기 시작했다.

이리하여 이룩된 건물이 요사(寮舍) 겸 설법전인 해회당(海會堂)이고, 또 한해가 지난 다음해 가을에 대웅상적광전(大雄常寂光殿)인 법당이 낙성되었다. 바로 이 해가 백제성왕 22년 갑자세(서기544년)였다. 박 노인은 존자에게 연기존자님이라고 부르고 있사오니 연기사(鷰起寺)라 하자고 의견을 제시했다. 그러나 존자는 한참동안 침묵하여 골똘히 생각을 하더니 마침내 무겁게 입을 열며,

"빈도는 본국에서 대방광불화엄경을 수지독송해 왔고 현재도 이 『화엄경』을 소의경전으로 하여 수행을 쌓고 있을 뿐만 아니라 멀리 창해를 건너 이 나라에 온 것도 화엄법문을 선양하기 위함이니 화엄사(華嚴寺)라고 하는 것이 어떠한지요."

마을사람들은,

"존자님께서 명명(命名)한 가람 이름에 이의가 없이 대찬성입니다. 화엄사, 『화엄경』, 화엄법문, 연화장세계라 이 나라가 연화장 불국토세계로 이루어졌습니다."

존자는 또 한마디 하는데,

"이 산은 멀리 백두산의 정기가 줄곳 흘러 내려와서 이뤄진 산이라 하여 두류산(頭流山)이라 일컫는다니 좋은 이름이외다. 헌데 빈도가 이 산에 처음 닿았을 적에 삼매에 들어보니 문수대성께서 일만 보살 대중에게

설법하시는 것을 친견하였으니 이산은 분명히 문수보살이 항상 설법하는 땅 임에 틀림이 없소. 그러니만큼 산 이름도 대지문수사리보살(大智文殊師利菩薩)의 이름을 택하여 지리산(智利山)이라 하는 것이 좋을 것 같소."

그리하여 지리산 화엄사(智利山 華嚴寺)가 되었다.

연기존자는 박 노인과 마을사람들에게 특별히 차공양을 했다. 처음 먹어보는 차맛이었다. 혀끝과 입안에 젖어드는 향내음은 무엇이라 표현할 수 없는 그윽함이 깃들어 있었다.

"존자님, 이 차는 무슨 차입니까?"

"이 차는 마야차라고 하는데 빈도가 여기에 올 때 수십 그루의 차나무와 씨앗을 갖고 와 이 산 금방에 심어 났지요. 이 차는 불보살님께 올리는 귀중한 차이지요. 이 차를 올린 후에 이렇게 게송하지요. '깨끗한 맑은 물 감로수로 변하여 삼보님께 받잡노니 굽어 살펴 주옵소서.' 하고 염불, 독경을 한 후 내려서 빈도가 마시지요. 이 찻잔 안에 화엄법계의 무진법문이 들어 있고 자비광명이 충만히 들어 있지요. 여러분 이 차를 드시지요."

이 마을사람들은 찻잔을 들어 불단에 올려놓고 게송을 읊고는 소원을 빈 다음 찻잔을 불단에서 내린 후 제자리에 각기 앉아서 흡족하게 차를 마셨다.

연기존자는,

"빈도가 천축에서 제조하여 가지고 온 것이 조금 있어서 여러분께 차공양 하는 것입니다. 왜냐하면 빈도의 소원대로 화엄법문을 문수보살 도량에서 선양할 수 있도록 화엄사를 창건한 여러분의 불사동참 공덕이야말로 표현할 수 없도록 고맙기 때문이오. 여러분의 마음이 곧 불보살님의 마음이 아니겠소. 그래서 여러분께 차공양 올리는 것입니다. 그리고 마야차도 화엄차라고 명명(命名)하고자 합니다."

화엄차의 그윽한 차 향기는 화엄사 골짜기를 맴돌고 연화장세계에 가득가득 퍼졌다. 연기존자는 화엄법문을 들려주는 것과 차공양으로 마을 사람들의 노고에 보답하였고, 마을 사람들은 존자의 위덕과 효심과 무궁무진한 법문에 감화를 입어 어느덧 신심이 지극한 신도로 변해 갔다.

그리하여 화엄사에 도인이 계신다는 소문은 날로 퍼져서 널리 알려졌으며 연기존자는 문수보살을 원불(願佛)로 삼아 문수대성의 명호를 날마다 십만 송을 하는 것으로 일과를 삼았고 그를 찾는 청신사 청신녀에게 문수보살의 위덕을 자세히 설명하여 주었다. 그리하여 두류산으로만 불러오던 것을 방방곡곡에서 문수대성의 상주도량으로 여기고 지리산이라 부르는 이가 많아지게 되었던 것이다. 문수보살은 과거 7불의 스승이라 하거니와 지혜가 가장 뛰어난 분으로서 일체보살 중에 상수(上首)의 위치에 있는 보살이시며 보살이 계시는 산을 청량산(淸凉山)이라 하므로 사람들은 때로는 지리산을 청량산이라고도 부르기도 하였다.

– 출전 : 화엄성지 지리산대화엄사(www.jinjo.org)

5. 원효성사(元曉聖師)와 의상조사(義湘祖師), 장육전(丈六殿)

당나라 유학을 마치고 돌아온 의상(義湘) 스님은 유학길을 포기한 원효(元曉) 스님에게 자기가 화엄학(華嚴學)에 통달함을 자랑하고 싶어서 『화엄경』에 대하여 질문을 하였더니 원효 스님은 막힘없이 답변함에 의상 스님은 놀라고 말았다. '화엄학은 해동(海東)에서는 내가 위대하다고 생각했는데 원효 스님은 어떻게 화엄학에 대하여 통달을 했을까.' 하고 생각하며,

"스님 소승이 당나라로 유학하여 화엄학을 전수받고 인가(認可)를 받은 사람은 저 뿐이고 해동의 화엄학 시조(始祖)라고 생각을 했는데 어떻게 스님은 화엄학에 대하여 달통하셨습니까?"

"지금으로부터 132년 전 백제국 구차례(求次禮 : 현재 구례)라는 곳 두류산(지리산)에서 범승(梵僧)이신 연기존자께서 『화엄경』을 설했다고 합니다. 두류산이 문수보살의 상주설법처(常住說法處)라 해서 지리산이요, 『화엄경』을 설했다고 하여 화엄사라고 합니다. 화엄사는 백두산의 혈맥과 섬진강의 태극이 합류하여 무한한 힘이 솟는 곳이지요.

고구려는 백두산의 힘, 백제는 백두산의 혈맥으로 강대한 힘을 얻었고 신라국은 혈맥이 없어 힘을 발휘할 수 없었지요. 그래도 한가닥 희망을 갖고 화랑들은 지리산 세속평정에서 무예를 닦으며 그 곳을 차지하기 위해 노력한 끝에 백제 무왕 때 우리가 그 곳을 차지했지요. 화랑도에게 무한한 힘을 얻을 수 있게 되어 용맹스러움이 서라벌까지 전해지고, 이 소승도 화랑도 출신이라 화랑도에게 삼국통일의 염원을 심어주기 위하여 화엄사에 가 보았지요. 그곳이 중국적인 화엄사상이 아니라 불타의 나라 천축에서 온 화엄의 도량인 것을 알고 감회가 깊었지요.

이국땅 백제국에 화엄의 꽃이 피어 있을 줄이야. 등잔 밑이 어둡구나. 의상 스님은 지척에 천축적 화엄사상을 두고 위험을 무릅쓰고 멀리서 중국적 화엄사상을 배우고 있었다니 말입니다.

소승은 화엄사에서 『화엄경』의 이치를 통달하고 연기조사, 자장법사께서 거주(居住)하시던 해회당(海會堂)에서 화랑도에게 화엄사상을 설하며, 천차만별의 강물이 바다로 모이면 이름과 차별이 없어지고 하나가 되어 원융무애 하듯 삼국이 어디에 있는가. 한민족이 아닌가. 이렇듯 화엄사상은 화랑도에게 원융무애한 힘을 줌으로써 삼국통일을 이룰 수 있는 기반이 되었지만 정신적으로 완전한 통일을 이루지 못한 것은 아쉬움이 있지요."

의상 스님은 놀라고 놀라지 않을 수가 없었다. 자칭 화엄학의 시조요. 부석사를 화엄의 근본도량으로 삼았다는 사실에 대하여 부끄럽지 않을 수 없었다. 그리하여 중국적인 화엄사상을 갖고 근본도량을 삼을 수 없다

하여 문무왕 17년(677년)에 지리산 화엄사에 오셨다.

'이곳이 바로 범승이신 연기존자께서 화엄의 꽃을 피웠던 곳이니 부처님의 성지에 온 느낌이구나. 여기야말로 해동의 연화장 세계로구나. 삼국인이 한 민족임을 실현하는 정신적 통일을 이루게 하며, 또 화엄사가 해동의 근본도량임을 입증하기 위하여 화엄석경의 거대한 법당을 세움으로써 중생계를 연화장 세계로 꽃피우게 하기 위하여, 부처님의 화엄 힘을 빌어 백두산의 혈맥 아래에 장육전(丈六殿) 법당을 건립하여야겠구나.'

장육이란 부처님의 몸(16자)을 일컬으며 장육금신(丈六金身)이라 한다. 2층 4면 7칸의 사방벽면에 돌에 새긴 『화엄경』을 두루고, 황금장육불상(黃金丈六佛像)을 모셨다고 한다. 이 『화엄경』은 팔십화엄(八十華嚴)으로 10조 9만 5천48자로 되어 있으며 옥돌에 새겨진 『화엄경』은 부처님의 화엄사상을 꽃피웠고, 지금도 그 석경(石經) 조각들이 남아 있어 그 당시 연화장 세계의 화려한 극치를 보여주고 있다.

또 의상조사께서는 전국에 화엄십찰(華嚴十刹)을 두어 화엄사상 선양에 혼신의 노력을 기울였다. 화엄십찰은 지리산 화엄사(智利山華嚴寺), 태백산 부석사(太白山浮石寺), 원주 비마라사(原州毘麻羅寺), 가야산 해인사(伽倻山海印寺), 비슬산 옥천사(毘瑟山玉泉寺), 금정산 범어사(金井山梵魚寺), 팔공산 미리사(八公山美理寺), 계룡산 갑사(鷄龍山岬寺), 웅주 가야협 보원사(熊州 伽倻峽普願寺), 삼각산 청담사(三角山淸潭寺) 등이다.

인도(印度)적 화엄사상은 연기존자께서 씨를 뿌려 백제 승려와 백제국에 화엄의 꽃을 피웠고, 또 다시 신라 자장법사에서 원효성사로 이어 의상조사로부터 화엄의 종풍(宗風)이 해동에 가득하여 연화장 세계를 이루었다.

– 출전 : 화엄성지 지리산대화엄사(http://www.jinjo.org)

6. 환생과 각황전(覺皇殿)

계파선사(桂坡禪師)가 장육전 중건 불사 대발원의 기도를 올린 지 백일로 회향을 맞이하게 되었다. 계파총섭(桂波總攝 : 총섭은 승군을 통솔하는 중요한 직권)은 아침 공양을 마치고 대중 스님들에게 한 신인(神人)이 꿈에 나타나서 '큰 불사를 이루려면, 복 있는 화주승(化主僧)을 내어 큰 시주자를 얻어야 하느리라. 그러기 위해서는 물 담은 항아리와 밀가루 담은 항아리를 준비하고, 먼저 물항아리에 손을 담근 다음, 밀가루 항아리에 손을 넣어서 밀가루가 묻지 않은 사람이 장육전 건립의 화주승'이라는 부촉이 있었다고 말했다.

꿈 이야기를 들은 대중스님들은 그대로 실행하기로 하였다. 사시마지(巳時麻旨) 때 대웅전에 두 항아리를 준비하고 계파스님이,

"만일 물 묻은 손에 밀가루가 묻지 않는 스님이 있다면 산승(山僧)과 함께 장육전 중건불사를 각별히 의논할까 하는 바이오."

산내 모든 대중들은 차례차례 계파스님의 지시대로 시행하였으나 손에 밀가루가 묻지 않은 스님은 없었다. 천여 중, 대중을 모두 시험해 보았으나 기대하는 스님은 끝내 나타나지 않더니만, 맨 나중에 시험해 본 공양주 스님의 손에 과연 밀가루가 묻지 않는 것이었다. 대중스님들은 일제히 공양주 스님을 향해 삼배하고 장육전 건립을 위한 화주승의 중임을 맡겼다.

계파스님은 공양주 스님에게,

"그대가 10년을 공양주로 일한 복력(福力)이 천여 명 대중스님 중에서 가장 수승하기에 오늘의 시험에서 이적이 나타난 것입니다. 이는 내가 짐짓 시험한 것이 아니라 꿈에 지리산의 주인이신 문수대성께서 지시한 대로 시행한 것이니 그대는 문수대성께서 선택하신 화주승입니다. 그러므로 대시주자를 잘 얻어 장육전 중창불사를 이루도록 합시다."

공양주 스님은 공양을 짓는 수행만 했을 뿐 화주에는 전혀 인연이 없어 걱정이 태산 같았다. 밤새껏 걱정하며 대웅전에 정좌(正坐)하여 부처님께 기도를 올렸다.

비몽사몽간에 한 노인(문수보살)이 나타나서 말하기를,

"그대는 걱정 하지 말라. 내일 아침에 바로 화주를 위해 떠나라. 제일 먼저 만나는 사람에게 시주를 권하라."
하시며 사라지는 것이었다. 공양주 스님은 용기를 얻어 대웅전 부처님께 절을 하며 '맡은 바 화주 소임을 잘 완수하도록 가호를 내리소서.' 하고 일주문을 나서서 걷기 시작했다.

한참을 가니 그의 앞에 남루한 옷을 걸친 거지 노파가 절을 향해 걸어오고 있었다. 이 노파는 자식도 없이 혼자서 움막에 사는데 절에 자주 올라와서 잔심부름을 해주고 누룽지 따위를 얻어가곤 하였으므로 공양주였던 스님과는 아주 친근히 지내온 터였다. 화주승은 노파를 보는 순간 가슴이 철렁 내려 앉았다. 거지 노파에게 어떻게 장육전을 지어달라고 하랴 싶어서였다. 그러나 화주승은 간밤에 문수대성(文殊大聖)의 교시를 생각하고 노파 앞에 엎드려 큰절을 올리며,

"오! 대시주이시여! 장육전을 지어주소서."

이렇게 외치며 절을 계속 하였다. 노파는 처음엔 서로 익히 아는 터라 농담으로 그러는 줄 여겼으나 스님의 진지한 모습에 아무 말도 못했다.

화주승은 하루 종일 노파에게 전후 사정을 이야기 하고 시주하기를 간청했으나 노파는 아무런 대안이 없었다. 그러나 노파는 화주승의 정성에 감동되어 눈물을 흘리며 자신의 가난함을 한탄하다가 이윽고 화엄사를 향하여 합장하고 대 서원을 발했다.

"이 몸이 죽어 왕궁에 태어나서 큰 불사를 이룩하오리니 문수보살이시여! 가호를 내리소서."

이렇게 원력을 알리며 수십 번 절한 뒤 소(沼)에 몸을 던지는 것이었다.

화엄사 각황전 편액

눈 깜박할 사이의 일이었으나 이미 이승 사람은 아니었다. 화주승은 너무나 갑작스런 일에 대경실색(大驚失色)하여 그 길로 멀리 도망쳤다.

그 후 5~6년이 흘러 한양성에 다다랐다. 화창한 봄날 하루는 창덕궁 앞에서 서성거리다가 유모와 함께 궁 밖을 나와 놀던 어린 공주와 마주치게 되었다. 어린 공주는 화주승을 보자 반가워하며 달려와서 우리 스님이라면서 누더기 자락에 매달렸다. 그런데 이 공주는 태어나서부터 한쪽 손을 쥔 채로 펴지 않았다. 화주승이 꼭 쥐고 있던 그 손을 만지니 신기하게도 공주의 손이 펴지는데 손바닥에 장육전이라는 석자가 쓰여 있었다.

이 소식을 들은 숙종대왕은 화주승을 내전으로 불러 자초지종을 모두 듣고 감격하여,

"오! 장하도다. 노파의 깨끗한 원력으로 오늘의 공주로 환생했구나. 그 원력을 이루어 줘야 말고."

하며 장육전 건립의 대 서원을 발하였다.

이렇게 하여 나라에서는 공주를 위해 장육전을 중창할 비용을 하사하였고 장육전이 완성되자 사액(賜額)을 내려 각황전(覺皇殿)이라고 하였다. 부처님을 깨달은 왕이란 뜻과 임금님을 일깨워 중건하였다는 뜻으로 각황전이라고 부르게 되었다.

– 출전 : 화엄성지 지리산대화엄사(http://www.jinjo.org)

7. 몸을 바꿔 불사를 도운 공주

"주지와 대중은 들으라."

"예."

"내일 아침 밀가루 항아리에 손을 넣어 밀가루가 묻지 않는 사람을 화주승으로 삼아라."

때는 조선 숙종 조, 임란 때 소실된 장육전 중창 원력을 세운 대중들이 백일기도를 마치기 전날 밤, 대중은 일제히 백발의 노인으로부터 이 같은 부촉을 받았다.

회향일인 이튿날 아침 큰방에 모인 대중은 긴장된 표정으로 차례로 기다려 밀가루 항아리에 손을 넣었으나 한결같이 흰 손이 되곤 했다.

이제 남은 사람은 주지 계파스님뿐. 스님은 스스로 공양주 소임을 맡아 백일 간 부엌일에만 충실했기에 아예 항아리에 손을 넣지 않았다. 그러나 하는 수 없이 마지막으로 항아리에 손을 넣었다 이게 웬일인가 계파스님의 손에는 밀가루 한 점 묻지 않았다. 스님은 걱정이 태산 같아 밤새 부처님께 기도를 올렸다. '너무 걱정 말고 내일 아침 길을 떠나 제일 먼저 만나는 사람에게 시주를 청하라.' 간밤 꿈에 만났던 그 백발의 노승이 다시나타나 일깨워 주었다.

"나무 관세음보살"

새벽 예불 종소리가 끝나자 주지스님은 정장을 하고 산기슭 아랫마을로 향했다. 마을 어귀에 들어서도록 아무도 만나지 못한 계파스님은 초조와 실망을 느꼈다.

"아! 내가 한낱 꿈속의 일을 갖고……"

씁쓰레 웃으며 마지막 마을 모퉁이를 돌아설 때, 눈앞에 사람의 모습이 보였다. 순간 기쁨에 넘친 스님의 그쪽으로 걸음을 옮겼다. 그러나 스님은 남루한 거지 노파의 모습에 이내 실망했다. 그러나 백발 노승의 말을 믿기로 한 스님은 노파에게 공손히 인사를 했다. 눈이 휘둥그레진 거지 노파는 몸둘 바를 몰랐다.

"아니, 스님 쇤네는……"

그러나 스님은 그 자리에 꿇어앉아 더욱 머리를 조아리며 간청했다.

"소승의 소망은 불타 없어진 절을 다시 복구하는 일이옵니다. 하오니 절을 지어 주시옵소서."

"아이구, 나같이 천한 계집이 스님에게 절을 받다니 말이나 되나, 안 되지 안 돼."

총총히 사라지는 주지 스님의 뒷모습을 바라보던 노파는 결심을 했다.

"다 늙은 것이 주지 스님께 욕을 보인 셈이니 이젠 죽는 수밖에 없지, 난 죽어야 해. 아무데도 쓸데없는 이 하찮은 몸, 죽어 다음에 태어나 큰 불사를 이루도록 부디 문수대성은 가피를 내리소서."

할멈은 그길로 강가로 가서 짚신을 바위 위에 가지런히 벗어 놓고는 강물에 투신자살을 했다. 소문이 삽시간에 퍼지자 스님은 살인범 누명을 쓰게 됐다.

"아, 네가 허무맹랑한 꿈을 믿다니."

스님은 바랑을 짊어진 채 피신 길에 올라 방랑 생활을 시작했다.

그로부터 5~6 년 후, 창경궁 안에서는 태어날 때부터 울음을 그치지 않는 공주를 큰길에 다락을 지어 가두라는 왕명이 내렸다.

"폐하, 노여움을 푸시고 명을 거두어 주옵소서."

"듣기 싫소. 어서 공주를 다락에 가두고 명의를 불러 울음 병을 고치도록 하라."

이 소문을 전해들은 계파스님은 호기심에 대궐 앞 공주가 울고 있는 다락 아래로 가 보았다. 이때 묘한 일이 일어났다. 그렇게 울기만 하던 공주가 울음을 뚝 그쳤다.

"공주!"

황후는 방실방실 웃어대는 공주를 번쩍 안으며 기뻐 어쩔 줄 몰라 했다.

"아니, 공주가 손가락으로 누구를 가리키며 웃사옵니다, 폐하!"

"어허! 정말 그렇구나."

황제와 황후는 주위를 훑어보았다.

"폐하! 저기 저 스님을 가리키고 있사옵니다."

"응, 스님을?"

모든 사람의 시선이 계파스님에게 쏠렸다. 주위를 의식한 스님이 그만 자리를 떠나려 하자 공주는 또 울기 시작했다.

"여봐라. 거 스님을 모시도록 하라."

황제 앞에 부복한 스님은 얼떨떨했다.

"폐하, 죽어야 할 몸이오니 응분의 벌을 주시옵소서."

스님은 지난날의 일을 낱낱이 고하며 눈물을 흘렸다. 울음을 멈춘 공주는 달려와 스님에게 매달렸다. 그리고는 태어날 때부터 펴지 않던 한 손을 스님이 만지니 스르르 펴지는 것이 아닌가. 손바닥엔 '장육전'이란 석자가 씌어 있었다.

이 모습을 본 황제는 지그시 눈을 감았다.

"내 일찍이 부처님의 영험을 알지 못하고 크고 작은 죄를 범하였으니 스님은 과히 허물하지 마십시오."

"무슨 말씀이시옵니까, 소승 몸 둘 바를 모르겠습니다, 폐하!"

"공주가 스님을 알아보고 울지 않는 것은 필시 스님과 전생에 깊은 인연이 있음을 뜻함이오. 짐은 이제사 크게 깨달은 바가 있어 스님을 도와 절을 복구할 터인즉 어서 불사 준비를 서두르시오."

숙종대왕은 장육전 건립의 대원을 발하고 전각이 완성되자 '각황전'이라 이름 했다. 왕이 깨달아 건립했다는 뜻이다.

이 건물이 바로 숙종 25년 시작하여 28년만에 완성된 2층 팔각지붕의 국보 67호다.

– 출전 : 『불교설화대사전』

8. 화엄사 각황전의 연기

지리산 화엄사(華嚴寺)는 신라 진흥왕(眞興王) 때 세워진 절이다. 이 절은 임진왜란 때 왜적들에 의하여 불타버렸으나, 그 후 몇 차례에 걸쳐 중건되었으며 여기에 각황전(覺皇殿)이라는 전각이 있다.

지금으로부터 약 사백년 전 임진왜란으로 말미암아 화엄사가 불타버리자 이 절 주지스님은 다시 절을 지을 것을 결심하고 정성껏 염불에만 몰두하였다. 이 스님은 신도들에게는 물론, 모든 세상 사람들의 공경을 받는 어진 스님이었다. 항상 불심이 두텁고 법력이 지극하였던 이 스님은 이 절을 다시 짓게 해 달라는 서원을 부처님께 열렬히 간구하였다. 그 서원이 얼마나 간절하였던지 어느 날 꿈에 도승이 나타나 주지승에게 말하기를,

"주지승은 들어라. 내일 아침 일찍이 동네로 내려가거라. 내려가는 도중 맨 먼저 만나는 사람이 있을 것이니 그분에게 네 뜻을 말하고 간곡히 부탁해 보아라. 그러면 그 사람이 네 정성과 뜻을 가상히 여기고 네가 원하는 대로 절을 다시 짓게 하여 줄 것이다."

주지승은 황공하여 도승에게 물었다.

"맨 처음 만날 사람이란 어떤 사람이겠습니까? 도승님."

"너무 조급하게 굴지 마라. 내 일러주는 대로만 하면 되느니라."

도승은 웃으면서 이렇게 대답해주고는 어디론지 사라져 버렸다.

이때 주지승은 꿈에서 깨어났다. 아무리 자기의 정성이 지극하여 현몽하였다고는 하지만 도승이 일러준 그 사람, 절을 지어줄 그 사람이란 도대체 어떤 사람일까.

날이 밝았다. 주지승은 가사를 걸치고 산을 내려와 마을로 걸어가고 있었다. 너무 이른 새벽이라서인지 마을에 거의 다다를 만큼 가까이 왔는데도 사람 모습이란 눈에 띄지 않는 것이었다. 이렇게 되자 주지승은 초조한 생각과 함께 실망을 느끼면서 마을 어귀에 접어들었다. 그러나 간간히 들려오는 개 짖는 소리 뿐, 마을은 아직도 잠자고 있는 듯하였다. 주지승은 공연히 꿈속의 일을 가지고 헛일을 하나보다 하는 생각을 하면서 쓴웃음을 지으며 마을 모퉁이를 돌아섰다. 그때 먼 쪽에 사람 모습이 희미하게 보이었다. 눈이 번쩍해진 주지승은 그쪽으로 재빨리 걸어갔다.

그러나 주지승의 기대와는 생판 동 떨어진 사람이었다. 그 사람은 몸 둘 곳이 없어 절간에 드나들면서 부엌일이나 거들어 주고 또 심부름이나 해 주며 하루하루를 살아가는 공양주 할멈이었다. 하지만 주지승은 일단 도승의 말을 믿어보기로 하고 가서 만났다.

"소승 문안드리오."

주지승은 허리를 굽히며 공손히 인사를 했다. 할멈은 주지승의 뜻밖의 새벽인사를 받고 몸둘 바를 몰라하며 당황하였다.

"아아니 주지스님께서…… 쉰네는 공양주 할멈이온데……"

할멈은 어쩔 줄을 모르고 계면쩍어 했다. 그것도 그럴 것이 주지승이 사람을 잘못 보고 실수나 한 것으로 알았기 때문이었다. 그러나 주지승은 그 자리에서 몸을 더욱 조아리며, 장삼 속에서 화엄사 설계도를 꺼내 놓고 다시 한 번 절을 하며 간절히 애원하는 것이었다.

"소승의 소원은 불타 없어진 화엄사를 다시 짓는 일이옵니다. 그러하오니 어서 절을 짓도록 도와주시옵소서."

주지승의 이런 말을 들은 할멈은 갈수록 태산이었다. 집 한 칸 없는 늙은이에게 웅대한 절을 지어달라니 말이다.

"주지스님! 쇤네는 공양주 할멈이옵니다."

할멈은 너무도 답답한 마음이라, 몸을 일으킨 주지 스님에게 다시 한 번 할멈임을 알리는 것이었으나, 그래도 스님은 요지부동이었다.

"소승의 소망이오니 부디 절을 지어 주시옵소서."

그리고는 슬며시 일어나 옷깃을 여미고 절을 향하여 발걸음을 옮기었다. 할멈은 도무지 무슨 영문이지도 모르고 사라져가는 주지승을 뒤따라 헐떡이며 중얼거렸다.

"아이구 참……, 나같은 가난뱅이 늙은이가 주지스님의 절을 받다니…… 안될 말이야 안 되고 말고……"

재빠르게 걸어가는 주지승을 따라갈 수가 없었던 할멈은 뒤쳐져서 넋두리만 하는 것이다.

"미천한 늙은 몸이 주지스님에게 욕을 뵈었으니 어떻게 해야 좋을꼬…… 죽을 수밖엔 없어. 죽어야 해."

우연한 일로 얻은 죄책감에 몸부림치던 할멈은 물에 빠져 죽기로 결심하고 그길로 발길을 돌려 강가로 가는 것이었다. 너무도 어처구니 없는 비극이 아닐 수 없다. 할멈은 강가 바위 위에 짚신을 가지런히 벗어 놓고 강물 속으로 몸을 던져 자살하고 말았다.

주지승은 절을 재건하겠다는 일념으로 간곡히 기원하던 중 공양주 할멈이 자기 때문에 자살하였다는 사실을 뒤늦게야 알게 되었다.

"아, 내가 꾼 꿈은 허무한 것이었구나! 공연히 불쌍한 할멈만 죽게 하고, 이 일을 어찌해야 옳단 말이냐."

그러나 이미 때는 늦었다. 깊은 번민에 사로잡힌 주지승은 마음이 편할 리가 없었다. 이러한 소문은 삽시간에 그 주변 일대에 퍼지고 마침내 관가에까지 들어가게 되었다. 그는 너무도 무서웠고 두려웠던 나머지 아주 먼 곳으로 피신을 하기로 작정했다. 그는 바랑을 짊어지고, 압록강을 건너 청국 땅으로 몸을 피했다. 그때부터 피눈물 나는 고행길이 시작되었다.

그 무렵 청나라 황제는 후사가 없어 늘 걱정하며 고독하게 살아가던 중 나이 육십이 다 되어 뜻밖에도 공주를 얻게 되었다. 황제의 걱정과 외로움을 알고 있던 백성들은 공주가 탄생하였다는 소식을 듣고 모두들 기뻐하며 아기 공주의 수명장수를 빌었다. 온 나라 안은 기쁨에 들떠 곳곳에서 잔치가 벌어지는 등 축제 기분이었다.

그러나 궁중에서는 기쁨도 잠시일 뿐 뜻밖의 걱정거리가 생기고 말았다. 웬일인지 세상에 태어날 때부터 울기 시작한 아기 공주는 몇 달이 지나도록 울음을 그치지 않고 계속해서 울어대기만 했다. 황후는 물론 황제의 걱정은 이만저만이 아니었다. 도무지 아기공주의 울음은 그칠 것 같지 않았다. 황제는 마침 화가 나서 울음소리가 들리지 않게끔 아기공주를 먼 곳으로 데려가라고 신하들을 불렀다.

"여봐라 듣거라. 모처럼 얻은 공주가 한 번 울기 시작한 울음을 종내 멈추지 않으니 짐의 마음이 심히 괴롭다. 궁궐 밖 큰길가에 집을 짓고 공주를 그곳에 두도록 하여라."

"황제폐하, 공주를 어찌 큰길가에 갔다두라 하십니까?"

황후는 섭섭하여 황제에게 반문하였다. 그 자리에 있던 신하들도 일제히 황후의 편을 들었다.

"폐하, 노여움을 푸시고 영을 거두어 들이심이 가한 줄 아뢰옵니다."

그러나 황제는 더 높은 음성으로 또 다른 영을 내렸다.

"듣기 싫다. 어서 아기공주를 저 구석방으로 데리고 가고 유명한 의원을 모두 불러 들여 공주의 우는 병을 고치도록 하여라."

모두들 황제의 노기 성성한 영을 듣고 흐느끼며 엎드려 있었다.

이러한 소문을 들은 스님은 호기심에서 한번 가보고 싶었다. 이미 청국땅을 떠돌아다닌 지도 일 년이나 되었다. 그는 장안을 향하여 발길을 옮겼다.

"공주! 가련한 공주요!"

황후가 밖으로 나와 우는 공주를 달래고 있을 때였다. 그런데 이상한 일이 일어났다. 태어난 이래 한 번도 울음을 그쳐본 일이 없는 공주가 울음을 뚝 그친 것이다.

"응……? 아니 공주가 울음을 그쳤구나!"

황후는 너무도 다행스러운 일에 놀라 이 사실을 신하들에게 알렸다. 이제는 공주는 울음을 그쳤을 뿐만 아니라 방실방실 웃기까지 하는 것이다. 황후는 기뻐서 방실거리는 공주를 들여다보며 어쩔 줄을 몰라 했다. 달려온 황제는 공주를 안으면서,

"으핫하…… 공주가 이제 웃는구나!"

그런데 공주는 웃고만 있는 것이 아니었다. 누구를 가리키는 것인지 손짓을 하고 있었다.

"아니? 공주가 손가락으로 누구를 가리키며 웃사옵니다. 폐하!"

"허허, 정말 그렇구먼!"

황제와 황후는 주위를 둘러보았다.

"폐하! 저 스님을 가리키고 있사옵니다."

"음? 스님을 가리키다니?"

모든 사람들의 시선이 일제히 주지승에게로 쏠렸다. 그러자 스님은 급히 그곳을 떠나려 했다. 어떤 일이 일어날지 몰랐고, 또 자기를 주시하는 모든 사람들의 시선은, 문득 자기가 지은 죄를 응시하고 있는 것 같아서였다.

그런데 묘한 일은 또 일어났다. 스님이 떠나려하자 방실거리던 공주가 또 울기 시작하는 것이었다.

"여봐라 저 스님을 이리로 모시도록 하여라."

이상하게 생각한 황제는 급히 신하들에게 분부를 내렸다. 황제 앞에 엎드린 스님은 얼떨떨할 뿐이었다. 자기의 죄상을 알고 잡아들인 것으로 착각한 주지승은 본국에서 지은 죄를 낱낱이 실토했다.

"폐하, 죽어야할 죄인이옵니다. 응분의 벌을 내리시옵소서."

눈물을 흘리는 스님을 바라보던 황제는,

"알겠소. 짐은 이제야 크게 깨달은 바가 있소이다."

"내 일찍이 부처님의 영험을 알지 못하고 크고 작은 죄를 저질렀으니 스님은 과히 허물치 마시오."

"무슨 말씀이옵니까? 소승은 몸 둘 바를 모르겠습니다. 황제 폐하!"

"공주가 스님을 보고 울지 않는 것은 필시 스님과 전생에 깊은 인연이 있음을 뜻하는 것이요. 인연이라 함은 스님과 함께 화엄사에 있던 공양주 할멈이 공주로 환생한 것을 뜻함이니, 짐은 스님을 도와 절을 다시 짓게 할 터이오. 어서 본국으로 돌아가도록 하시오."

스님은 의외로 자기의 소원을 성취하게 된 것이다. 황제의 말대로 물에 빠져 죽은 할멈이 공주로 환생하였던 것이다. 스님은 그것을 깨닫자,

"성은이 망극하옵니다."

하고는 어전을 물러나와 그길로 본국으로 돌아왔다. 화엄사에 도착하자 즉시 공사를 시작했다. 꿈에 보였던 도승의 말은 결코 거짓이 아니었다. 이렇게 해서 세워진 화엄사의 법당이 각황전(覺皇殿)인데, 이 뜻은 황제를 깨닫게 하여 절을 지었다는 데서 이름이 지어졌다고 한다.

— 출전 : 『불교설화전서』

9. 세 분의 연기조사

화엄사는 신라 진흥왕 5년(서기 545년)에 멀리 인도에서 연(鷰)*을 타고 도래하신 연기조사(鷰起祖師)께서 개창하였다.

연기조사는 비구니가 되신 어머니를 모셔 와서 어머니는 연곡사(鷰谷寺)에 계시고 연기조사는 화엄동천(華嚴洞天)에 크게 가람을 창건하니 화엄사가 바로 그것이다.

화엄사에는 이른바 사사자탑(四獅子塔)이 있는데 이는 자장법사(慈藏法師)가 중국 오대산 금강굴에서 문수기도를 드린 끝에 문수진신(文殊眞身)을 친견하고 범게(梵偈)를 받으니 번역하면

了智一切法	일체법의 자성이
自性無所有	무소유임을 알아라
如是解法性	이러히 법의 성품 알면
卽見盧舍那	곧 노사나불을 친견하리

자장법사는 오대산에서 문수진신에게 불정골(佛頂骨)·불사리(佛舍利)·불가사(佛袈裟) 등을 전해 받고 귀국하였는데 법성포(法聖浦) 항구에 내

* 연(鷰)이란 무엇인가. 이 연자를 자전에서는 "제비연"자로 되어 있는데 봄·여름에 우리가 흔히 보는 연자(燕子)가 아니다. 강희자전(康熙字典)에 보면 "연은 남방에서 사는 동물로서 흡사 거북과 같고 이마에 외뿔이 달렸으며 날개가 있어서 능히 공중으로 날기도 하고 육지와 바다에서 서식한다"고 기술하고 있다. 이 연을 보려면 구례군 토지면 소재 연곡사(鷰谷寺)에 가서 옛날 연기조사탑(鷰起祖師塔)을 찾아보면 된다. 비신(碑身)은 임지왜란 당시 왜병들이 파괴하여 땅속에 묻었다 하고 현재는 귀부(龜趺)만이 남아 있다. 이 귀부를 자세히 살펴보면 거북이가 아닌 연임을 쉽게 구별할 수 있을 것이다. 앞에서 말한 바와 같이 거북과 흡사한데 이마에 외뿔이 돋아나 있고 날개가 있어서 강희자전의 설명과 일치한다. 범승(梵僧)이 연(鷰)을 타고 오셨다 하여 이 스님을 연기조사(鷰起祖師)라고 부르게 된 것이다.

린 법사는 고창땅 청량산(淸凉山)에 문수사(文殊寺)를 창건하였다.

현재 문수사는 자장법사의 석상(石像)이 모셔져 있다. 이는 후세인이 법사의 창건 공덕을 기려 모셨을 것으로 여겨지는데 신라승(新羅僧) 백제(百濟) 땅에서 석상을 세운 것은 전무후무한 일이다.

특히 법사는 신라로 귀환하여 승통(僧統)이 되었고 선덕(善德), 진덕(眞德) 두 왕의 가까운 친족인데도 신라의 어느 곳에도 법사의 석상이 없는 것이다.

법사가 문수사를 창건한 뒤 바로 지리산 화엄사로 가서 사사자사리탑(四獅子舍利塔)을 세워 불사리(佛舍利)를 모셨다.

그런데 이 탑에는 두 가지 특이한 점이 있으니, 그 첫째는 연기조사의 어머니이신 비구니 스님이 삼층탑을 이마에 이고[頂戴] 있는 점과 탑 맞은편 석등(石燈)에는 연기조사께서 어머니를 향해 한쪽 무릎을 꿇고 차를 오리고 있는 모습을 돌로 조각해 놓은 점이다.

연기조사께서 출천(出天)의 효행(孝行)을 한 것은 그 탑을 세우며 그 자취를 담았다 해서 이 사사자사리탑을 효대탑(孝臺塔)이라 불러오고 있는 것이다.

연기조사(鷰起祖師) 다음으로 연기조사(緣起祖師)라 일컫는 분이 있으니 바로 의상조사(義湘祖師)다. 의상조사는 신라 진평왕(眞平王) 8년(서기 625년)에 서라벌에서 태어나서 어려서 출가하였는데 스님의 스승이 누구인가는 전하는 기록이 없다.

여덟 살 연상인 원효대사(元曉大師)와 결의형제(結義兄弟)하고 평생을 형님·아우로 지냈으며 두 분이 함께 입당구법(入唐求法)의 길에 나섰다가 원효대사는 해골에 고인 물을 마시고 도를 깨치고서 본국으로 돌아오고 의상 스님 혼자서 당나라로 갔다.

스님은 중국 화엄종(華嚴宗) 제2대 조사이신 지엄화상(智儼和尙)에게 나아가 여러 해를 수학한 뒤 일승법계도(一乘法界圖)와 법성게(法性偈)를 지어 올리고 인가(印可)를 받았으며 이어 지엄화상의 뒤를 이어 제3대 조사가 되었다.

몇 해 뒤 당나라가 신라를 침공할 것을 탐지하고 급거 귀국하여 그 방비책을 강구토록 하고 스님은 태백산(太白山)으로 들어가 칙명(勅命)으로 부석사(浮石寺)를 창건하여 화엄종의 근본도량으로 삼았다.

스님은 지리산 화엄사에 주석하여 삼층 장육전(丈六殿)을 짓고 화엄일승(華嚴一乘)을 폈다하여 일명 연기조사(緣起祖師)라고 부르게 되었다.

이보다 앞서 원효대사는 화개동천(花開洞天)의 화랑연변장의 총수(總首)로 있으면서 화랑을 군사훈련 시킨 뒤 화엄사에 30일간 해회당(海會堂)을 지어 무술훈련을 마친 화랑들에게 정신수련을 실시하였다.

여기에서 교육을 마친 화랑은 노고단(老姑壇) 정상에서 위로 삼보자존(三寶慈尊)과 천지신명(天地神明)에게 나라와 민족을 위해 목숨을 바칠 것을 서약한 뒤 화랑 장교(將校)로서 일선(一線)에 내 보냈다.

이와 같이 자장(慈藏) · 원효(元曉) · 의상(義湘) 등 신라승들이 화엄사에 온 것은 인도에서 화엄을 드려온 연기조사(鷰起祖師)의 화엄사상을 흠모하였기 때문이다.

백제의 화엄은 신라보다 근 일세기나 앞선다. 그 화엄사상을 흠모하였기에 백제의 화엄을 배우러 온 것이다.

그 뒤 도선(道詵) 스님이 화엄사에 와서 『화엄경』을 독습(獨習)한 뒤 동리산(桐裡山) 태안사(泰安寺)로 가서 혜철국사(惠哲國師)의 심인(心印)을 얻은 것은 스님의 나이 22세 때의 일이다.

스님은 주로 지리산(智異山) 깊숙이에 토굴을 묻고 정진했는데 산에서 연기(烟氣)를 일으켰다 하여 연기조사(烟起祖師)라는 별호를 얻었던 것이다.

그래서 화엄사에는 삼연기(鷰起 · 緣起 · 烟起)가 있으니, 첫 번째 연기(鷰起)는 초창주(初創主) 연기조사(鷰起祖師)이시고, 두 번째 연기(緣起)는 화엄연기법문을 설(說)하신 의상조사(義湘祖師)이시며, 세 번째 연기(烟起)는 지리산 중에서 토굴을 묻고 연기(烟起)를 피우신 도선국사(道詵國師)가 그분이다.

이렇게 세 분의 연기조사가 엄연히 있었는데도 이를 무시하고 흥덕왕(興德王) 대(代)의 연기(緣起)스님에 의해 화엄사가 창건되었다는 억설을 주장하는 것은 오불성설(誤不成說)이다.

봉성지(鳳城誌)에 진흥왕 5년(서기 544년)에 화엄사가 창건되었다고 명기하고 있는데 백제 땅인 구례현(求禮縣)에 어찌 백제왕의 연호(年號)가 아닌 신랑왕의 연호가 적힌 것은 무슨 연유에서인가?

해방 후에 화엄사사적기(華嚴寺事蹟記)를 정리하신 만간(曼間)은 신라가 백제의 변경을 침공하여 현재의 구례 · 남원 등지를 다스렸기 때문이라고 기술하고 있다.

그러나 우견(愚見)으로는 이를 부인한다.

진흥왕 대에 신라가 봉성인 남원지방에 진출한 적이 없었다. 굳이 신라 연호를 사용한 것을 따지자면 신라가 백제를 멸망시킨 뒤 백제 연호를 삭제하고 신라 연호를 사용토록 한 국가시책에 따른 것일 것이다.

진흥왕 5년은 분명이 백제 성왕(聖王) 22년이니 성왕의 치적(治績)으로 보아 신라에 영토를 빼앗긴 적이 없었던 것이다.

아무튼 화엄사는 황룡사(皇龍寺)에 주석(住錫)한 연기화상(緣起和尙)이 창건한 것이 아니라 백제 성왕 22년(서기 544년)에 범승(梵僧) 연기조사(鳶起祖師)께서 비구니이신 어머니를 모시고 인도에서 연(鳶)을 타고 오셔서 개창(開創)하였다.

이어 자장법사가 사사자사리탑(四獅子舍利塔)을 세우고 원효대사가 31칸 해회당을 지어 화랑에게 정신교육을 시켰고 바로 그 뒤에 의상조사가 주석하시며 삼층 장육전을 짓고 화엄연기법문을 선양(宣揚)하였다.

그 뒤 도선국사(서기 827~898년)가 49세 때(헌강왕 6년)에 화엄사를 중창(重創)하였는데 젊어서 이후 지리산에 많이 살면서 토굴에서 연기(烟氣)를 많이 피웠다 하여 연기조사(烟起祖師)란 별호를 얻었던 것이다.

스님이 화엄사를 중창한 것을 계기로 초창주 연기조사와 제2창주 의상조사 다음으로 제3창주가 도선국사인데서 연기조사라는 조사 칭호를 붙여 부르게 된 것이다. 화엄사는 이와 같이 세 분의 연기조사에 의해 창건되고 중창, 삼창 되어 오면서 화엄도량(華嚴道場)으로서 그 구실을 톡톡히 해온 대가람인 것이다.

– 출전 : 『화엄사 · 화엄석경』

10. 도선국사(道詵國師)의 신이(神異)

(1) 어머니의 태몽과 출가

스님의 휘는 도선(道詵)이요, 속성은 김(金) 씨이며, 신라국 영암 출신이다. 그의 세계에 있어서는 아버지와 할아버지의 사실(史事)은 유실하였다. 혹자는 이르기를 태종대왕의 서얼손이라고도 하였다. 어머니는 강(姜) 씨니, 어느 날 밤 꿈에 어떤 사람이 명주(明珠) 한 개를 건네주면서 삼키라고 하였다. 이로 인하여 임신하여 만삭이 되도록 오신채(五辛菜)와 누린내 나는 육류(肉類)는 일체 먹지 아니하고 오직 독경과 염불로써 불사(佛事)에 지극하였다. 태어난 후, 유아시기부터 일반 아이들보다 특이하였다. 비록 어려서 희희(嬉戲)하거나, 우는 때에도 그의 뜻은 부처님을 경외함이 두터웠다. 그리하여 부모가 그는 반드시 불법을 담을 만한 그릇임을 알고, 마음으로 출가를 허락하기로 하였다. 15살이 되었을 때, 이미 영오(穎悟)하고 숙성할 뿐 아니라, 기술과 예술에까지 겸비하였다. 드디어 머리를 깎고 월유산 화엄사에 나아가서 대경(大經)을 독습하여 1년도 채

되지 않아 이미 대의(大義)를 통달하였다.

(2) 도선국사의 입적

얼마 후 시끄러운 경주가 싫어서 본사(本寺)로 돌아가도록 간청하였다. 어느 날 홀연히 제자들을 불러놓고 이르기를, "나는 곧 이 세상을 떠나갈 것이다. 대저 인연을 따라왔다가 그 인연이 다하면 따라가는 것은 진리의 상도이니, 어찌 오래도록 이 세상에 거할 수 있겠는가." 하고 엄연히 입적하였으니, 때는 대당(大唐) 광화(光化) 원년(元年) 3월 10일이었다. 향년은 72세이다. 사부 대중들이 슬피 통곡하니 마치 사모하는 듯, 또는 넋이 빠진 바보와도 같았다.

(3) 풍수지리의 깨달음과 사도촌, 그리고 태조 왕건

처음 스님께서 옥룡사에 자리 잡지 아니하고, 지리산 구령에 암자를 짓고 주석하고 있었는데, 어느 날 어떤 이상한 사람이 찾아와 좌하(座下)에서 스님께 여쭈어 이르기를, "제자(弟子)는 물외(物外)에서 깊이 숨어서 살아온 지가 벌써 수백 년에 가깝습니다. 조그마한 기술이 있어 높은 스님에게 받들어 올리려 하오니, 만약 천술(賤術)이라 하여 비루하게 여기지 않으시면 다른 날 남해의 바닷가에서 마땅히 알려 드리겠사오니, 이것 또한 대보살이 세상을 구제하며, 중생을 제도하는 법이옵니다."라 하고, 홀연히 어디론가 사라졌다. 스님께서 기이하게 여겨 약속했던 곳으로 찾아가서 과연 그 사람을 만났다. 그는 곧 모래를 끌어 모아 산천에 대한 순역(順逆)의 형세를 만들어 보여주었다. 돌아다보니 그 사람은 이미 없었다. 그곳이 현재의 구례현 경계 지점이니, 그 지방 사람들이 사도촌이라고 일컫는다.

이로 말미암아 스님은 스스로 홀연히 깨닫고, 더욱 음양오행의 술을 연구하였다. 비록 금단과 옥급 등 유수한 비결들을 모두 흉중에 담았다. 그 후 신라의 정교(政敎)가 침쇠(寢衰)하여 국가 위망의 조짐이 보이기 시작하였다. 스님은 장차 성인이 천명을 받아 특기(特起)할 사람이 있을 줄 알고, 그 길로 송악군으로 갔더니, 그 때 우리 세조께서 군방(郡方)에서 거택을 짓고 있었다. 스님께서는 그의 문전을 지나면서 이르기를, "아! 이곳은 마땅히 왕자(王者)가 출생할 곳이언만 다만 경시(經始)하는(살고 있는 사람) 자 알지 못하고 있을 뿐이라." 했다. 그때 마침 청의동자(靑衣童子)가 이 말을 듣고 집 안으로 들어가서 이 사실을 세조에게 전하였다. 세조는 급히 나와 스님을 집 안으로 영입(迎入)하여 그 모책(謀策)과 개영(改營)에 대해서 자문하였다. 스님께서 대답하되, "2년 후에 반드시 귀한 아들을 낳을 것"이라고 대답하고, 이어 책 1권을 지어 겹겹으로 봉(封)하여 세조에게 주면서, "이 책은 아직 출생하지 아니한 군왕에게 바치는 것입니다. 그러니 나이 장실(壯室)에 이른 후에 전해 주라."고 당부하였다.

바로 이 해에 신라 헌강왕이 즉위하였는데, 당(唐)나라 건부 2년에 해당된다. 4년에 이르러 태조 왕건이 과연 전제(前第)에서 탄생하였다. 그 후 장년에 이르러 스님이 전해 준 책을 받아 보고서야 천명이 자신에게 내려진 줄 알고, 드디어 구포(寇暴)한 무리를 제거하고 비로소 구우(區宇)에 나아갔으나, 공손히 신성의 뜻을 받든 것이지, 어찌 천하를 소유할 욕심이 있었겠는가? 그 까닭은 반란의 무리를 무찌르고, 정의로 돌아가서 국민을 도탄으로부터 구제하여 수역(壽域)에 오르도록 하였다. 이와 같은 큰 위업과 아름다운 덕이 미래제(未來際)가 다하도록 끝없이 전할 것이며, 비록 다시 하늘이 유덕한 이를 도우며, 백성들은 모두 인의를 지켰다. 그러나 그가 계성(啓聖)하여 화원(化元)을 기약한 것은 결정코 천명을 유수(幽數)에서 이룩하였으니, 그 원인은 모두 우리 스님으로부터 발기(發起)되었다. 대개 공열(功烈)이 우뚝하고 혁혁함이 이처럼 성대하므로 마땅히 포상하고 추모하며 존숭하였다. 그리하여 현종이 대선사(大禪師)라는 법계를 추증(追贈)하였으며, 숙조(肅祖)는 왕사(王師)로 추봉하고, 우리 성고(聖考)이신 효공대왕조에 이르러 열성조에 대한 위업을 크게 선양하였다.

– 출전 : 해동백계산옥룡사 · 증시선각국사비명

海東白玑山玉龍寺 贈諡先覺國師碑銘

(1) 諱道詵俗姓金氏新羅國靈巖人也其世系父祖史失之或云是 太宗大王之庶孽孫也母姜氏夢人遺明珠一顆使呑之遂有娠彌月不近塗腥唯以持經念佛爲事旣乳育郊異凡兒雖在提孩於嬉檻啼泣之間其意有若敬畏 佛乘之爲者父母知其必爲法器心許出家年至十五穎悟夙成兼解技藝遂祝髮隷月遊山華嚴寺讀習大經不閱歲已通大義

(2) 請還歸本寺忽一日召弟子曰吾將行矣夫乘緣而來緣盡則去理之常也何足久居此乎奄然而寂時大唐光化元年三月十日也享年七十二四衆號泣如慕如癡遂遷座立塔于寺之北岡遵遺命也

(3) 玉龍也於智異山遼嶺置庵止息有異人來謁座下啓師云弟子幽棲物外近數百歲矣緣有小技可奉尊師惜不以賤術見鄙他日於南海汀邊當有所授此亦大菩薩救世度人之法也忽不見師奇之尋往所期之處果遇其人聚沙爲山川順逆之勢示之顧視則其人已無矣其地在今求禮縣界土人稱爲沙圖村云師自是豁然益研陰陽五行之術雖金壇玉笈幽邃之訣皆印在胸次爾後新羅政教寢衰有危亡之兆師知將有聖人受命而特起者往遊松岳郡時我 世祖在郡方築居第師過其門曰此地當出王者但經始者未濫耳適有青衣聞之入白 世祖遽出迎入咨其謀改營之師因曰更後二年必生貴子於是一卷書實封之進 世祖曰此書上未生君子然須年至壯室而後授之耳是歲新羅獻康王立唐乾符二年也四年我

太祖果誕降于前第逮壯得其書觀之於是知天命有所屬遂氵乞除寇暴肇造區宇恭惟 神聖豈嘗有心於天下哉其所以撥亂反正頊民壽域洪業休德傳之無窮者雖復天輔有德民懷于仁然其啓聖期於化元定成命於幽數其原皆自吾師發之蓋其功烈巍巍赫赫如此之盛宜在褒大而追崇之

11. 도선국사 이야기

스님의 법명은 도선(道詵)이고 자는 옥룡(玉龍), 호는 연기(烟起)이며 성은 최(崔) 씨이다. 낭주(지금의 전라남도 영암군) 구림촌 사람. 그의 어머니 최(崔) 씨가 처녀 시절 어느 해 겨울, 우물 속의 오이를 먹고 잉태하여 낳았으므로 아버지가 없어서 어머니의 성씨를 따랐다. 그의 어머니는 도선을 낳은 뒤 아버지 없이 태어난 아이라 주위 사람들의 이목이 두려웠던지 숲 속에 버렸는데 수많은 비둘기들이 몰려 들어 젖을 먹여주므로 신기하게 여겨 다시 데려다 길렀다. 그래서 아이 이름을 '비둘기 숲'이란 뜻의 구림(鳩林)이라 불렀다.

13세 때 당나라 배를 얻어 타고 당나라로 들어갔다. 당나라 일행선사(一行禪師)가 언젠가 제자들에게 '고을의 물이 거꾸로 흐르면 나의 도(道, 裨補說 · 풍수지리의 하나)를 전할 사람이 올 것이다.'라고 말한 적이 있었다. 그런데 하루는 문인들 가운데 그 말을 기억하고 있는 사람이 달려와 아뢰기를, "오늘 고을 물이 역류(逆流)합니다."고 말했다.

일행이 그 말을 듣고 가서 장삼을 두르고 몸가짐을 단정히 한 다음 문 밖으로 나가자 그때 마침 도선이 당도하는 것이었다. 일행이 "기다린지 오래이거늘 왜 그리 늦었는가?" 하며 함께 크게 기뻐하면서 즉시 도선을 맞아들여 머물도록 했다.

도선이 그의 술법(術法)을 모두 터득하고 나서 떠날 뜻을 비치자 일행은 작별에 임해 “나의 도(道)가 동쪽으로 가게 되었구나! 부디 잘 가게.” 하며 아쉬워했다.

일행은 이어 꼭꼭 봉해진 붉은 책 한권을 주면서 “조심해서 다루고 절대로 일찍 열어보지 말라. 그대에게 왕(王) 씨네를 부탁하노니 앞으로 7년이 지나기를 기다렸다가 열어보기 바란다.”며 간곡히 당부했다.

도선이 송도(松都, 지금의 개성)에 이르러 왕륭(王隆)의 집에서 유숙하게 됐는데 그때 그 하늘의 천상(天象)을 우러러 보고 땅의 이치를 살펴본 다음 감탄하면서 “내년에 반드시 훌륭한 아들을 낳아 도탄에 빠져 고통받는 백성들을 건지리라.”고 예언했다. 왕륭은 그 말을 듣고 신을 거꾸로 신고 달려 나가 그를 맞아들였다. 이듬해 과연 왕륭은 뒷날 고려(高麗)를 건국하여 태조(太祖)가 되는 왕건(王建)을 낳았다. … (이하생략)

– 출전 : 『동사열전(東師列傳)』

道詵國師傳

師名道詵 字玉龍 號烟起 姓崔氏 朗州鳩林村人也 其母崔氏 冬喫於井瓜娠生 無父 從母姓 生而棄林 衆鳩乳養 異而復收 因名鳩林 十三歲 隨唐船入唐 唐一行禪師嘗曰 洞水逆流 則傳吾道者來 門人記其言 一日門人走報曰 今日洞水逆流矣 一行聞之 卽具威儀 出門外 道詵忽來參 行曰待之久矣何其遲也 相與大悅 卽迎入留 詵盡得其術而告去 行別曰 吾道東矣 珍重仍寄一封丹書而誡曰 愼勿速開 囑王氏家 待七年後開示 詵到松都 宿王隆家 仰觀天象 俯察地理 歎曰明年必生貴子 以救塗炭之苦 隆聞之 倒而出明年果生 王建太祖 … (이하생략)

12. 벽암대사(碧巖大師)의 행적

(1) 탄생과 출가

대사의 법명은 각성(覺性)이고 벽암(碧巖)은 그 호이다. 호서(湖西) 보은(報恩) 사람으로 속성은 김해(金海) 김(金) 씨이고 그 선조는 사대부였다고 한다. 대사의 아버지가 일찍이 현의 서쪽에 살 만한 곳을 골랐는데 관상을 보는 자가 아들을 낳으면 반드시 큰 승려가 될 것이라고 하였다. 어머니 조(曹)씨가 자식이 없었는데, 함께 깨끗이 목욕재계하고 칠성신[北斗]에게 빌자 오래된 거울을 꿈에서 보고 임신하였다. 대사를 낳으니 만력(萬曆) 을해년(선조 8, 1575년) 12월 정해(丁亥)일이었다. 풍채와 기골이 바르고 엄정하였고 눈은 번개처럼 빛났다. 부모에 효성이 지극하였고 어려서도 노는 것을 즐기지 않았다. 9살에 아버지를 잃고서 몸이 매우 여위었다가 겨우 나았다. 이미 복상을 끝낸 후 돌연 지나가는 승려를 만나고는 선(禪)을 배우는데 마음이 기울었다. 어머니와 거듭 헤어졌는데 점차 느끼고 깨닫는 것이 있어서 마침내 화산(華山)으로 가서 설묵(雪默)대사에게 절하고 스승으로 섬겼다. 14세에 머리를 깎고 보정노사(寶晶老師)에게 구족계(具足戒)를 받았다.

(2) 정진과 불사

남이 견디지 못하는 것을 감당할 수 있었으므로 부휴 문하에서 20여 년간 수업하여 입실(入室)제자로 법을 전수받았다. 계를 실천함에 뛰어났고 인연에 따라 태연하고 담박하였다. 곡기를 끊고도 굶주리지 않았고 밤을 새우고도 잠을 자지 않았으며 늘 옷은 닳고 헤져 있었다. 방장실에 결가부좌를 하니 책 상자를 짊어지고 오는 자가 구름처럼 모여들었고 단 이슬 같은 가르침이 골고루 뿌려졌다. 스스로 세 개의 잠(箴)을 지어 문도를 경계하였다.

생각함에 거짓이 없다.
얼굴에 부끄러움이 없다.
허리를 굽히지 않는다.

신비한 구슬이 한 번 비추니 고인 물에 빛을 담근다. 화엄(華嚴)을 엄숙히 외우니 큰 악귀가 퇴각한다. 깨끗한 땅에 썩은 고기를 묻으니 요괴가 단박에 없어진다. 심지어 사나운 호랑이가 길을 지켜준 적도 있었고 따르는 까마귀가 어깨에 모여들었으며 닭은 다시 살아나 보답할 줄을 알고 그물을 태우자 물고기는 감사함을 머금었다. 날고 달리는 동물도 오히려 교화하였는데 하물며 인간에 있어서야! 여러 산사(山園: 山寺)를 창건하고 혹은 중수하였는데 쌍계사(雙溪)의 동찰(東刹), 화엄사(華嚴)의 대대적 중창, 송광사(松廣) 가람이 그중 큰 것이며 나머지는 생략한다.

(3) 병자호란과 입적

광해군 때 옥사(獄事)가 일어났는데 부휴선사가 요승의 무고를 당하니 대사가 함께 서울로 들어갔다. 광해군이 두 대사를 보고 범상치 않게 여겨서, 부휴선사를 석방하여 산에 돌아가게 하였고 대사를 봉은사(奉恩寺)에 머물게 하여 판선교도총섭(判禪敎都摠攝)으로 삼았다. 공경과 사대부 여럿이 대사와 친하였는데 동양위(東陽尉: 申翊聖)와 특히 사이가 좋았다. 얼마 안 있어 남쪽으로 돌아갔다. 인조 대에 남한(南漢)산성을 쌓을 때 의논하는 이들이 주상에게 아뢰고 대사를 불러 팔도도총섭(八道都摠攝)으로 삼고 승도를 영솔해서 축성을 감독하도록 하였다. 3년이 지나 공역이 끝났다고 보고하니 보은천교원조국일도대선사(報恩闡敎圓照國一都大禪師)의 칭호를 하사하였고 아울러 의발을 내려주었다. 병자년(인조 14, 1636년)

지리산(智異山)에 머물렀는데 임금의 수레가 남한산성에 행차하였음을 들었다. 이에 북을 치고 눈물을 흘리며 대중을 깨우쳐 말하기를, "우리 승려들도 임금의 백성인데 하물며 널리 구제함(普濟)을 근본으로 삼음에야! 나라 일이 시급하니 차마 앉아서 관망할 수 없구나" 하였다. 바로 군복을 입고 궐기하였고 격문으로 남녘의 승려들을 불러들이니 달려 온 자가 수천 명이었다. 이끌고 북쪽 길로 가는데 적이 퇴각하였음을 듣고는 통곡하며 남으로 돌아왔다. 이후 동쪽 일본으로 가는 사신으로 임명되었는데 감히 사양하지 못하다가 사행이 중도에 이르러 노환이 심해졌기에 청하여 산으로 돌아갔다. 효종은 즉위 전에 편지를 보내고 물건을 보내주었는데 즉위함에 이르자 조정의 의논으로 총섭(摠攝)의 직책을 제수하고 적상산(赤裳)의 사각(史閣)을 지키게 하였다. 앉아서 남녘 승려의 기풍을 교화하고 널리 진실한 법을 펼쳤다. 머문지 얼마 안 되어 여러 명산을 유력하였는데 부안(扶安)의 변산(邊山)을 올려다보고 남해(南海)를 굽어본 후 지리산(方丈) 화엄사(華嚴寺)로 돌아와 주석하였다. 기해년(1659년) 여름 효종이 승하하자 제사를 올리고 슬피 울었다. 가을인 9월에 미미한 병세가 있었는데 문도들에게 수업에 힘쓸 것을 권면하였고 나라의 은혜를 갚으라고 하면서 비석은 세우지 못하게 하였다. 경자년(현종 1, 1660년) 정월 12일 제자들이 대사가 장차 입적할 것을 알고 게송을 청하였다. 이에 붓을 잡아 손수 쓰기를, "대경(大經) 8만 게송과 염송(拈頌) 30권이 충분히 자리(自利)와 이타(利他)의 두 이로움을 갖추었는데 어찌 별도로 게송을 지을 필요가 있는가?"라고 하였다. 이윽고 편안하게 입적하니 세상에 몸을 맡긴지 86년, 법랍(禪臘)은 72세였다. 함께 받들어서 다비를 행하였는데 삼남(三南) 온 절의 불제자들이 골짜기를 메웠다. 사리 세 개가 튀어 나오자 절의 서쪽 기슭 부도에 봉안하였다. 대사가 불교를 계승함은 저 부용영관(芙蓉靈觀)으로부터 말미암은 것이니 임제(臨濟)가 남긴 법맥을 접한 것이다. 부휴와 청허 휴정(淸虛 休靜)은 모두 영관을 섬겼는데 휴정은 송운

(松雲)에게 전하였고 부휴는 벽암(碧巖)에게 전수하였다고 한다. … (이하 생략)

– 출전 : 화엄사벽암대사비

求禮 華嚴寺碧巖大師碑

(1) 大師法諱覺性碧巖其號湖西報恩人俗性金海之金其先有衣冠云師之父嘗卜居于縣西相者曰生子必爲大沙門母曹無子相與齋潔禱北斗夢古鏡有娠生師萬曆乙亥十二月丁亥也風骨霜凝眼珠電耀篤孝于親幼不喜戲九歲失鞠過毁僅全旣沒喪忽遇過僧傾心學禪阿，孃重離旋有感悟遂之華山禮雪默而師之十四落髮受具于寶晶老師

(2) 能堪人所不堪盖業于休門二十餘年入室傳法，戒行絕高隨綠泊如絕粒而不飢通宵而不睡常衣銷痩結跏丈室負槃者雲集甘露匯灑自撰三箴以戒徒弟盖思不妄面不愧腰不屈也神珠一照定水涵光華嚴肅，倡大襄退却淨地埋恃妖魅頓絕至有猛虎護路馴鴉集肩鷄獲活而知報魚燒網而感飛走猶化嵐在最靈諸山衆園或瓶或修如溪之東刹華嚴之宏制松廣之，伽藍乃其大者餘可略也

(3) 光海時獄事興休師爲妖僧所誣師偕入京光海見兩師奇之放休還山留師於奉恩寺爲判禪教都摠攝卿士大夫多與之東陽尉特相善未，幾南歸 仁祖朝城南漢議者白 上徵師爲八道都摠攝領緇徒監築三年而告訖 賜報恩闡教圓照國一都大禪師號衣鉢竝錫焉丙子在智異山聞 車駕幸，南漢乃嗚泣諭衆日吾屬亦王民 以普濟爲宗 國事急矣其忍坐視卽衣戎衣而起檄召南僧來赴者數千相率而北道聞敵退痛哭而南後 命使日東不敢辭，行到中途以老病甚請還山 孝宗龍 潛時致手札餉以物及 卽位用朝議授以摠攝之印彭衛赤裳史閣坐化南僧風廣演眞乘居無何浮遊諸名嶽上扶安之邊，山俯南海還栖方丈之華嚴寺己亥夏 孝宗賓天奉諱哀 秋九月微感門徒以力業白酬 國恩戒勿樹碑庚子

正月十二日弟子等見其將寂請偈於是四管，手寫曰大經八萬偈拈頌三十卷足以兼二利何須別爲頌旣悠然而化寄世八十六歲禪臘七十二共奉而淞毗之三南傾寺七衆塡谷三舍利騰出卽寺之西麓藏諸，石鍾大師之承竺教厥有所自芙蓉靈觀接臨濟之遺緖浮休與淸虛休靜俱事觀靜傳之松雲休傳之碧巖云其所… (이하 생략)

화엄사 벽암국일도대선사비

13. 벽암각성대사(碧巖覺性大師)의 충의

사(師)의 성은 김(金) 씨니, 각성(覺性)은 이름, 벽암은 호이다. 충청도 보은 사람으로, 그 부모가 아들 없는 것을 한탄하여 정성스러이 목욕재계하고 북두(北斗)에 빌더니, 꿈에 헌 거울을 보고 마침내 대사를 낳았다.

그 아버지가 일찍 현서(縣西)에 집을 짓고 사는데 관상가가 와서 보고 아들을 낳으면 반드시 대화상(大和尙)이 되리라 하더니 대사는 9세에 아버지를 잃고 14세에 과연 설묵화상(雪默和尙)에게 머리를 깎고 공부를 하다가 나중에 부휴선사(浮休禪師)의 법을 이어서 당대의 고승이 되었다.

휴사(休師)를 따라 지리산에 있다가 다시 덕유(德裕), 가야(伽倻), 금강(金剛) 등 여러 산을 돌아다니더니 마침 임진왜란이 일어남에, 칼을 차고 종군하여 바다에서 여러 번 적을 물리쳤다. 휴사가 병을 앓자 뒤를 이어서 강석(講席)을 열고 크게 법풍(法風)을 떨치다가 그 어머니의 상을 당하여 다시 속리산 가섭굴(迦葉窟)에 들어앉아 재를 올리고 명복을 빌며 천도하였다.

광해군 때 부휴사(浮休師)가 죄없이 잡혀서 감옥에 갇힘에 대사도 또한 그와 함께 감옥에 갇혀, 도의(道儀)가 안한(安閒)하여 응연히 움직이지 않으니 이관(理官)이 도리어 대불소불(大佛小佛)이라 하여 두 스님을 칭상하고 왕에게 말하여 소견(召見)케 했다.

광해군도 또한 사를 보고 대단히 기꺼하여 금오(錦襖) 두 벌을 내리고 뒤에 다시 청계난야(淸溪蘭若)에 큰 재(齋)를 설하고 사를 맞아 법을 설하게 하였다.

인조가 즉위하자 사로 하여금 팔도도총섭(八道都摠攝)을 배(拜)하고 승군을 모집하여 남한산성을 축조케 하니 첩루(堞壘), 보치(布置), 성내 사찰의 창수(創修) 및 승군의 조직이 전부 대사의 설계에 의해서 된 것이었다.

지리산 화엄사에 있다가 병자호란 때 남한산성이 이미 포위 당함을 듣고, 북을 울리어서 대중을 모아놓고 눈물을 뿌리면서,

"우리도 또한 나라의 백성이오, 더구나 보제(普濟)로써 종지(宗旨)를 삼는 무리로서, 오늘날 팔도(八道)의 창생이 도탄에 빠지게 되었은 즉, 어찌 차마 이것을 보고만 앉았으랴."

하고 곧 융의(戎衣)를 떨쳐입고 나서서 의군의 궐기를 재촉하니, 삽시에

휘하에 수천 명이 모였다.

대사는 항마군(降魔軍)이라 이름을 짓고 그들을 거느리고 북상하다가 강화가 성립되어 적이 물러갔다는 말을 듣고, 중도에서 돌아왔다.

인조 20년에는 조정의 명령으로 일본에 사신으로 갔다가 도중에 노병으로 사퇴하고 지리산에 돌아와 있더니, 뒤에 팔십육 세의 고령으로 돌아가셨는데 제자가 게를 청하니 마지못하여 붓을 들어서, '大經八萬偈, 拈頌三十卷, 是則兼二利, 何欲別爲頌'이라는 것을 적어놓고 고요히 돌아가셨다.

대사는 도행이 청고(淸高)하고 신이(神異)가 또한 많으니, 손바닥에 모이를 가지고 앉으면 까치가 와서 손위에서 모이를 먹었으며 한 번은 몇몇 사문과 함께 밤길을 걷는데, 큰 호랑이가 소리를 치면서 앞을 가로 막으니, 다른 사람들은 다 놀래어 실색하였으나, 대사는 웃으면서,

"놀래지들 마소. 우리를 수호하여 주려고 온 것이오."

하고 그 호랑이와 함께 오다가 절문에 이르러서야,

"이같이 멀리 바래다주니 고맙다."

하면서 호랑이를 어루만져주니 호랑이는 좋아라고 세 번이나 돌아다니면서 크게 두 번 소리하고 가버렸다.

그의 유저(遺著)로는 『선원집(禪源集)』과 『도중결의(圖中決疑)』 1권, 『이화결의(移話決疑)』 1편, 『석문상의초(釋文喪儀抄)』 1권 등이 있다.

— 출전 : 『불교설화전서』

14. 영재우적(永才遇賊)

중 영재는 천성이 익살스럽고 재물에 구애되지 않았으며 향가를 잘했다. 만년에 장차 남악에 은거하려고 대현령(大峴嶺)에 이르렀을 때 60여 명의 도둑떼를 만났다. 도둑들이 해치려 했으나, 오히려 영재는 칼날 앞

에서도 겁내는 기색이 없이 화기로운 태도로 그들을 대하였다. 이상히 여긴 도둑들이 그의 이름을 묻자 영재라 대답했다. 평소 도둑들도 들어 익히 알고 있었으므로 이에 노래를 짓게 했는데 그 가사는 이러하다.

내 마음의 시늉을 모르던 날은,
멀리지나치고 이제는 숨어서 가고 있소.
오직 그릇된 파계주를 만나 두려워할 모습으로 다시 돌아가랴.
이 칼이야 지나고 나면 좋은 날이 새려니만,
아아, 오직 이만한 선(善)은 아니 좋은 일 되느니라.

도둑들은 이 노래에 감동하여 비단 2단을 주자 영재는 웃으면서 이를 사양하고 말했다.
"재물이 지옥으로 가는 근본임을 알고 바야흐로 깊은 산속으로 피해가서 여생을 마치려 하는데 어찌 감히 이것을 받겠는가?"
하며 그것을 땅에 던졌다. 도둑들은 그 말에 다시 감동되어 가졌던 칼과 창을 모두 버리고 머리를 깎고 영재의 제자가 되어 함께 지리산에 숨어 다시는 세상에 나오지 않았다. 영재의 나이 거의 90이었으니 원성대왕의 시대이다. 기리어 읊는다.

지팡이 짚고 산으로 들어가니 그 뜻 한결 깊은데,
비단과 구슬로 어찌 마음 다스릴까.
녹림의 군자들아, 그것일랑 주지 마라,
지옥은 다름 아닌 촌금(寸金)이 근본이란다.

– 출전 : 『삼국유사(三國遺事)』

釋永才性滑稽 不累於物 善鄕歌 暮歲將隱于南岳 至大峴嶺 遇賊六十餘人 將加害 才臨刃無懼色 怡然當之 賊怪而問其名 曰永才 賊素聞其名 乃

命作歌 其辭曰 自矣心米 兒史毛達只將來呑隱日遠鳥逸過出知遣 今呑藪未去遣省如 但非乎隱焉破主次弗史內於都還於尸朗也 此兵物叱沙過乎好尸曰沙也內乎呑尼 阿耶 唯只伊吾音之叱恨隱陵隱安支尙宅都乎隱以多

15. 동진대사(洞眞大師) 이야기

스님의 법명은 경보(慶甫)이고 자는 광종(光宗), 속성은 김(金) 씨이며 전남 영암군 구림(鳩林)에서 태어났나. 아버지의 이름은 익량(益良), 벼슬은 알찬(閼粲)이고 현가(玄可) 스님이 비석 글씨를 썼으며 어머니는 박(朴) 씨이다. 당나라 의종 임금 함통(咸通) 9년(868) 신라 경문왕 8년 상월(相月) 처음 닭밝음이 시작되는 날(3일) 밤 그의 어머니는 이상한 꿈을 꾸었다. 흰 쥐가 푸른 유리구슬 한 개를 물고와 사람처럼 말했다. "이것은 매우 드문 기이한 보물이며 불가의 최고 보배입니다. 품안에 있으면 부처님의 호념(護念)이 따를 것이고 나오면 틀림없이 광채를 발할 것입니다." 그로 인해 아이를 갖게 되었는데 임신 기간 중 늘 재계(齋戒)하는 경건한 마음으로 일관했다. 부처님께서 이 세상에 오신 달 20일에 태어났다.

스님은 어려서부터 뜻을 어버이 섬기는 데 두었으나 마음은 불도를 이루는데 있었다. 이를 잘 아는 그의 부모는 어느 날 그에게 "사람이 꼭 하고 싶어 하면 하늘도 따르는 법"이라며 마침내 울면서 스님 되기를 허락했다. 그는 부인산사(夫仁山寺)로 가서 머리를 깎고 교학의 숲에 안주하며 아직 선산(禪山)의 즐거움을 느끼지 못하니 빠른 발이 부질없이 머물러도 그의 마음은 오히려 교학에 집착하는 것이었다.

어느 날 저녁 살포시 잠이 들자 꿈에 황금빛의 신선[金仙, 부처님]이 그의 머리를 어루만지면서 귀를 잡아 당겨 가사(袈裟)를 주며 일러주었다. "너는 이것을 입으라. 이것으로 몸을 보호하며 다니라. 이곳은 마음공부하는 사람들이 안주할 곳이 아니니 떠나는 게 좋지 않겠느냐?"

이에 놀라 꿈을 깬 스님은 꿈 속에서 들었던 말로 자신을 경계하며, '부처님의 가르침이 크게 펼쳐질 것이니 때를 놓쳐서는 안되겠다.'고 생각했다. 그는 다시 눕지 않고 앉아서 날이 밝기를 기다려 행장을 꾸려 이끌고 철새처럼 길을 떠나 백계산(白鷄山)으로 도승(道乘, 道詵) 화상을 찾아가 제자가 되기를 청했다. 보살도를 닦고 여래의 집으로 들어간 뒤 깊은 곳을 보는 눈이 열리고 사물의 이치를 아는 마음이 트여 그는 이때 나름대로 하나의 결론을 얻었다. '지혜가 아니면 부처님의 바른 진리를 지킬 수 없고 계율이 아니면 인간의 그릇된 행동을 막을 수 없도다.'

18세 때 월유산 화엄사에서 구족계를 품수하고 다시 백계산으로 가서 도승 대사께 하직 인사를 드리자 대사는 이렇게 말했다.

"너의 그러한 뜻을 빼앗을 수 없고 행동을 막을 수 없구나. 너는 나를 모르고 동가구(東家丘)로 여기니 어쩔 수 없는 일이지."

대사는 말을 마치고 웃으면서 그의 떠남을 청허(聽許)했다. 스님은 이때부터 제방을 주유(周遊)함에 있어서는 광범위하게 보고 들었으며 배움에 있어서는 일정한 스승이 없이 정진하였다. 그는 이어 충남 보령군 성주사 무염(無染) 대사와 강원도 강릉군 굴산사 범일(梵日) 대사를 차례로 찾아뵙고 선문답을 나눴다. 스님이 말의 자루를 한번 휘두르면 깊고 오묘한 이치는 뚜렷이 드러나는 것이었다.

당나라 소종 임금 경복(景福) 1년(892) 임자(壬子)년 봄, 마치 나는 새처럼, 나부끼는 바람처럼 떠돌던 동진 스님의 발걸음은 드디어 산을 벗어나 바닷가에 다다랐다. 여기서 중국으로 가고픈 그의 마음은 더욱 간절해져 마침내 '파도를 타고 가는 어느 나그네'에게 부탁, 그로부터 같이 타도록 허락받아 흔연히 함께 떠날 수 있었다.

진교(秦橋)를 지나 중국 땅에 이르러 운수(雲水)와 같은 마음으로 도 높은 이를 방문하고 유랑의 자취를 남기며 스승을 찾아 다녔다. 그러다가 무주(撫州)의 소산(疎山)으로 가서 광인(匡仁) 화상을 배알하니 광인은 이와 같이 말하는 것이었다.

"이리 가까이 오라. 그대는 접해(瓦海)의 용새끼[龍子]인가."

동진 대사는 깊은 의미가 담긴 말을 건네고 비밀스런 가르침을 물어 선문답을 나눈 끝에 마당에서 마루로 올라오도록 허락받았다. 이어서 화상의 방안으로 들어가 눈의 마주침을 인하여 벌써 마음으로 전해오는 가르침의 핵심을 터득했다. 이에 광인은 크게 기뻐하며 "동방 사람으로서 눈으로 대화할 수 있었던 사람은 오직 그대뿐"이라 말하고 손으로 지혜의 등불을 전하는 한편 마음으로는 진리의 도장을 주었다. 동진 대사는 이때부터 진실된 스님은 반드시 찾아뵙고 뛰어난 명승지는 꼭 찾아다녔다.

강서(江西)의 노선(老善) 화상을 찾아가 배알하자 화상은 동진의 말을 듣고 행동을 살펴보기 위해 한마디 던져 떠본다. "흰 구름이 쇠사슬 되어 나그네의 길을 끊도다." 동진은 이 말에 "나그네 가슴에 푸른 산의 길이 있거늘, 흰 구름이 어떻게 잡을 수 있으리까."라 응대했다. 화상은 동진의 조금도 거리낌 없는 민첩한 대답과 아무 막힘 없는 말에 탄복하여 멀리까지 전송을 나와 당부의 말을 한다. "그대 가는 곳에 이로움 있으리니 때가 된 뒤에 행하도록 하라."

동진은 때마침 고국으로 돌아가는 배를 만나 귀국했다. 당나라 천우(天祐) 18년(921) 여름 전주 임피군(臨陂郡)에 이르니 이때는 부처님의 가르침이 올바로 유통되지 못하고 시국은 불리해지기 시작할 무렵이었다. 당시는 완산주(完山州)의 최고 통치자인 견훤(甄萱) 태부(太傅)가 만민언(萬民堰)에서 군대를 통솔하고 있을 때였다. 견태부는 본래 선(善)의 뿌리를 심었던 사람으로 장군의 집안에서 태어난 인물이다. 그는 자신의 웅대한 뜻의 실현을 앞두고 비록 '사로잡았다가 놓아주는 계획' 즉 용병술에 치중했으나 동진 대사의 자비로운 모습을 배알하고는 흠모하고 의지하는 마음이 배로 늘어났다. 그래서 탄식하기를 "우리 스님을 만난 것은 비록 늦었지만 제자 되는 것이야 왜 꾸물대겠는가." 하며 스님을 윗자리로 모시고, 그 가르침을 허리띠에 적으면서 정성껏 스승의 예로써 섬겼다.

견훤은 마침내 스님에게 완산주의 남쪽에 있는 남원선원(南原禪院)으로 가서 주석해 주기를 청했다. 스님은 이에 대해 "새도 머물 나무를 가릴 줄 아는데, 내 어찌 박이나 오이처럼 한 곳에만 매달려 있어야 한단 말이오?"라고 대답했다.

백계산 옥룡사라고 하는 곳은 옛 스님께서 불도를 즐기던 깨끗한 집이고 선에 안주하던 명승지로서 구름 같은 계곡물이 공중에 걸려 있고 잠자고 양치질하기에 가장 적합한 곳이었다. 동진 스님은 마침내 견훤에게 말하여 옥룡사로 옮겨 주석했다. 고려 제2대 의공(義恭. 惠宗) 임금은 선대의 유풍을 받들고 그 뜻을 이어 받아 순일한 마음으로 정진에 힘쓰는 한편 스님을 정성껏 모시다가 홀연 인간의 몸을 버리고 천상으로 돌아갔다.(945년)

문명(文明, 定宗) 임금이 왕위에 올라 나라의 아름다움을 이룩하고 문화를 발전시키며 연꽃을 엮어 부처님의 가르침을 홍포(弘布)하고 진리의 거울을 쥐고 우리나라의 풍속을 바로잡는 등 많은 업적을 쌓았다. 임금은 붓을 휘둘러 동진 스님이 주석하고 있는 절의 현판을 써서 내려주기도 했다. 그로부터 3년이 지나 '용이 협흡(協洽)에 모이는 해' 4월 20일이었다. 스님은 열반을 준비하며 목욕 재계한 뒤 방 앞에서 사내(寺內) 대중을 모두 뜰 앞으로 모이게 한 다음 교훈을 내렸다.

"내 이제 떠나련다. 여러분들은 부디 여기 잘 머물며 정진하라."

말을 마치고 방으로 들어가 자리에 가부좌하고 앉은 채, 옥룡사 상원(上院)에서 홀연 열반에 드시니 부모로부터 받은 몸 보존한 것은 80년, 보살의 지위에 들어온 지는 62년이었다. 이튿날 스님의 좌관(坐棺)을 백계산의 석실(石室)로 옮기고 임시로 돌문을 설치하여 안치해 두었다. 문명 임금이 스님의 열반 소식을 듣고 매우 슬퍼하며 하늘이 그를 남겨주지 않았음을 한스러워하면서 친히 조사(弔辭)를 써서 조문 사신을 보냈다. 조사는 이렇게 쓰여 있다.

돌아가신 옥룡사의 선화상(禪和尙)께.
조각달 허공에 흐르고, 외로운 구름 뫼뿌리 벗어나네.
뗏목 타고 서해를 건너, 구슬을 쥐고 동으로 돌아왔나니.

자애로운 바람 만 리에 이르고 선의 달빛 구천(九天) 밖까지 비춘 이는 오로지 우리 스님뿐이다. 그래서 시호를 추증하여 동진(洞眞)이라 하고 탑호를 보운(寶雲)이라 하는 것이다. 문명 임금은 나라에서 제일가는 석공으로 하여금 돌을 깎아 층이진 돌무덤을 만들어 스님의 유구(遺軀)를 모시게 했다.

그로부터 2년 뒤 문인 등이 석실을 열고 모습을 보니 스님의 얼굴은 마치 살아 있는 듯했다. 이를 본 사람들은 모두 울면서 스님의 육신을 모셔다가 백계산 동쪽 운암(雲岩) 산등성이에 탑을 세우고 봉안하니 그의 유언에 따른 것이다.

스님에게 법을 전해 받은 큰 제자 천통(泉通) 선사 등이 임금께 상소하여 유부(幼婦)의 문장을 초청, 돌아가신 스님의 하신 일을 기록하게 해달라고 청원했다. 임금께서 "좋다!"고 허락하니 어찌 청원하자마자 곧 비석에 새겨질 줄 알았으리오.

중국의 후주(後周) 세종(世宗) 현덕(顯德) 5년, 고려 광종 9년(958) 김정언(金廷彦)이 비석글을 지었다.

– 출전 :『동사열전(東師列傳)』

洞眞大師傳

師名慶甫 字光宗 姓金氏 靈巖鳩林人也 父良益作閼粲釋玄可書 母朴氏

咸通九年 相月七月哉生三日明 夜夢白鼠御靑琉璃珠一顆而來 遂人語曰此物是稀代之奇珍 乃玄門之上寶 懷須護念 出必輝光 因有娠 虔心齋戒 如來出世之月四月二十日誕生 師志在其親 心期卽佛 父母乃曰 人所欲者天所從之 遂泣而許 直往夫仁山寺落來 因棲學藪 未樂禪山 迅足空留宅心尙住 魂交之夕 金仙摩頂提耳 乃授之方袍曰 汝其衣之 所以衛身而行乎 且此地非心學者栖遲之所 去之不亦宜乎 師卽以形開 因以警戒 以爲送之 將行時 不可失昧爽 坐以待旦 苛山裝鳥逝 乃詣白鷄山 謁道乘和尙 請爲弟子 修菩薩道 人如來家 覩奧之眼曾開 知幾之心旣悟 以爲非智無以護其法 非戒無以防其違 年十有八 稟具於月遊山華嚴寺 復往白鷄山 辭大師 師因謂曰 汝其志不可奪 勢不可羅 汝以吾爲東衆丘 未如之何 遂笑而聽去 自爾遊有泛覽學無常師 歷謁聖住無染大師 漫山梵日大師 談柄 揮 玄機了見 遂於景福元年壬子春 出山 怒怒竝海 飄飄爰傾 入漢之心 乃告淩波之客 許之寓載 遁以同行 已過秦橋 旋臻漢地雲心訪道 浪跡尋師 乃詣撫州疎山 謁匡仁和尙仁若曰 格汝鯨海龍子耶 大師玄言 遂圖連說爰諮 許以昇堂 因以入室 方資目擊 旣得心傳 仁公大喜 因謂曰 東人可目語者 惟子 誰令執手傳燈因心授印 自是僧之眞者必詣 境之絕者必搜 去謁江西老善和尙 和尙乃欲聽其言觀其行 因謂曰 白雲鎖斷行人路 答曰 自有靑山路 白雲那得留 和尙以大師捷對不羈 圖言無牢 乃送之曰 利有攸往 時然後行 適値歸舟 因而東還 天祐十八年夏 達全州臨陂郡 而屬道虛行之際 時不利之初 奧有州尊都統甄大傳萱 統我于萬民堰也 大傳本自善根生 於將種 方申壯志 雖先擒縱之謀芳謁慈顔 倍贍依之志 乃歎曰 遇吾師而雖晩 爲弟子以何遲 避席拳拳 書紳轅轅 遂請住州之陸地南福禪院 大師曰 鳥能擇木 吾豈瓠瓜 乃以白鷄山玉龍寺者 是故師爲樂道之淸齋 乃安禪之勝踐 雲溪空在 枕流最宜 遂言於大傳許之移而住焉 義恭大王 奉以遺風 繼之先志 注精心而措措 祈法力以孜孜奄棄人間 已歸天上 文明大王陟岡致美 重光 聯華弘天竺之風 握鏡照海邦之俗 仍飛鳳筆 佇降象軒 越三年 龍集協申治 四月二十日 大師將往往 濆浴

已訖 房前命衆 悉至于庭 乃遺戒曰 我旣將行 衆其好住 言畢入房倚繩床趺坐 儼然而示滅于玉龍上院 存父母體八十春 入菩薩位六十二夏 翌日奉遷神座於白鷄山合龍 權施石戶封閉 文明大王 聞之震悼 恨不 遺 乃使鉉弔以書曰 故玉龍禪和尙 片月遊空 孤雲出岫 乘則西泛 燐瑤東歸 慈風吹萬里之邊禪月照九天之外者 惟實吾師矣 故追諡洞眞大寺塔號寶雲 仍令國工 攻石封層墜 越二年 門人等 開合龍覩 形面如生 乃號奉色身 梏塔于白鷄山東之雲巖崗 遵遺命也 厥有傳法大弟子泉遵禪師等 遂抗表請幼婦之文辭 紀先之事業 制曰 可豈悟號弓 遽値勒石 顯德五年金廷彦撰文

16. 호은 스님의 대오

지리산 화엄사 선방에서 어느 해 겨울 통도사(通度寺)에 계신 박성월(朴性月) 스님을 모셔 놓고 선객 20여 명 모여 용맹정진을 하고 있었다. 일찍이 출가하였으나 사판승으로 절일만을 거들다가 장가들어 마을에 살고 있는 호은(湖隱) 스님이 있었다. 한번은 절에 왔다가 수좌들이 공부하는 모습을 보고 부러운 생각이 나서 조실스님을 찾아가 의논하였다.

"스님, 나도 공부가 하고 싶습니다."

"파거불행(破車不行)이요, 노인불수(老人不修)여. 부서진 수레는 가지 못하고 노인은 공부하기 어렵다 하지 않았는가?"

"늙기는 늙었어도 파거불행할 정도는 아닙니다."

이 이야기가 선방 수좌들에게 전해지자 모두 가가대소(呵呵大笑)를 하였다.

"그런 영감님이 우리 선방에 들어오게 되면 선방의 위신 문제가 됩니다."

하고 모두 반대하였다.

그러나 그 스님은 선방 안에서 받아지지 아니하면 밖에서라도 다니되 시간만은 정확히 지키겠다고 하였다. 그 또한 맞지 않는 말이다. 선을 한다는 것은 모두 방하착(放下着)하고 오직 일념으로 정진하여야만 조사관(祖師關)을 뚫을 수 있는 것인데, 마누라 곁을 떠나지도 못하고 열쇠꾸러미를 주렁주렁 메고 다니는 노인이 무슨 공부를 한다는 말인가. 그러나 그 또한 의미가 없는 것은 아니었다.

"저들 선방 수좌들은 아직 인생의 맛을 제대로 보지 못해서 그럽니다. 사람이 늙으면 방이 차고 이부자리가 부실하면 잠이 잘 오지 않고 또 하룻밤에 서너 차례씩 오줌을 누게 되니 요강이 없어도 아니 됩니다. 뿐만 아니라 자는 곁에 사람이 없으면 허전하여 마음이 놓이지 않습니다. 이 열쇠꾸러미 떼어주는 것은 어렵지 않으나 애들한테 주고 보면 살림이 헤퍼서 10년 갈 것이 5년 가기도 힘듭니다. 그러니 저는 집은 좀 멀지만 왔다 갔다 하면서 공부를 하겠으니 입방만 허락하여 주십시오."

이리하여 젊은 수좌들이 모두 다 반대하는 것도 불구하고 성월스님은 그에게 마지막 공부의 기회를 주었다.

"스님, 저런 늙어빠진 대처승과 어떻게 공부합니까?"

"이놈들아, 대처승과 공부를 할 수 없다면 가족 살림을 하는 신도들하고는 어떻게 공부를 하겠느냐?"

"신도는 신도이고 중은 중 아닙니까?"

"중이 신도고 신도가 중이야, 그런 분별심 때문에 공부가 도통 되지가 않는 거야. 중이 깊은 산골에 들어와 있는 것은 도를 기르기 위한 것이지 승속 염정을 가리기 위해서 있는 것이 아니야."

엄중단호(嚴重斷呼)하신 조실 스님의 말씀이라 울며 겨자 먹기로 그 뒤부터서는 다시 이야기하는 사람이 없었다.

호은 노장은 그날로부터 정진을 하는데 하루 일초도 어김이 없이 들어가고 나오고 하였다. 젊은 수좌들이 노인을 싫어하는 관계로 아침에 절에 올 때 도시락을 싸가지고 와서 아침, 점심, 저녁을 먹고 가기도 하고 선방에 쉬는 시간이면 사중일을 보아주기도 하여 절로 보아서는 오히려 젊은 수좌들보다 부담 없는 일꾼을 하나 얻은 것 같아 퍽 좋았다. 이렇게 두어 달 동안을 하루도 빼지 않고 비가 오나 눈이 오나 구분 없이 다니니 대중들도 감심하기 시작하였다.

"그 노장님 참 대단한데."

"우리들과는 비교가 안 돼."

하며 칭찬하였다.

그런데 하루는 대중스님들이 성월 스님을 모시고 법담을 주고받게 되었는데 최혜암 스님이 물었다.

"선문에 이르기를, 처음 공부하는 사람은 소를 타고 소를 찾는다 하였는데 그렇게 해서는 아니 된다 하신 말씀이 있으니 이게 무슨 뜻입니까?"

이 말을 들은 대중은 한 사람도 대답은커녕 찬물을 끼얹은 듯 고요했다. 그런데 조실 스님께서는 한술 더 떠 말씀하셨다.

"찾는 소는 그만두고라도 탄 소를 이리 가지고 오너라. 말 떨어지기가 무섭게 대답하지 못하면 모두 잡아 개를 주리라."

이 문제를 제안하신 혜암 스님께서도 말문이 막혀서 땀을 뻘뻘 흘리면서 꼼짝달싹 못하고 묵묵부답인데 호은 노장이 벌떡 일어나서 손뼉을 치며 스님 앞으로 나아가,

"탄 소를 잡아 대령하였으니 눈이 있거든 똑바로 보시오."

하였다.

이 광경을 본 대중들은 기가 막혀 질려버리고 말았다. 조실 스님이 대중들에게 법상을 차리게 하고 높이 올려 삼배케 하니, 일자무식이었던 이 호은 노장 툭 터진 소리로 법당이 쩌렁 울리도록 한 소리를 읊었다.

忽聞騎牛驚牛聲　　갑자기 소타고 소 찾는다 말을 듣고,

頓覺卽是自家翁　당장에 타고 찾는 것이 모두 자기 주인인줄 알았네.
非去非來法性身　오고 가는 것 없는 것이 법성이고,
不增不減般若峰　부치고 뗄 것 없는 것이 반야봉이로다.

하는 말이다. 얼마나 시원하고 통쾌한 소리인가. 호은 화상은 그날부터 그길로 내려가 마누라 손을 잡고,

"당신이 항상 내 곁을 지켜 주되 공부하는 데 도움을 주었으므로 이렇게 되었노라."

감사하고 그의 아들과 며느리에게 열쇠꾸러미를 맡겨 살림을 전한 다음 훌륭한 선객이 되어 신참 선자(新參禪者)들을 지도하다가 안변 석왕사(釋王寺) 내원암 조실(祖室)이 되었다.

– 출전 :『속편 불교영험설화』

17. 우뭇가사리의 연기

오뉴월 염천(炎天), 보리 고개가 누렇게 익어 고개를 숙이고 있을 때 한 도승이 바랑을 짊어지고 걸어가고 있었다.

"그 보리 고개 참 탐스럽구나."

이렇게 속으로 한번 되뇌이며 자기도 모르는 사이에 보리 고개 셋을 뜯어 손으로 비벼 입에 넣었다. 참으로 맛이 있었다.

"거 참 맛이 좋구나."

하고, 한 번 더 뜯어 넣었다. 그런데 이렇게 넣고 보니 뭔가 마음에 걸리는 것이 있었다.

"인과는 자명한데, 내가 이것을 주인의 허락도 없이 먹다니."

크게 뉘우쳤다.

그는 지리산 초입 덩실한 바위 밑에 앉아 이렇게 생각하다가,

"에라, 내생에 백 배 천 배 갚는 것보다는 차라리 금생에 갚으리라."
하고, 스님은 자리에서 일어나 승복을 벗어 바랑에 챙겨 넣고, 그 바랑을 바위 밑동 굴속에 감추어 두고 금방 소로 변하여 그 밭의 주인집을 찾아 갔다.

임자 없는 소가 동네에 나타나자, 마을 사람들은 신기한 눈으로 그 주인을 찾아 주고자 안간힘을 썼다. 그러나 소 주인은 끝까지 나타나지 않았다. 하는 수 없이 관가에 고하니 관가에서는 제일 처음에 나타나 지금까지 소가 매어 있던 그 집 주인에게 소를 돌려주자 하였다. 그래서 뜻밖에 그 밭주인은 소 한 마리를 얻게 되었다.

제 발로 걸어 들어온 소이기 때문에 마치 업동(業童)이 들어 온 것처럼 특별대우를 하였다. 소는 매우 말을 잘 들었다. 죽도 잘 먹고, 일도 잘하고, 또 매우 순하여 집안의 아이들도 고삐를 잡고 마음대로 끌고 다닐 수 있었다. 이삼년 동안 많은 일을 하여서 그 집안의 재산을 퍽 많이 불려 주었다.

그런데 하루는 갑자기 죽을 먹지 않고, 끙끙 앓고 있었다. 주인이 걱정이 되어 그 곁을 떠나지 않고 있는데 소가 싼 똥에서 밝은 빛이 쏟아졌다. 들여다보니 글씨가 써진 종이가 그 안에서 반짝이고 있었다.

'明夜馬敵衆多來 欣然迎接準備要'

내일 저녁에 마적단들이 떼로 몰려 올 것이니, 흔연히 영접할 준비를 하라는 말이었다. 너무나도 뜻밖의 일이었으므로 주인은 소똥에 새겨진 글대로 손님 접대준비를 단단히 하였다. 준비를 마치고 기다리고 있으니, 과연 한밤중이 되어서 마적대들이 수십 명 몰려왔다. 오자마자 주인은 문전에까지 나가서 맞아들여 공경히 대접하였다. 도적들로서는 상상도 하지 못한 일이라,

"어찌된 일이냐?"

물었다. 주인은 전후 사실대로 이야기하였다. 도적의 괴수는 곧 그 소를 찾아 보겠다하고 나갔다. 주인과 함께 소를 키우는 곳으로 가보니 소는 이미 간 곳 없고, 오직 그 똥에서만 밝은 빛이 쏟아지고 있었다.

날이 밝아 소 발자국을 찾아 가니 첫날 그 스님께서 옷을 벗어 놓았던 곳에 이르러 소가죽을 벗어 놓고 먼 길을 떠났다. 소가죽 위에는 다음과 같은 글이 쓰여져 있었다.

'지리산 중으로서 무심코 길을 가다가 탐스러운 보리 고개 세 개를 주인의 허락 없이 꺾어 먹은 과보로, 3년 동안 일을 하여 은혜를 갚고 갑니다. 나의 이 가죽을 남해바다에 던져 우뭇가사리가 되면 그것을 거두어 열뇌(熱惱)에 시달리는 중생들의 더위를 식히는 약이 되게 하십시오.'

이 글을 본 도적들은,

"보리 고개 세 개를 꺾어 먹고도 3년 동안 소의 과보를 받았거늘 두 손을 꼭 잡아매고 착취와 노략으로 도둑질만 해 먹은 우리들의 과보란 더 말할 수 있겠는가."

하고 마음을 고쳐먹고 화엄사에 들어가 한꺼번에 중이 되었다.

이로 인하여 소가 똥을 싼 마을을 우분리(牛糞里) 즉 '소똥마을'이라 부르고 그 똥에서 밝은 빛을 발했다 하여 그 면을 방광면(放光面)으로 불렀다.

– 출전 : 『한국지명연혁고(韓國地名沿繹考)』

천은사

천은사는 신라 때 창건된 고찰로서, 고려시대에는 '남방제일선원'으로 지정되어 이후 화엄사·쌍계사와 더불어 지리산의 3대 사찰 중의 하나로 꼽히고 있다. 창건주와 관련해서는 인도의 덕운 스님과 도선 국사가 창건했다는 이야기가 전해지고 있으나 정확한 기록은 없는 형편이다. 창건 이후 조선조에 이르러 혜정선사와 단유선사, 혜암선사 등에 의해 중창과 중수가 이루어졌으며 현재는 혜암선사의 중창 불사 이후의 가람 모습을 유지하고 있다.

천은사와 관련한 설화 중에서 널리 전승되어 오는 것은 감은사에서 천은사로 사찰 이름이 바뀐 유래에 관한 설화로서 살생과 응보, 시련과 질서 회복의 서사구조를 취하고 있다. 그리고 〈남곡화상의 보임〉과 〈차일봉 전설〉은 도승들의 행적을 통해 '남방제일선원'인 수행 도량의 면모를 잘 드러내주고 있다. 특히 〈차일봉 전설〉 중 일부는 〈우뭇가사리의 연기〉와 동일한 변신모티프와 '방광'이라는 지명이 등장하고 있는데, 이는 천은사와 화엄사가 인접한 사찰이었기 때문에 비롯된 결과로 판단된다.

천은사 수홍루

1. 구렁이와 현판

신라 흥덕왕(興德王) 3년(828) 덕운(德雲)이 창건하였는데 앞뜰에 있는 샘물을 마시면 정신이 맑아진다고 하여 감로사(甘露寺)라고 하였다고 한다. 그 뒤 헌강왕(憲康王) 1년(875)년 도선이 중건하였으며, 고려 충렬왕(忠烈王) 때에는 남방제일선찰(南方第一禪刹)로 승격되었다.

정유재란으로 말미암아 사찰이 불에 타버리자 광해군(光海君) 2년(1610) 혜정선사(惠淨禪師)가 중창하였다. 숙종 4년(1679) 조유선사(祖裕禪師)가 중건하였다. 중건할 때에 감로사의 샘가에 큰 구렁이가 자주 나타나자 한 승려가 이를 잡아 죽였더니 그 뒤부터 샘물이 솟아 나오지 않아서 샘이 숨었다고 하여 천은사(泉隱寺)로 절이름을 바꾸었다고 한다. 감로사에서 천은사로 사찰 이름이 바뀐 뒤 이상하게도 원인 모를 불이 자주 일어나자, 절의 수기를 지켜주는 뱀을 죽였기 때문이라며 두려워하였다고 한다. 그때 조선 4대 명필의 하나인 이광사(李匡師)가 수체(水體)로 물 흐르듯

천은사 일주문

‘지리산 천은사’라는 글씨를 써서 수기(水氣)를 불어 넣은 현판을 일주문에 걸게 한 뒤에는 다시 화재가 일어나지 않았다고 한다.

– 출전 : 『구례군의 문화유적』

2. 남곡화상(南谷和尙)의 보임(保任)

도(道)란 깨닫기도 어렵지만 깨달은 뒤에 그것을 지켜 나가기도 어려운 것이다.

옛날 남곡 스님이라 하는 분이 지리산 천은사에 살고 있었다. 일찍이 출가하여 한 소식을 얻었다. 소문난 스님으로 늘 실상사(實相寺)를 왔다 갔다 하면서 공부를 점검하고 있었다.

그런데 한번은 실상사를 갔다가 안팎으로 거의 백리가 넘는 벽소령(碧少嶺)을 넘어가는데 소금 한 가마니 정도를 짊어진 소금장수와 동행하게 되었다. 그런데 이 산은 높이가 1천 미터가 넘는 곳이라, 소금장수는 땀을 뻘뻘 흘리며 숨이 차서 헐떡거리기 시작하였다. 짐이라는 것은 지고 내려가기도 힘든 것인데 하물며 무거운 짐을 지고 오르는 데야 더 말할 것 있겠는가.

남곡 스님은 혼자 같으면 힘이 좋은 분이라 빈 몸으로 설렁설렁 걸어 훌훌 날아올라가겠지만, 소금장수가 무거운 짐을 걸머지고 비지땀을 흘리며 애처롭게 올라가는 데야 혼자 그냥 가버릴 수도 없는 노릇이었다. 스님은 속으로,

‘처자식을 먹여 살리기가 저렇게 힘이 드는구나.’

불쌍하게 생각하고 말을 건네었다.

“여보, 영감 짐이 무거우신 것 같은데 내가 좀 지고 갈까요?”

“이 놈의 소금이 팔아봐야 몇 푼어치 되지도 않으면서도 사람의 골만

빼고 있습니다. 그렇게 하여 주신다면 얼마나 고맙겠습니까?"
"고맙기는 뭐가 그러 고마울 게 있습니까. 어차피 나는 빈 몸으로 가는 사람인데."
"그러면 알아서 하시구려."
하고 영감님이 그만 소금짐을 풀어 놓는다. 스님이 지게를 지자,
"스님 미안합니다."
"별말씀 다 하십니다. 내가 영감님보다야 나이로 보나 기운으로 보나 훨씬 낫지 않겠습니까?"
하고 핑핑 걸어갔다. 영감님은 발걸음도 가볍게 따라왔다.
얼마쯤 올라가다 보니 남곡이라고 별사람일 수가 없었다. 이마에서 땀방울이 그렁그렁 하더니 조금 올라가다보니 등에서 빗물 같은 땀이 쏟아졌다. 코에서는 단 냄새가 나고 입에서는 김이 모락모락 피어올랐다. 물이 먹고 싶었다. 그러나 산봉우리에 무슨 물이 있겠는가. 얼마쯤 더 가야만 물을 마실 수 있기 때문에 숨을 헐떡거리면서도 속히 그곳에 가서 물을 마실 생각으로 발걸음을 재촉하다가 그만 돌뿌리에 발가락이 채여서 넘어지고 말았다. 넘어지는 것까지도 좋은데 넘어지는 바람에 소금 가마니가 굴러 떨어져서 언덕배기로 굴러갔다. 그를 본 소금장수가 큰 말로 소리쳤다.
"앗, 저런 변이 있나."
소금장수의 벼락같은 소리에 넘어졌던 스님은 아픈 것도 생각할 겨를 없이 금방 자리에서 일어나 소금섬이 걸려있는 곳까지 내려가서 가마니를 챙겨지고 왔다. 소금섬이 풀어져서 약간 흩어졌으므로 그것까지 마저 내려가서 옷자락에 쓸어 담아 가지고 왔다. 그런데 이 영감 빽빽한 말씀 좀 보게,
"여보, 대사. 소금섬이 그만하기 다행이지 아주 쏟아져 버렸더라면 어떡할 뻔하였겠소."

"미안합니다. 어쩌다 잘못하여 그리되었으니 용서하여 주십시오."

그러나 소금장수 영감은 막무가내였다.

"여보, 대사 잘못하였다고만 하면 그만이오. 소금이 다 쏟아졌더라면 어쩔 뻔했어."

"소금섬이 아주 터졌다면 큰일 날 뻔했지만 그리되지 아니 했으니 불행 중 다행이 아니오."

"뭐라고, 불행 중 다행이라고. 남의 물건을 짊어졌으면 조심을 해야 할 일이지, 소금까지 쏟아놓고 불행 중 다행이라는 말을 어디서 쓰는 거요."

그렇지만 스님이 생각해 보니 야속하기 짝이 없었다. 자기의 소금만 귀한 줄 알았지 사람 중한 것은 도통 알지 못하는 사람이었다. 사람 같은 사람이라면 소금은 그만두고 우선 다치지나 않았느냐고 인사를 할 일인데, 그런데 스님 생각과는 아주 딴판으로 또 큰소리를 친다.

"이게 어디서 굴러먹다온 중놈이여, 그래도 변명을 하고 대들어!"

"당신이 대들었지, 내가 대들었소. 나는 미안해서 자꾸 잘못했다고 말하지 않소. 사람이란 혹 실수를 할 때도 있지 않겠소. 언제고 잘 한다고만 장담할 수는 없지 않소. 그러나 한번 실수는 병가상사라 너그러이 용서하시오. 짐이나 다시 지고 넘어갑시다."

그런데 그 영감은 끝끝내 고집을 부렸다.

"이렇게 빽빽한 양반은 처음 보았네. 이미 잘못한 것을 아무리 추궁한들 무슨 소용이 있겠소, 재수가 없어서 그리 되었으니 이해하십시오."

"뭐, 이자식이 나보다 빽빽한 양반이라고 건방진 놈 같으니라고, 너 이놈, 맛 좀 보아라."

하면서 대뜸 주먹을 쥐고 뺨을 후려 갈겼다.

"아이쿠!"

하고 남곡 스님이 두 손으로 얼굴을 부여잡고 볼때기를 쓰다듬으려 하자 소금장수는 아주 화가 난 모습으로 다가서서 이뺨 저뺨을 마구치고 멱살을 잡고 발길로 차고 아무데나 두들겨 팼다. 남곡 스님은 하도 어이가 없어 우두커니 방어만 하고 섰으니 아주 바보인 줄 알고 이제는 큰 돌멩이를 들어서 머리에 치려고 달려들었다. 스님은 가만히 그의 양손을 쥐고 놓아주지 않았다. 워낙 기운이 장사라 두 손을 점점 움켜쥐니 돌멩이가 저절로 땅으로 떨어졌다. 남곡 스님이 타일렀다.

"피차 이러다가는 길도 가지 못하고 고생만 할 것 같소."

"그러면 어떡하자는 거냐?"

"내 손을 놓아라."

손을 놓으니 그는 두말 하지 않고 소금짐을 걸머지고 씩씩거리면서 고개 길을 올라갔다 남곡 스님은 그의 뒤를 따라가면서 생각하였다. '참으로 가련한 인생이로고, 저런 인생과 같이 사는 처자식이 얼마나 따분하고 속이 상할까.' 이렇게 생각을 다지면서 '관세음보살 나무아미타불'을 부르며 따라갔다.

그런데 소금장수는 또 얼마를 올라가지 아니하여서 비지땀을 흘리며 끙끙거리기 시작하였다.

"힘드시죠."

"힘듭니다."

"아까는 내가 실수를 하여 소금 짐을 넘어뜨렸으니 이번에는 조심조심하여 져다 드리리다."

하니 소금장수는 아무 말 하지 않고 그만 소금짐을 부려놓고 뚫어지게 그의 얼굴을 바라보았다. 남곡 스님은 조금도 불쾌한 마음이 없이 그것을 짊어지고 이제는 천천히 길을 걷기 시작하였다.

"나무아미타불 관세음보살"

발자국에 맞추어 염불하면서 천천히 걸어갔다. 얼마쯤 오다보니 헤어질 곳이 되었다. 지게를 부려놓고,

"안녕히 가십시오."

인사하니 그때에야 물었다.

"스님은 어느 절에 계시오."

"나는 천은사에 있습니다."

"나는 지금까지 세상에 도승이 있다는 말만 들었지만 아직까지 만나보지는 못했습니다. 그런데 오늘에야 비로소 도승을 뵈온 것 같습니다. 미처 내가 속이 없어 스님에게 행패를 부리게 되어서 죄송합니다."

"내가 실수한 것이 잘못이지 영감이야 무슨 잘못이 있습니까?"

"아닙니다. 내가 잘못했습니다. 스님 같은 도인에게 행패를 부려 다음 과보가 두렵습니다."

"내가 무슨 도승입니까. 이렇게 함께 길을 걸어가는 도반일 뿐입니다. 부처님은 누구에게나 힘을 따라 자비를 베풀어라 하셨습니다만, 나는 그러한 마음도 없이 하였으니 뒤에 과보가 올까 걱정할 필요는 없습니다."

"스님, 고맙습니다."

이렇게 하고 서로 웃는 낯으로 헤어졌다. 소금장수는 집에 와서 처자권속을 모아놓고 말하였다.

"나는 오늘 부처님을 보았다. 2천여 년 전 부처님이 인도에 나셨다 하더니 그가 죽어 우리나라에 태어난 듯했다."

하며 그간의 모든 사정을 말하고 온 가족이 함께 떡과 엿을 빚어 그 스님을 공양코자 천은사를 찾아갔다. 스님은 그때도 똥통을 지고 밭에 나가 채소를 가꾸고 있었다.

"어허, 소금장수 영감님이 웬일이오."

하고 반겨 맞아 주자 아내와 남편, 한 아들과 두 딸이 길거리에 넙죽이 엎드려 오체투지(五體投地)하고 그를 절로 모셔 크게 공양한 뒤 며칠을 두고 그의 뒷일을 보아주고 떠났다. 그제서야 천은사 스님들도 남곡이 실로 숨은 도인임을 깨닫고 큰스님 대접을 하게 되었다 하니, 등잔 밑이 어두운 것이 사실인 모양이다.

도, 도, 도를 찾는 사람은 많고
도를 행하는 사람은 적도다
도가 도에 있는 것이 아니라
도를 행하는 사람에게 있으니,
사람들아, 도를 입으로 말하기에
앞서 도를 몸으로 행할지니라.

– 출전 : 『속편 불교영험설화』

3. 차일봉(遮日峰, 鐘石臺) 전설

천은사 계곡에 상선암이 있다. 신라 고승 우번조사가 젊은 시절에 상선암에 찾아가서 10년 수도를 하고 있었다. 그러던 어느 봄날 절세 미인이 암자에 나타나 요염한 자태로 우번을 유혹하였다.

여인에게 홀린 우번은 수도승이란 자신을 망각하고 여인을 뒤따라 나섰다. 그 여인은 온갖 기화요차가 만발한 아름다운 수림 속을 지나 자꾸만 높은 곳으로 올라갔다. 우번은 여인을 놓칠까봐 산속을 헤치며 정신없이 올라가다 보니 어느덧 정상에까지 오르게 되었다.

그런데 우번을 유혹하던 여인은 온데간데가 없고 난데없이 관음보살이 나타나 우번을 바라보고 있었다. 깜짝 놀란 우번은 정신을 가다듬고 생각해 보니 이는 필시 관음보살이 자기를 시험한 것이라고 깨닫고 그 자리에 엎드려 어리석음을 뉘우치고 참회하였다. 그러자 관음보살은 간 데가 없고 대신 큰 바위만 우뚝 서 있었다. 자신의 수도가 크게 부족함을 깨달은 우번은 그 바위 밑에 토굴을 파고 수도하여 후일에 도승이 되었다고 한다. 우번 도사가 도통한 그 토굴자리를 우번대라 부르게 되었으며 또 우번 도사가 도통하는 순간에 신비롭고 아름다운 석종 소리가 들려왔다고 하여 이곳을 종석대(鐘石臺)라고 부르며, 관음보살이 현신하여 있던 자리를 관음대라고 부르게 되었다.

우번에 대한 또 다른 전설이 있다.

옛날 상선암에 노스님과 사미승이 살았다. 천은사에서 이 암자로 오던 길에 사미승이 남의 조밭에 들어가 조 세 모개를 꺾어왔다. 이를 본 노스님은,

"너는 주인 몰래 남이 애써 가꾼 조를 훔쳤으니 주인집에 가서 삼 년간 일해 그 업보를 해라."

하고는 사미승을 소로 만들어 놓고 떠나 버렸다. 밭에 왔던 주인이 이 소를 발견했다. 밭에서 쫓아내자 주인을 따라 집까지 왔다. 그런데 이 소는 여느 소와 달리 사람이 먹는 음식을 먹었고 누런 금빛이 나는 똥을 쌌다. 그 똥이 부려진 곳은 곡식이 잘 되었다. 방광리(放光里)란 마을 이름이 이런 연유가 있다.

삼 년이 지나자 소는 주인에게

"이제 내가 당신 밭에서 진 빚을 다 갚았으니 돌아가겠다."

고 말하고 사람이 되어 떠났다. 주인이 하도 신기해 뒤따라 가보니 상선암으로 들어갔다. 그래서 이곳을 '사람이 소가 되었다가 다시 사람으로 변했다.'는 뜻으로 우번대(牛飜臺)라 했다는 것이다.

— 출전 : 『구례군지』

사성암(四聖庵)과 백련사(白蓮寺)

사성암은 오산(鰲山)에 위치한 작은 암자로서 원효대사, 의상대사, 도선국사, 진각국사 네 명의 성인이 수도한 수도처로 전해지는 곳이다. 또한 송광사 원감국사 문집에는 사성암이 있는 오산 정상에 참선을 행하기에 알맞은 바위가 있는데 이들 바위는 도선, 진각 양국사가 연좌 수도 했던 곳이라고 나와 있다. 이곳에는 도선국사가 참선했다는 '도선굴'과 암벽에 원효대사가 손톱으로 새겼다는 '마애여래입상'이 있다.

사성암에는 원효대사와 도선국사의 이야기가 현전하고 있다. 원효대사와 관련해서는 그가 손톱으로 마애여래입상을 새겼다는 설화와, 그가 어머니를 위해 섬진강의 여울소리를 잠잠하게 했다는 이야기가 전해지고 있다. 그리고 『신증동국여지승람』에서는 도선국사가 오산에서 풍수지리를 익힌 것으로 전하고 있는데, 흥미롭게도 '해동백계산옥룡사 증시선각국사비명'에서는 도선국사가 지리산 구령에 머물고 있을 때 이인(異人)이 찾아와 구례현의 경계 지점에서 모래를 끌어 모아 산천에 대한 순역(順逆)의 형세를 만들어 보여주었다는 이야기가 전하고 있다. 아울러 〈무릉도원과 도선굴〉에서는 사성암 인근 마을인 동해마을과 관련한 구술이 눈에 띄는데, 경주 도읍지 설화와의 관련성에 대해서는 심층적인 마을조사가 뒷받침되어야 할 것으로 판단된다. 또한 도선국사가 오산에서 백련이 피어 있는 곳에 백련사를 창건했다는 설화도 전해지고 있다.

사성암 약사전

1. 오산(鰲山)과 '화천하지리(畵天下地理)'

현의 남쪽 15리에 있다. 산 정상에 바위 하나가 있고 바위에 빈틈이 있는데 그 깊이를 헤아릴 수 없다. 세상에 전하기를, "중 도선(道詵)이 예전에 이 산에 살면서 천하의 지리(地理)를 그렸다." 한다.

– 출전 : 『신증동국여지승람(新增東國輿地勝覽)』

| 山川 | 鰲山

在縣南十五里 山頂有一岩岩 有空隙深不可測 俗傳僧道詵嘗住此山 畵天下地理

2. 원효국사(元曉國師)와 잔수(潺水)

진평왕 때 원효국사가 일찍이 오산(鰲山) 사성암에서 수선(修禪)할 때에 산 아래에 섬진강의 여울소리가 너무 소란하여 선(禪)에 방해가 되므로 도술(道術)로써 강물 소리를 조용하게 하여서 그 뒤에 강 물결이 잔잔하여졌다 해서 잔수(潺水)로 이름된 것이라 한다.

– 출전 : 『구례군지』

3. 원효대사와 섬진강

통일신라시대 원효대사가 구례 사성암에서 불도를 닦고 있을 때 그의 어머니가 병환으로 자리에 눕게 되었다. 효성이 지극한 원효대사는 어머니의 병환을 고치기 위하여 온갖 약을 다 구해다 드렸지만 조금도 병세가 좋아지지 않으므로 부처님께 밤낮으로 불공을 드렸다. 그러던 어느 날

사성암에서 바라본 섬진강

꿈 속에서 부처님이 나타나 "네 어머님의 병환은 천국에 있는 복숭아를 구해 드려야 완쾌되느니라" 하고 말하고 사라졌다. 꿈에서 깨어난 원효는 단숨에 그의 동생 혜공대사가 있는 연곡사로 달려가 꿈 이야기를 한 뒤에 혜공으로 하여금 천국의 천도를 구해 오도록 하였다. 혜공은 부처님의 은공으로 천도를 구해 어머님께 드렸고 그것을 드신 어머니의 병은 씻은 듯이 완쾌되었다.

그 후 어느날 잠에서 깬 어머니가 "무슨 강물 소리가 이렇게 크냐, 도저히 잠을 잘 수가 없구나"라고 말했다. 이 말을 들은 원효는 섬진강변으로 달려가 두 눈을 감고 지금까지 닦은 부처님의 가르침을 마음속으로 외우고 나서, 다시 하늘을 우러러 "어머님의 잠자리를 편케 할 수 있는 능력을 저에게 내려 주소서."하고 불공을 드렸더니 시끄럽던 강물소리가 잔잔해졌다. 원효가 도불심으로 섬진강 물소리를 오산 밑에 가두어 버려 이때부터 섬진강 물은 잠자듯 고요해졌고, 그 후로 잔수(潺水)라 부르게 되었다 한다.

– 출전 : 『전라남도지』

4. 무릉도원과 도선굴

아 여기는 사실은 인자 그, 왜정시대 때, 왜정시대 때 인제 일본 사람들이 화엄사 본방스님을 대처승을 만들라고 열일곱 살 먹은 처녀하고 강제 혼인을 시켰어요. 그래갖고 인저 지금 법당 자리에게 움막이 한 세칸 정도가 있었어요. 그래 거기서 인자 살게 해서 했는데, 해방이 되고 그 스님이 인제 입적을 허시고, 그리고 인자 보살 혼자가 여기서 한 65년을 혼자 살으셨어요. 그러다 보니까 절로서의 그, 형태도 별로 없고, 저, 전통 사찰이고 화엄사 말사이긴 해도 어느 등산로의, 그, 휴식공간으로 이렇게 돼 있었는데요. 제가 인제 5년 전에 10월 달에 와서 복원을 시작하고, 그 때부터 인자 지금 모습까지 복원을 하고 있는 중입니다. 인제, 그 도선국사에 대한 자료고 뭐 일절 그런 것은 없고, 인자 구전으로 전해 내려오는 걸로 봐서는 지금 보시는게 그, 도선굴이, 도선학회에서 오신 분들이 '여기가 도선굴이다'라고 주장을 하셔서 도선굴인갑다, 전 그렇게 알고 있고. 그러면 이네 특이헐만한 구전은 도선굴 이쪽으로 지리산 쪽으로 바라보이는 풍경을 우리나라에서는 최초로 무릉도원이라는 표현을 썼답니다.

무릉도원이요?

무릉도원. 예, 그렇게 인자, 좋다는 뜻이겠죠. 무릉도원이라는 표현을 우리나라 최초로 하셨다 그러고. 그러고 여기에서 도선국사가 천하지리를 그렸다 그래가지고 그 동안 인자 어디 암석에나 없나 그러고 샅샅이 뒤지고 그랬는데 못찾았어요. 못 찾고, 바위에서 흘러내리는 광물질 때문에 지도 형태가 있어서 그걸 확인해 봤더니, 아닌, 자연적인 그 어떤 출분이 흘러내리면서 형성된 거고. 그래서 인자 지도를 못 찾았죠. 그런데 구전으로 전해내려오는 것은 도선국사가 천하지리를 사성암에서 그렸다, 그런 구전허고, 또 이쪽에서 지리산 쪽으로 바라보이는 굴 안에서 인자 전개되는 그 경치를 무릉도원이라는 말을 우리나라에서 최초로 썼다, 그 두가지는 확실히 구전이 되고.

도선께서요?

도선국사께서 최초로 무릉도원이라는 표현을 썼대요. 긍게 그 뒤로는 무릉도원이라는 말이, 북쭉 금강산에도 있고, 그런 정도로, 다른 것은 없고. 도선학회에선 그, 각종 지에, 와 가지고 뭐 보고.

풍수지리를 사도린가 거기서 깨달았다고 그래서요, 지도하고 이렇게 우리가 비교해 보면서 어떤 이유 때문에 거기가 그런, 특별하게 잘 생각이 안 나더라고요.

에, 긍게 설화는 그런 것은 있지요. 저기 경주 도읍지 설화하고…

경주요? 송악?

경주. 도읍지 설화하고 여기 인제 유사한 것은 경주 도읍지 설화에 인제 삼신산, 응? 삼신산 앞에 동해 바다가 있고, 그 바다 위에 그, 자라가 두 마리 있다, 그래서 자라 등에 인자 큰 바위가 바위 사이에 큰 구멍이 있어서 인제 동해바다와 통한다라는 설화가 있거든요. 근데 실은 인제 지리산이 인자 삼신산이잖아요. 근디 지리산에서 보믄 지금 섬진강이 이 산을 감싸고 있거든. 이렇게 안고 있어서. 그런께 이쪽에 인자 바다의 형국은 같죠. 그리고 여 산 이름이 저, 자라 오(鰲)자를 쓰그든, 에, 거북 형상을 이루고 있으니까, 자라 오자를 쓰고 있죠. 실제로 마을이 동해 마을이 있어요.

동해마을이요?

예. 동해마을이요. 동해부락이, 그래서 인자 그러고 지금 현재에 저 틈바위라고, 바위 사랑에 구멍이 있었다고 얘기 허거든요. 그래 그 구멍이 사이로 신발을 빠뜨리면 저 하동 포구에서 찾는다, 실지로 그랬어요. 그런 틈바위도 있고 그러지요. 그런데 인자 그러 그런께, 도선 구사를 …(녹음불량) 일반적으로는 모르죠. 설화는 경주도읍쪽 설화가 여기에도 있다.

그럼 도선스님이 조금 전에 얘기했던 사도리에서 이인을 만나서 풍수지리를 처음으로 배웠고 여기에 와서 터득을 했다고 하는데, 그런 것과 관련돼서 조금, 자세하게…

그런 내용은 내가 구전으로든지 들은 바도 없고, 문헌도 인자는 거의, 학회에서 얘기로는 바위틈에다가 부렸다, 하고 전에 나보고 그랬는데.

실제로는 도선국사가 주활동 지역이 영암에서 태어났다. 근대, 화엄, 구례에 활동 좀 했고, 광양 옥룡사에서 해탈을 했다고 그러는데 그 옥룡사에서 35년간 했고. 물론 또 전국을 돌아다녔단 전설도 있고 당나라에 갔다 온 얘기도 있고, 실질적으로 삶에 있어서 가장 중요했던 곳은 영암하고 구례하고 광양 지역이거든요. 그래서 저희들이 지금 전라남도, 전라북도 · 남도 일대를 돌아다니고 있는데, 어, 이 구례하고 광양 지역을 좀 비중을 두고, 구례의 경우는 지금 이 사성암, 그리고 연곡사하고 화엄사의 경우는 지금 저, 중창했다는 기록이 있어서 거기도 좀 다닐라고 하고, 그러고 사도리에서 풍수지리 처음 배웠다고 해서 거기 가면, 그 풍수지리 배웠다고 하는 자리가 삼국사란 절인데 인제 나중에 창건했다고 그러고, 그 지역을 좀 둘러볼 거고. 또 하나는 또, 미점사란 절이 이 지역에서는 미절로 통하던데, 그 절하고, 도선암이라는 절 있죠? 그 근처에 있다고 그러는데, 그 두 절을, 총 화엄, 그러니까 구례 지역에서는 여섯 곳을 좀 찾아다녀보려고 하는데, 여기가 구례에선 첫 번째, 동해라는 지역은 여기 거 산으로 올라온 자락…

아닙니다, 여 강 옆에. … 우리 강변도로 있죠? 요기 입구 쪼끔 지나면 마을이 하나 있어요. 거기가 인제 동해예요.

– 출전 : 『예토(穢土)에서 정토(淨土)로(도선국사 문헌자료집)』

사성암 도선굴

5. 도선국사와 백련(白蓮)

구례읍 백련리 천마산 서남록에 백련사(白蓮寺)의 유지(遺址)가 있다. 세속에 전하기를 도선(道詵)이 오산(鰲山)에 살며 멀리 바라보니 백련(白

蓮)이 피어 있었다. 그래서 절을 세웠다고 한다. 『속수구례지』에 실린 설화가 이와 같다.

– 출전 : 『구례군지』

연곡사(鷰谷寺)

연곡사는 화엄사와 마찬가지로 연기조사에 의해 창건되었으며 조선 후기에 소요태능에 의해 중창된 사찰이다. 그리고 조선 말기에는 폐사되었다가 1994년 종지 스님에 의해 중건불사가 활발하게 전개되어 오늘에까지 이르고 있다. 중요한 문화유적으로 신라 말에서 고려 초에 축성된 석조물인 동부도와 삼층석탑 및 동부도탑비, 북부도와 현각선사탑비가 전해지는데, 이로 보아 신라 말과 고려 초에는 크게 번성했던 것으로 판단된다.

연곡사는 임진왜란과 정유재란 때에는 대다수의 당우가 소실되고, 1905년 이후에는 호남의병의 근거지로도 사용되었으며, 한국 전쟁 때에는 피아골 전투로 폐사가 되는 등 민족적 · 역사적 수난과 고락을 함께 한 사찰이다. 그런 까닭에 이곳은 의병과 빨치산의 활동과 관련한 설화의 주무대로서 등장하곤 한다. 그렇지만 불교 관련 설화는 연기조사에 의한 창건설화가 유일해 보인다. 〈제비와 연곡사〉에 사찰 연기 설화가 수록되어 있다. 그리고 소요태능에 대해서는 〈소요대선사 이야기〉를 수록하여 참고 하도록 하였다.

연곡사 일주문

1. 제비와 연곡사

사찰 이름을 연곡사라고 한 것은 연기조사(緣起祖師)가 처음 이곳에 와서 풍수지리를 보고 있을 때 현재의 법당 자리에 연못이 있었는데 그 연못을 유심히 바라보던 중 가운데 부분에서 물이 소용돌이 치더니 제비 한마리가 날아간 것을 보고 그 자리에 연못을 메우고 법당을 짓고 절 이름을 연곡사라 했다고 한다.

절의 연혁을 적고 있는 기록으로는 1924년에 정병덕(鄭秉德)(鄭秉憲을 잘못 기록한 것이다. – 엮은이)이 집록한 『지리산화엄사사적(智異山華嚴寺事蹟)』 말미에 기록된 '연곡사사적'이 거의 유일하다. 이에 의하면 연곡사는 신라 진흥왕 4년(543년)에 화엄종의 종사(宗師)인 연기조사가 창건하였다고 한다. 조선 후기에 연곡사를 중창한 소요태능(逍遙太能) 역시 연곡사는 연기조사가 창건하였다고 시로 읊고 있다. 그러나 543년에 이 지역은 백제 땅에 속하였으므로 이때 창건되었다고 하는 기록은 믿을만한 근거가 없다. 한편 최근에 들어와 연기조사는 8세기에 실존하였던 인물로 밝혀졌다. 연기조사는 당시 화엄종과 연관이 깊은 승려로 인접한 화엄사도 연기조사에 의해 창건되었다고 전하고 있다. 따라서 연곡사는 화엄사의 창건과 연관하여 연기조사에 의해 8세기 무렵에 창건되었던 것으로 보인다.

– 출전 : 대한불교조계종(http://www.buddhism.or.kr)

2. 소요대선사(逍遙大禪師) 이야기

대선사의 법명은 태능(太能)이요, 소요(逍遙)는 법호이다. 속성은 오(吳)씨요, 호남 담양사람이다. 명종(明宗) 17년 임술년(1562) 9월 어느 날에 태어났으며, 그 어머니가 어떤 신승(神僧)으로부터 잔 글씨의 대승경(大乘

經)을 받는 꿈을 꾸고 잉태하였다고 한다. 나면서부터 피부가 선명하고 골격이 씩씩하였으며, 말을 하기 시작하면서 총명함을 나타내었다. 차츰 지각이 생겨남에 따라 탐욕을 멀리하고 도에 대해 듣기를 좋아하며 인자한 마음으로 보시하기를 좋아하였으므로, 그 마을에서는 모두 성동이라 불렀다.

13세에 백양산(白羊山)으로 놀러갔다가 세상 밖의 경계를 보고 곧 속세를 벗어날 뜻을 품어, 진대사(眞大師)를 의지하여 삭발하고 경율(經律)을 배워 그 뜻을 철저히 밝히셨다. 그때 부휴대사가 속리산 법주사(法住寺)와 해인사(海印寺)에 왕래하며 교화하였으므로 스님은 나아가 화엄경을 배우고 그 오묘한 뜻을 다 얻으셨다.

부휴의 회상(會上)에 수백 명이 있었지만 오직 스님과 운곡충(雲谷沖)과 송월응상(松月應祥)을 일컬어 법문(法門)의 삼걸(三傑)이라 하였다. 명나라 장군 이여송이 오랑캐를 치고 승리하여 돌아가는 길에 해인사에 머물다가, 대사의 단아함을 보고 부휴대사께

"백락(伯樂)의 마굿간에 뛰어난 말이 많구려."

라고 하자, 부휴의 여러 제자들이

"태능이야말로 뛰어난 말입니다."

하였다.

스님은 이전부터 서산대사(西山大師)께서 묘향산에서 교화를 펴신다는 말을 듣고 찾아가 '서래(西來)의 뜻[西來意]'을 물으셨다. 서산대사는 첫눈에 스님이 법기임을 알아보시고, 곧 건당(建幢)을 시켜 바리[발(鉢)]를 전한 다음 3년 동안 지도하였다. 이윽고 개당설법(開堂說法)을 하자 청중이 그 문하에 가득하였는데, 당시 스님의 나이는 20세였다. 그 뒤 얼마 지나지 않아 서산대사는 스님에게 법게(法偈)를 주셨다.

그림자 없는 나무를 베어와

물위의 거품에 모두 살라 버린다.
우스워라 소를 탄 사람이여
소를 타고서 다시 소를 찾누나.

그 뒤 남방으로 내려와 여러 종장(宗匠)을 찾아 두루 물어보았으나, 그 뜻을 알고 해석하는 사람은 아무도 없었다. 그리하여 다시 묘향산으로 가서 조사께 그 뜻을 물어 비로소 무생법인(無生法忍)을 얻고, 마음을 관(觀)하며 성품에 맡겨 거리낌 없이 소요하니 머무는 곳마다 따르는 자가 구름처럼 달려오고 시냇물처럼 모여들어, 임제의 종풍(宗風)을 크게 떨치셨다.

임진왜란 때 서산(西山)과 송운(松雲)이 의병을 일으켜 전쟁터로 나아가자, 스님은 불전에 제(齋)를 베풀어 정성껏 그윽한 도움을 빌었으며, 병자년(1636, 인조 14년)에 남한산성을 쌓는 역사가 있었을 때에는 나라의 명령을 받들어 서성(西城)을 보완하고 뜻밖의 일에 대비하였으니, 임금에 충성하고 나라를 걱정하는 그 마음은 서산이나 송운과 같은 길이요 조금도 다를 바가 없었다.

가는 곳마다 스님이 법을 설하는 자리에는 잔나비가 경을 들으며 머리를 숙였고 뱀이 법을 듣고 허물을 벗었으니, 그 교화가 이류(異類)에까지 미침이 이와 같았다. 그리고 지리산의 신흥사(新興寺)와 연곡사(燕谷寺)를 창건할 때는 조정과 백성이 다 대사의 도화(道化)에 감화되어 얼마 지나지 않아 모두 이루었다. 인조 27년(1649) 기축년 11월 21일에, 스님은 열반을 이야기 하다가 붓을 찾아 임종게(臨終偈)를 쓰셨다.

해탈이 해탈 아니거니,
열반이 어찌 고향이겠는가.
취모검(吹毛劍)의 빛이 번쩍이나니,

입으로 말하면 그 칼을 맞으리.

드디어 열반에 드시니 붉은 무지개가 하늘에 뻗치고 묘한 향기가 방에 가득하였다. 법랍 88세였다. 다비하는 날 저녁에는 영골(靈骨)이 불 밖으로 튀어나오고, 사리 2과가 축원에 의해 공중에 솟아올랐으므로, 연곡사, 금산사, 심원사 세 곳에 탑을 세워 봉안하였다.

효종대왕은 잠저(潛邸)에 계실 때부터 스님의 도를 듣고 그 고풍을 흠모하였는데, 대사가 열반하셨다는 말을 듣고 못내 슬퍼하였으며, 4년 후인 임진년(1652) 봄에는 특별히 명하여 혜감선사(慧鑑禪師)라는 시호를 내렸다. 이는 실로 특이한 은전(恩典)이다. 또 중사(中使)를 시켜 향과 폐물을 하사하고, 상신(相臣)인 백헌(白軒) 이경석(李景奭)을 시켜 비명을 지어 금산사에 세우게 하셨다. 문집 1권이 간행되어 세상에 나왔다.

불초 문하의 11세 법손(法孫)인 혜근(惠勤)이 조계산 대학암(大學庵)에서 삼가 쓰노라.

– 출전 : 쌍계사(http://www.ssanggyesa.net)

연곡사 소요대사탑

| 구례편 출전 |

1. 비명(碑銘)

- 해동백계산옥룡사(海東白玏山玉龍寺) 증시선각국사비명(贈諡先覺國師碑銘)(한국금석문 종합영상정보시스템)
- 화엄사벽암대사비(華嚴寺碧巖大師碑)(한국금석문 종합영상정보시스템)

2. 문헌

- 일연, 『삼국유사(三國遺事)』 권4.
- 남효온(南孝溫), 「지리산 일과」, 『추강선생문집(秋江先生文集)』.
- 『신증동국여지승람(新增東國輿地勝覽)』 제40권, 전라도(全羅道) 구례현(求禮縣)
- 권상노, 『한국지명연혁고(韓國地名沿繹考)』, 동국문화사, 1961.
- 한정섭, 『속편 불교영험설화』, 법륜사, 1984.
- 한국정신문화연구원, 『한국구비문학대계』 5집 7책, 한국정신문화연구원, 1987.
- 정두석, 『불교설화전서』, 한국불교출판부, 1990.
- 범해(梵海), 김윤세 역, 『동사열전(東師列傳)』, 광제원, 1991.
- 국립목포대학교박물관 · 전라남도 · 구례군, 『구례군의 문화유적』, 국립목포대학교박물관, 1994.
- 전라남도지편찬위원회, 『전라남도지』, 1995.
- 한정섭, 『불교설화 대사전』, 불교정신문화원, 2001.
- 영암군 · 월출산 도갑사 도선국사연구소, 『예토에서 정토로(도선국사문헌자료집 I)』, 2002.
- 화엄사, 『화엄사-화엄석경』(화엄사 · 화엄석경 보존 · 복원을 위한 연구논문집)』, 2002.
- 구례군지편찬위원회, 『구례군지』, 2005.

3. 웹페이지

- 한국금석문 종합영상정보시스템(http://gsm.nricp.go.kr)
- 화엄성지 지리산대화엄사(http://www.jinjo.org)
- 대한불교조계종(http://buddhism.or.kr)
- 쌍계사(http://www.ssanggyesa.net)

남원편

실상사(實相寺)

지리산 자락이 감싸 안은 것 같은 평화롭고 풍요로운 고을 남원시 산내면에 천년고찰 실상사가 있다. 지리산의 북쪽 관문인 인월에서 심원, 달궁, 뱀사골 방면으로 향하다 보면 삼거리가 나오는데 여기서 왼쪽으로 마천방면으로 가다보면 만수천변에 호국사찰로 천년의 세월을 버티고 지내온 실상사가 나타난다.

실상사는 지리산 깊은 계곡에서 흐르는 만수천을 끼고 풍성한 들판 한가운데 위치해 있으며 동으로는 천왕봉과 마주하면서 남쪽에는 반야봉, 서쪽은 심원 달궁, 북쪽은 덕유산맥의 수청산 등이 병풍처럼 둘러싸인 채 천년 세월을 지내오고 있다. 대부분 우리나라의 사찰이 깊은 산중에 자리잡고 있는데 비해 지리산 자락의 실상사는 들판 한가운데 세워져 있는 것이 특이하다. 지리산 사찰 중 평지에 자리한 절은 이곳 실상사와 단속사가 있는데, 단속사는 폐허가 된 채 석탑만 남겨져 있는데 비해 실상사는 여전히 사찰 구실을 하고 있다.

천년사찰, 호국사찰로 잘 알려진 실상사는 신라 흥덕왕(興德王) 3년(828년) 증각대사 홍척(洪陟)이 당나라에 유학, 지장의 문하에서 선법(禪法)을 배운 뒤 귀국했다가 선정처(禪定處)를 찾아 2년 동안 전국의 산을 다닌 끝에 현재의 자리에 발길을 멈추고 창건했다.

증각대사가 구산선종(九山禪宗) 가운데 최초로 그의 고향인 남원시 산내면 입석리에 절을 세운 것이다. 증각대사의 높은 불심을 높게 기린 흥덕왕이 절을 세울 수 있게 해줬고 왕은 태자선강과 함께 이 절에 귀의했다. 증각은 실상사를 창건하고 선종을 크게 일으켜 이른바 실상학파(實相學派)를 이루었고 그의 문하에서 제2대가 된 수철화상과 편운(片雲)스님이 가르친 수많은 제자들이 전국에 걸쳐 선풍(禪風)을 일으켰다.

이 절에는 '일본이 흥하면 실상사가 망하고, 일본이 망하면 실상사가 흥한다.'는 구전이 있는데 이는 천왕봉 아래 법계사에서도 전해지고 있어 흥미를 끈다. 이를 증명하기라도 하듯 실상사 경내의 보광전 안에 있는 범종에 일본 열도의 지도가 그려져 있는데 스님들이 예불할 때마다 종에 그려진 일본열도를 두들겨 치고 있다. 일반인들도 이곳을 찾으면 쉽게 범종의 일본을 두들겨 칠 수 있다. 이는 앞서 언급했듯 우리나라와 실상사가 흥하면 일본이 망한다는 구전에 의한 것으로 여겨진다. 스님들과 일반인들이 이 속설에 따라 범종의 일본지도를 많이 두드린 탓에 범종에 그려진 일본지도 중 홋카이도와 규슈지방만 제 모양으로 남아 있을 뿐 나머지 열도는 희미해져 가고 있다.

천년 사찰 실상사에는 많은 전설이 내려온다고 전해지나, 실상 전설이라기보다는 '실상이 망하면 나라가 쇠하고, 실상이 흥하면 나라가 흥한다.'는 속설과 '실상사가 흥하면 일본이 쇠퇴하고, 그와 반대로 일본이 흥하면 실상사가 쇠퇴한다.'는 속설이 모양을 바꾸면서 여러 경로로 전해져 오고 있다. 오늘날 설화로서 자격을 온전히 갖춘 작품은 하나도 전해지지 않고 있으며, 사실에 깃댄 '승천년 속천년'이라는 이야기가 그나마 설화로

써 구실을 하고 있다. 실상사 벅수에 관련된 단편적 이야기가 전해지나, 장승에 관한 일반적 설화로 판단하고 여기에 수록하지 않았다.

남원 실상사

1. 승천년 속천년

실상사에는 옛날부터 누구에 의해 지어진 말인지는 모르지만 '승천년 속천년(僧千年 俗千年)' 즉 중의 터로 천 년이 지나면 속인의 터로 천 년이 바뀌어진다는 몹시 허무맹랑한 말이 전해와 떠돌고 있었다. 이런 허망한 내용을 믿고 실상사 땅을 자기들 소유로 만들려고 하는 어리석은 시골양반들이 있었다.

함양 사는 양재묵과 산청 살던 민동혁이란 사람이 있었다. 전설대로라면 승 천 년이 지났으니 속 천 년의 운세로 바뀔 때가 되었다고 생각했다. 이에 실상사를 불태우면 수백 두락의 전답을 얻을 수 있다고 믿었다. 이들은 심복인 노복을 시켜 절을 태우게 했다.

그런 일이 있고 난 얼마 후에 노복이 자수를 했다. 이에 절에서는 두 사람을 운봉 형방청에 고소를 했다. 그러나 형방청은 이들이 준 뇌물로 인해 유야무야 넘어갔다. 따라서 절에서는 운봉 형방청의 상급기관인 전주 형방청에 고소를 제기하게 되었다. 그런데 전주 형방청에서는 도리어 산골 중들이 염불은 하지 않고 양반들을 모함하여 관가에 소송이나 한다고 하여 도리어 스님들을 잡아 가두게 된다. 그럴 즈음에 경북 문경에 사는 정환중이란 양반 한 사람이 서울로 올라가 나라에 상소하기를 "실상이 망하면 나라가 쇠하고 실상이 흥하면 나라가 흥한다는 호국사찰인데 양재묵과 민동혁이 실상사를 방화 멸망케 하고 그들의 소유로 만들려고 흉계를 꾸민 범인을 운봉 형방청에 고소를 하였으나 운봉영장은 뇌물에만 마음이 끌려 귀정(歸正)을 지어주지 않고 있으니 나라 망하기를 바라는 역적 놈들입니다. 실상사가 하루 빨리 복구되어 호국상축 기원도량이 되어야 할 것입니다. 적재(適材)는 못되오나 소인을 운봉영장으로 하명하여 주시면 곧 실상사를 복구하여 나라에 충성을 다 하겠습니다."라고 했다.

나라에서도 이를 그럴듯하게 여겨 그를 운봉영장으로 임명하게 되었다. 정환중은 운봉영장으로 부임하자 곧 주민들을 동원하여 실상사 법당 재건에 열중했다. 그러나 막상 일을 해보니 자금이 너무 많이 들어 일반 백성들의 힘만으로는 도저히 완성할 수가 없었다. 그리하여 조정에다 보조금을 하사해 주기를 간청하게 되었다. 때맞춰 나라에서 보조금이 하사되었다. 그때가 고종 25년(1888년) 무렵인데 무거운 엽전으로 쓰던 화폐가 은전으로 바뀌어 간편한 화폐로 나왔다. 운봉영장 정환중은 간편한 은전을 보자 견물생심이라 그만 마음이 변하여 그 돈을 훔쳐 도망을 갔다.

실상사 동종

대복사(大福寺)

서기 893년(신라 진성여왕 7)에 도선(道詵)이 교룡산의 강한 기를 누르려고 창건하였다. 창건 초기에는 대곡암(大谷庵)이라 불렀다. 1597년(조선 선조 30) 불에 탔다고 하며 이후의 연혁은 전하지 않는다. 조선 중기에 폐사된 뒤 작은 암자로 있다가 조선 후기에 중창된 것으로 추정된다. 그러나 이후 다시 폐사로 버려져 있던 것을 1938년 박경찬(朴敬贊)과 그의 부인 황(黃)씨가 중건하였다.

대복사는 그리 크지 않은 사찰이지만 대복사로 불려지게 된 설화가 여러 문헌과 구비 전승을 통하여 다양하게 전승되고 있다. 유형은 크게 두 가지로 1), 2)으로 정리한 '대복과 오리정 구렁이'에 관한 유형과 3), 4)로 정리한 '대복과 가사'에 관한 유형이다. 두 유형 모두 구렁이나 뱀이 주요 화소로 등장하는데, 도선국사가 교룡산의 강한 기를 누르려고 대복사를 창건한 것과 밀접한 관련이 있어 보인다.

이 두 유형의 설화 중 '대복과 오리정 구렁이' 유형이 압도적으로 수가 많은 것으로 보아 원형으로 보인다. 조사 결과 이 유형의 설화는 스물세 가지나 되는 것으로 파악되었다. 또한 '대복과 가사' 유형과는 달리 아내와의 직접적 갈등이 표면에 부각되지 않고 있다. 또한 이야기의 서두에 120년 전이나 150년 전으로 나오는 것으로 보아 조선 후기에 생성된 설화로 보인다. 비슷한 유형의 설화를 중복하여 정리한 것은 조사된 설화 중 가장 설화의 전형적 구조를 갖춘 작품으로서 화소의 변화 과정을 유추해 볼 수 있기 때문이다.

대복사 극락전

1. 대복과 오리정 구렁이

지금부터 약 1백 50년 전, 춘향이와 이도령 이야기로 유명한 전라도 남원 고을에 대복이라는 사람이 살고 있었다. 힘이 세고 매우 용감하게 생긴 이 사람은 맹리 말을 타고 전주 관가에 공문서를 전달하는 일을 했다.

어느 날, 전주에 서류를 전하고 오는 길이었다. 하지 무렵이라 해가 한창 긴 때인데 그날따라 흐린 탓인지 여느 때보다 일찍 저물었다.

"주막에서 하룻밤 묵어갈까? 아냐, 부인이 기다릴 텐데 어서 가야지."

대복은 사위가 어두워지자 말 위에서 잠시 망설였으나 집에서 기다릴 아내를 생각하고는 다시 갈 길을 재촉했다. 춘향과 이도령이 이별했다는 오리정 고개에 막 다다랐을 때였다. 주위는 조용하여 말발굽 소리만 요란할 뿐인데 어디선가 대복을 부르는 소리가 들리는 듯했다. 대복은 말의 속도를 줄이고 사방을 두리번 거리며 귀를 기울였다.

"대복아! 대복아!"

분명 자신을 부르는 소리가 틀림없었다. 발을 멈추고 소리나는 쪽을 향해 고개를 돌리던 대복은 그만 '앗!' 하고 질겁을 했다. 바로 어깨 너머에 보기만 해도 소름이 끼칠 큰 구렁이가 두 눈에 시퍼런 불을 켜고 혀를 날름대고 있는 것이 아닌가. 그처럼 담이 크고 용감한 대복이도 이번엔 놀라지 않을 수 없었다. 그러나 그는 헛기침을 한 번 하고는 떨리는 마음을 가라앉힌 뒤 점잖게 말했다.

"그래, 무슨 연유로 남의 바쁜 걸음을 지체케 했느냐?"

"나는 백 년간이나 이 오리정 연못을 지켜온 '지킴'인데, 흉한 탈을 벗고 사람으로 다시 태어나는 것이 소원이다. 그래서 오늘밤 내 너를 잡아먹고 나는 사람으로 태어날 테니 너는 이 연못의 지킴이가 되어 줘야겠다."

순간 대복은 허리에 찬 칼을 뽑아들었다. 그때였다. 허공에서 한 줄기 빛이 일더니 관세음보살이 나타났다.

"오리정 연못의 지킴이는 듣거라. 대복이는 본인의 심성도 착하지만 그 부인 불심이 깊어 남편을 위해 부처님께 간절이 기도하고 지성껏 시주하니 그 정성과 공덕을 보아 해치지 않도록 해라."

평소 아내가 절에 가는 것을 좋아하지 않던 대복이었으나 그날은 자기도 모르게 합장배례하고는 관음보살님께 감사했다. 그리고는 고개를 들어 하늘을 보니 관음보살은 간 곳이 없었다.

"그대는 부인의 공덕으로 오늘 목숨을 건지었소. 그러나 나는 구렁이 탈을 벗지 못해 한이 되니 집으로 돌아가거든 내가 인간으로 다시 태어나도록 부처님께 기도해 주길 부탁하오."

구렁이는 이처럼 신신당부를 하고는 힘없이 연못으로 들어가 버렸다. 대복은 '어휴, 이제 살았다.'며 긴 한숨을 내쉬었다.

"알았다. 내 집에 가거든 네 부탁을 잊지 않고 열심히 기도할 것을 약속하마."

대복은 뒤도 돌아보지 않고 달렸다. 집에 도착하자마자 그는 아내에게 물었다.

"여보, 당신 혹시 절에다 많은 시주를 한 일이 있소?"

"들어오시자마자 웬 시주 이야기세요?"

절에 가는 것을 마땅찮아 하던 남편이 시주 말을 꺼내자 부인은 내색을 꺼렸다.

"부인, 그렇게 곤란해 하지 않아도 되오."

눈치를 챈 대복은 담뱃대에 불을 붙인 뒤 오리정에서 일어났던 아슬아슬한 사연을 아내에게 들려줬다. 이야기를 듣고 있던 아내는 여러 차례 관세음보살을 뇌이면서 부처님께 감사했다.

"실은 당신께 꾸중들을까 염려해서 밝히지 않았으나 얼마 전 대곡사에 쌀 30석을 시주하고 삼칠일 기도를 올렸습니다. 바로 어제 회향했어요."

"당신의 그런 지극한 정성이 아니었다면 나는 지금쯤 오리정 연못의 지킴이가 되었을 것이오. 여보, 정말 고맙소."

그날부터 대복은 착실한 불제자가 되었다.

"부인, 부처님 가피가 아니었다면 내 어찌 당신 곁에 이렇게 살아 있을 수 있겠소. 내 그 은혜에 감사하기 위해서 불사를 하고 싶은데 당신 뜻은 어떻소?"

"그야 물으시나마나지요. 적극 찬성이에요."

"그럼 우리 절 대곡사 법당이 굉장히 낡았던데, 우리 집 재산을 다 바쳐서라도 법당을 중창하도록 합시다."

대복이 내외는 그날로 대곡사 법당 중창불사를 시작, 법당을 새로 지었다. 낙성식 날이었다. 대복이는 많은 신도들과 축하객들이 참석한 자리에서 자신이 법당을 새로 짓게 된 사연을 이야기했다. 사람들은 부처님의 가피에 감탄을 연발하며 고개를 끄덕였다. 그때였다. 맨 앞줄에 앉아 있던 남원부사가 말했다.

"듣고 보니 부처님의 가피가 진실로 하해와 같이 놀라울 뿐이오. 더욱이 그대 부인의 정성은 더욱 감동스러우며, 부처님이 계신 훌륭한 법당을 새로 지은 그 불심 또한 가상타 아니할 수 없소. 이러한 대복의 불심과 사연을 후세까지 기리기 위해 이 절 이름을 대곡사에서 대복사로 바꿔 부르는 것이 좋을 것 같은데 주지 스님의 의향은 어떠하신지요?"

"소승도 부사님 생각과 꼭 같습니다. 대복이란 크게 복이 깃든다는 뜻이니 아주 훌륭한 이름입니다. 이왕이면 부사님께서 〈대복사〉 현판을 오늘 써 주시지요."

부사는 쾌히 그 자리에서 대복사란 현판 글씨를 썼다. 그 후 대복이는 오리정 지킴이가 사람으로 환생하길 기원하는 백일 기도를 올렸다. 기도를 마치는 날 밤이었다.

"고맙소. 그대 때문에 나는 남자로 태어났소. 당신이 더욱 선업을 쌓고 정진하여 꼭 극락왕생하길 나는 기원하겠소."

꿈에서 깬 대복은 부처님께 감사의 절을 거듭했다.

– 출전 : 『한국불교전설99』

오리정과 연못

2. 대곡암과 대복사

지금으로부터 약 120년 전이니 조선 25대 철종 무렵의 일이었다. 남원부에서 벼슬살이를 하고 있던 사람 가운데 강대복이란 사람이 있었다. 그는 힘이 장사요, 게다가 풍채가 대장부답게 생겨 누구나 그를 호걸로 대해 주었다. 이때 남원부는 도호부로서 전주에 있는 전라 관찰부와의 관용 왕래가 퍽 빈번하였다. 그것은 관찰부에서 남원부로 출장을 나오는 관리들, 또는 남원부에서 관찰부로 연락할 용무가 잦았는데, 사람이 직접 말을 타고 달려가 공문서를 전달하는 수밖에 없었다.

이때만 하더라도 길이 미개하고 소삽하여 이러한 먼 길에 관용 출장 임무를 띤 사람은 특히 힘깨나 쓰고 임기응변에 능해야 하였다. 강대복은 이러한 임무에 가장 적임자였다. 그래서 그는 거의 쉴 사이 없이 관찰부를 말 타고 왔다 갔다 하였다. 어느 날 그가 급한 공문서를 관찰부에 전하고 돌아오는 길이었다. 보통사람이면 찰방이 주둔하고 있는 오수지역에 일숙을 하고 돌아갈 것이로되 워낙 매일처럼 다니는 길이고, 또 기골이 장대한지라 밤길도 무섭다 않고 웬만하면 무리를 해서라도 남원까지 올 수 있었다.

이날도 찰방이 굳이 말리는 것을 듣지 않고,

"한식경이면 금방 남원까지 달릴 수 있으니 방심하지 마십시오."

하고 말을 힘차게 몰았다. 이 길은 자신이 여러 차례 다녔던 길이기 때문에 익숙해 있었다. 그리하여 그는 눈을 감고도 말을 타고 달릴 수 있었다. 그런데 덕고방(지금의 덕과면)에 닥치니 땅거미는 짙어 차차 어두워졌다. 게다가 하늘에는 먹구름이 끼어 더더구나 캄캄하였다. 매안방(사매면)을 지나 이도령과 춘향이가 이별하였다는 오리정 고갯길에 이르렀을 때였다. 주위는 아람드리 밀림이 우거지고 말발굽 소리만이 요란스리 들릴 뿐이었다.

말이 오리정 앞 조그만 연못가를 번개같이 지나칠 때였다.

"대복아! 대복아…"

바로 등 뒤에서 우레같은 큰 소리로 자기 이름을 무게 있게 부르고 있지 아니한가. 그는 담력이 있을 뿐 아니라 익숙한 길이므로 아닌 밤중에 자기 이름을 부르는 데도 별로 놀라지도 않고 말의 속도를 줄이면서 본능적으로 뒤를 돌아다보았다. 순간 그는 말을 멈추지 않을 수 없었다. 자기 이름을 정답게 부르기에 친한 친구인 줄만 알았던 것이 이게 웬일인가? 어깨 너머로 곤두서 있는 것은 보기만 해도 징그러운 구렁이, 그것도 이만 저만 큰 구렁이가 아니었다. 입을 벌겋게 벌리고 손바닥 같은 혀를 날름거리며 눈에는 새파란 불을 켜고 있지 아니한가? 보통사람 같으면 그만 기절하였을 것이다.

그러나 호랑이라도 잡을 듯한 천하장사였지만 이런 때는 칼도 빼들 수 없었다. 왜냐하면 어깨를 스칠만치 구렁이는 대복에게 다가와 기둥처럼 곤두서 있었기 때문에 그는 칼을 뺄 수가 없었다. 더구나 그가 칼을 빼는 순간 구렁이가 재빨리 덤빌 것이기 때문이었다. 그는 큰 기침을 한바탕하고 나서,

"나는 네가 부르는 대로 과연 남원부에 사는 강대복이니라. 그런데 어인 일로 나의 급한 행차를 멈추게 하는고?"

하고 책망하듯 물었다.

"나는 저 연못 속에서 몇백 년을 살고 있는 고직이다. 그동안 이 흉한 탈을 벗고 인도환생 하기가 소원이었느니라. 그래서 오랫동안 공을 들여왔다. 그 보람이 있어 오늘은 신의 계시를 받아 그대를 기다리고 있었다. 그대는 오늘부터 내 대신 저 연못의 고직이가 되어야 할 것이다. 그것은 신의 계시가 있어 하는 것이니 오늘 밤 나에게 먹힌다 하더라도 원망하지 말라."

라고 한 뒤 대복을 혼절시키려고 으르렁 대었다. 구렁이는 벌렸던 입을 한층 떡 벌리고 눈에는 쌍불을 켜며 금방이라도 대복을 삼킬 듯하였다. 그는 징그러운 구렁이의 내력을 듣고 흠칫 놀랐으나 온몸에 힘을 주어 정신을 번쩍 차렸다.

바로 이때였다. 번개불이 번쩍 일어 일진의 광명이 비치면서 부처가 나타났다. 백발 수염은 땅에 닿을 듯 하고 오른손에 법장을 왼손엔 염주를 들고 대복이와 구렁이 앞으로 다가왔다.

"오리정 연못의 고직이는 듣거라. 대복이 이 사람으로 말하면 속세의 인간이기 때문에 저지른 죄가 많이 있는 것은 사실일 것이다. 그러나 그의 부인이 부처님께 가사불사(부처님께 드린 시주)한 공덕이 또한 크니라. 그러니 그 부인의 정성을 보아 대복이를 헤쳐서는 안되느니라."

라고 구렁이에게 말하는 부처님의 모습이 엄숙하고 그의 말씀이 추상같

아서 대복이는 물론이요, 구렁이도 힘없이 고개를 숙였다. 이윽고 부처님의 말씀이 끝나자 한참만에 그가 고개를 들어 살펴보니 방금 계셨던 부처님은 간데 없고 옆에 구렁이만 힘없이 엎디어 있었다. 구렁이는 그에게,

"그대는 그대의 부인이 쌓은 공덕으로 오늘의 죽음을 모면하게 되었으니 천만 중의 다행이라 생각하라. 그러나 나는 이 몸의 탈을 벗지 못해 한이 되니 그대가 집으로 돌아가거든 이 몸을 불쌍히 여겨 나를 부처님께 빌어서 인도환생의 소원을 풀 수 있도록 해주기 바란다."
라고 말한 뒤 몇 번인가 고개를 숙이면서 다시 오리정 연못으로 들어가 버렸다. 대복이는 그제서야,

"휴우"
한숨을 놓으며 온 몸에 저린 땀을 씻고 연못 쪽으로 향하여 예를 갖춘 다음 다시 말을 달려 곧장 남원부에 닿아 집으로 갔다.

가뜩이나 시장한 판에 우선 부인이 받쳐온 밥상을 먼저 붙잡고 정신없이 주린 배를 채운 다음 부인에게 묻는다.

"내 좀 알아볼 일이 있어 하는 말인데 당신 예전에 혹 어느 절에 가사불사 드린 일이 있소."

남편의 돌연한 질문에 부인은 깜짝 놀랐다. 그러나 놀란 표정을 남편에게 보여서는 아니 되었다. 그녀는 애써 태연한 척 하면서,

"가사불사라니 그게 무슨 말이요? 그런 일을 한 일이 없는데, 왜 가사불사가 어찌 되었나요."

아내는 시치미를 떼며 남편을 쳐다보고 도리어 묻는다. 이것은 남편 몰래 백미 30석을 대곡사에 시주로 바치고 불공을 드린 것이 알려지면 크게 꾸지람을 들을 것이 겁이 나 이처럼 시주드린 사실을 딱 잡아 뗀 것이다.

가사불사 드린 것을 딱 잡아 뗀 아내의 속마음을 대복이가 눈치 채지

못하였겠는가? 그는 아내의 고백을 굳이 들으려고 하지 않고 숨을 몰아 쉬며 서서히 말하였다.

"나는 오늘 꼼짝없이 죽을 목숨이었는데 당신이 가사불사 드린 덕분으로 이렇게 살아왔소."

말을 이어 그는 오는 길에 있었던 자초지종을 부인에게 들려주었다. 그의 말을 듣고 있던 부인은 몇 번이나 자지러지게 놀라기도 하였다. 그녀는 하는 수없이 자기가 가사불사를 하였던 내용을 그에게 털어 놓았다.

"부처님의 영험 참으로 거룩도 하셔라. 아까는 당신이 내력 없이 뜻밖의 물으시는 말씀이라 당신으로부터 꾸중을 들을까봐 거짓을 말씀드려 미안하게 되었어요. 실은 뜻한 바 있어 대곡사에 백미 30석을 가사시주로 올리고 삼칠일(스무 하루)의 기도가 어제야 끝이 났답니다. 나무아미타불. 관세음보살."

그의 부인은 몇 번이고 '나무관세음보살'을 되뇌이며 부처님께 고마워하였다. 자기의 부인으로부터 이 말을 들은 강대복은 부인이 30석을 바치고 가사시주 드린 것을 꾸중하기는커녕,

"당신의 공 드림이 아니었다면 이 몸은 소문 없는 객사 죽음으로 당신과 영영 이별을 할뻔하였구료. 나는 오늘 꼭 죽을 목숨이었는데 부처님의 보호로 살아난 것이니 이대로 있을 수 있겠소. 듣자니 대곡사 법당이 심히 낡았다고 하는데 남은 여재를 바쳐 법당을 짓도록 하겠소. 이것은 나의 생명을 보호해주신 부처님께 다시 감사를 드리고 또 이 몸이 부처님께 귀의하려는 뜻에서 하는 일이니 당신도 그리 아오."

그리하여 대복이는 가산을 모두 바쳐 허물어가는 대곡사 법당을 다시 개축하였다. 법당이 낙성되는 날 남원부사가 친히 나와 축하 잔치에 자리를 같이 하였다. 이 자리에서 강대복은 사재를 바쳐 이 법당을 지어드리게 된 연유에 대하여 자세하게 부사에게 아뢰었다. 수개월 전 전주 관찰부를 다녀오는 길에 오리정을 지나면서 겪었던 일이며, 아내가 자기 몰래

가사시주를 드린 일 등. 이 말을 들은 그곳에 참석해 있던 사람들은 탄복하지 않은 이가 없었다. 이윽고 부사가 말하였다.

"듣고 보니 부처님의 영험은 진실로 고마울 뿐이요. 과연 부인도 현명하거니와 부처님의 자비로 목숨을 건진 그 보답으로 사재를 시주 바쳐 이와 같이 훌륭한 법당을 지어 드리니 그 정성 또한 가상타 아니할 수 없소. 그대 그 정성을 길이 새겨 후세토록 기념하기 위하여 〈대곡사〉를 이제부터 〈대복사〉로 고쳐 부르는 것이 좋을 듯한데 주지스님의 의향은 어떠시오."

주지는 물론이요 그 자리에 참석하였던 모든 사람들은 부사의 말에 모두 찬성하였다.

"부처님의 말씀 이 주지의 생각과 똑같습니다. 바라옵건대 일필휘지로 부사님께서 친히 현판을 써 주시옵소서. 나무아미타불. 관세음보살."

스님은 사동을 시켜 지, 필, 묵을 가져오라 해서 부사님께서 드려 대복사라 크게 쓴 현판 액자를 받았다.

그 후 대복은 지난 날 만났던 오리정의 구렁이가 탈을 벗고 인도환생하여 주기를 대복사에서 백일기도 하였다. 백일기도가 끝난 날 한 꿈을 얻었는데 이는 말할 것도 없이 오리정 구렁이가 인간으로 환생하는 꿈이었다.

– 출전 : 『남원군지』

3. 대복설화

조선시대 후기에 절을 중수한 대복에 관한 전설이 〈가사일월광연기(袈裟日月光緣起)〉라 해서 전하는데, 그 내용은 다음과 같다.

철종 임금 때 성씨는 알 수 없지만 이름은 대복(大福)이라는 사람이 남원부의 관리로 근무하고 있었다. 어느날 대복은 새로 부임하는 남원 부사를 맞기 위해 집을 나섰다. 그 사이 한 비구니 스님이 대복의 집에 와서는 그의 아내에게 절에서 하는 가사(袈裟) 만드는 불사에 시주할 것을 권했고, 대복의 아내는 남편을 위해서 기꺼이 그렇게 했다.

한편 대복은 신임 부사를 맞이하러 관아로 가는 길이었다. 그런데 읍내에서 가까운 한 다리에 이르자 그 밑에서 자신을 부르는 소리가 들렸다. 이상하게 여겨 내려가 보니 귀와 뿔이 달린 큰 뱀이 머리만 드러낸 채 말하기를,

"너는 마땅히 한 달 안으로 죽어서 뱀으로 화할 업보를 받을 것이나, 지금 네 아내가 가사를 시주한 공덕이 있어 당장은 죽음을 면하게 되었다. 그러나 너는 재물을 탐하는 마음을 갖고 있어, 앞으로 절을 짓지 않으면 내 대신 네가 뱀으로 화하는 업보를 30년 동안 받을 것이다. 그러나 만약에 네가 절을 짓게 되면 내가 네 과보를 천년 동안 대신 받게 된다. 그렇지만 네가 만일 나를 위해 절을 짓는다면 나로 하여금 이 같은 업보를 벗어날 수 있도록 할 수 있다."

라고 했다. 대복은 매우 놀라 부지불식간에 그렇게 하겠다고 말했다.

대복은 신임 부사를 맞은 뒤 일을 끝내고 집으로 돌아와 집을 청소하고 기원을 했다. 그러나 문득 마음에 의심하는 바가 생겨, 아내에게 가사 조성 불사에 시주한 것을 물었다. 그렇다는 아내의 대답을 듣자마자 대복은,

"네가 가장이 출타한 새 마음대로 돈을 헛되이 쓰다니 결코 용서 못하겠다."

하면서 계단 앞에서 활을 내어 아내를 쏘았다. 그러나 화살은 아내를 맞추지 못했고, 대복은 정신을 잃고 쓰러졌으며 아내 역시 놀라 그만 기절해 버렸다.

한편 절에서는 가사를 만들기 위해 훌륭한 솜씨를 가진 공인(工人)을

불러 재단을 하고 있었다. 그런데 갑자기 두 개의 불덩이가 날라와서는 가사 한 가운데를 뚫고 지나가면서 가사를 태워 구멍 두 개가 나버렸다. 스님은 일을 수습하고는 대복의 집을 찾아 그간의 괴이한 사정을 들었다. 그리고는 대복 부부에게 설법을 내리며 대복에게 의심하는 마음을 갖지 말도록 타일렀다. 대복은 그제서야 마음에 감동이 일어 아까 만났던 큰 뱀을 위해 대복사를 지었다. 지금 가사 뒤를 보면 일월(日月)을 수놓은 것이 보이는데, 그것이 바로 불덩이가 가사를 꿰뚫고 지나간 자리를 막기 위해 수놓은 것이다.

4. 대복사 가사일월광연기

조선시대에 남원부의 아전인 대복(大福)이라는 사람이 있었다. 평소 사냥을 즐겨 하던 그는 성질이 거칠어 동네사람에게 빈축을 사기 일쑤였다. 그러나 그의 부인은 남편과는 정반대로 불교에 대한 신앙심이 돈독하여, 남편의 눈을 속여 가며 절에 불공도 다니고 염불도 배워 입으로 진언 외우기를 마다하지 아니하였다. 또한 스님들을 보면 친정식구를 대한 것과 다름없이 반가워하고 대접하였다. 그러나 남편이 부처님과 스님을 비방하는 것에 항상 무거운 죄를 진 것처럼 마음이 아팠다.

그러던 어느 날 교룡사의 화주스님이 집을 방문하여 시주하기를 권하였다.

"우리 절에서 스님들이 입을 가사불사를 하게 되어 동참시주를 권하러 왔습니다. 가사 한 벌을 단독으로 시주하시거나, 혼자 하시기 힘들면 여럿이 동참하여 주시면 감사하겠습니다. 한번 상의해 보시기 바랍니다."

"스님. 가사라는 것은 스님들이 입으시는 의복인데, 그것을 조성하는데 단독으로 시주하거나 동참을 하면 어떠한 공덕이 있습니까?"

대복 아내의 물음에 화주스님은 가사불사에 시주하면 어떠한 복을 받게 되는지 자세히 설명해 주었다. 설명을 들은 그녀는 단독으로 가사 한 벌을 시주하기로 하고 매일 교룡사를 왕래하며 기도를 올리고 바느질을 돕기도 하였다. 그녀가 이처럼 가사를 시주한 것은 남편의 죄업을 소멸하고 불법을 신봉하는 새 사람이 되도록 하겠다는 의도였다.

이때 대복은 신임사또의 부임을 맞이하는 일로 며칠간 관청에서 지내다가 집으로 돌아오던 중이었는데, 도중에 신천교라는 다리를 건너게 되었다. 이때 어디선가

"대복아! 대복아!"

하고 자신을 부르는 소리가 들렸다. 좌우를 돌아보니 아무도 없었지만 자기의 이름을 부르는 소리만은 똑똑하게 들렸다. 그래서 다리 밑을 내려다보았더니 커다란 구렁이가 고개를 번쩍 들면서 소리를 질렀다.

"네가 대복이지?"

대복이 소스라쳐 놀라며 기겁하다가 겨우 정신을 차리고 구렁이에게 물었다.

"도대체 너는 누군데 내 이름을 부르며 나를 아는 체 하느냐?"

"나는 본시 교룡사 동구에 살던 사람인데, 부처님을 싫어하여 불법을 비방하고 스님들을 욕하며 삼보를 파괴한 죄로 죽어서 구렁이의 몸을 받고 이 다리 밑에서 백년을 지내왔다네.

그런데 네가 또 나처럼 부처님을 싫어하고 삼보를 비방하며 불탑에 침을 뱉고 절 물건을 파괴하는 죄를 짓고 있으니, 너 역시 이 구렁이의 과보를 같이 받게 되었기에 일러주려고 한 것이네."

대복은 벌벌 떨면서 오금을 펴지 못한 채 외쳤다.

"이 일을 어찌하면 좋단 말이냐! 부처님께 죄를 지었지만 이제라도 구렁이의 업보를 면할 방법은 없겠느냐?"

"네 아내가 교룡사 가사불사에 시주를 하고 날마다 기도를 다니고 있으

니 함께 가서 모든 죄를 참회하고 기도하며 나의 명복까지 빌어주게. 그리고 허물어진 교룡사를 다시 중건하면 나도 구렁이의 업보를 벗어나 사람으로 태어날 것이고, 너 역시 구렁이의 업보를 받지 아니할 것이니 내가 시키는 대로 하겠나?"

"알겠다. 나도 약속을 단단히 지키고 네 말대로 할 터이니 당장 이 자리에서 물러가거라!"

그 말이 끝나자 구렁이는 온데간데없이 사라졌고, 겨우 정신을 차린 채 집으로 돌아온 대복은 아내가 보이지 않자 동네를 돌며 행방을 물었다. 그러자 그의 친구가 귀뜸해 주었다.

"자네 부인은 교룡사 중과 놀아나서 가사불사인가 뭔가 한다는 핑계로 매일 밤낮 절에 가서 박혀 있기 때문에 집에는 없으니 그리 알게."

이 말을 들은 대복은 화가 머리끝까지 치밀어 구렁이와 약속한 것도 다 잊어버린 채 벽장에 넣어두었던 활과 화살을 들고 교룡사로 달려갔다.

빠른 걸음으로 달려가다 보니 일주문을 향해 올라가는 아내의 뒷모습이 보였고, 사실을 확인할 것도 없이 뒤통수를 겨냥하여 활시위를 힘껏 당겼다. 대복은 백발백중의 명사수라는 말을 들어온 사람이었는데, 어찌된 일인지 활을 맞은 아내는 아무렇지도 않은 듯 걸어가고 있었다.

대복은 다시 두 번째 화살을 겨누어 힘껏 쏘았으나, 이번에도 명중되어 '딱' 하는 소리가 들렸지만 아내는 조용히 걸어만 가는 것이었다. 대복은 이상한 생각이 들어 활과 화살을 땅에 버리고 천연스럽게 가까이 쫓아가서 아내를 불렀다.

"여보, 여보! 어디를 가는 거야!"

그제야 아내는 놀란 듯 뒤돌아보며 말했다.

"당신이 돌아왔나 싶어 집에 갔지만 아직 안 오셨길래 절에 가는 길인데, 이렇게 당신이 찾아오도록 만들었네요. 오늘 절에서 가사불사 점안식을 하는 날이라 시주한 사람은 꼭 모이라고 해서 가는 길인데 어찌하면 좋죠? 당신을 두고 절로 갈 수도 없고, 중대한 불사회향을 안 보고 집으로 다시 돌아갈 수도 없으니….”

“아니야, 나랑 같이 절로 들어가세나. 같이 가서 불사회향을 보면 좋지 않겠나?”

“아니, 또 부처님께 욕설비방이나 하고 사중의 기물이나 파괴하려고 그러는 것인가요?”

그러자 대복은 이제 그러지 않는다고 말하면서 아내와 함께 절로 올라갔다. 절 안으로 들어가니 벌써 점안불공이 끝나고 시주한 이의 이름을 부르며 가사를 입을 스님들에게 나눠주는 것이었다.

잠시 후 강대복 내외의 이름을 부르자, 그의 아내가 나가서 봉투를 받아들고 한 스님께 드리기 위해 가사를 꺼내는 찰나, 화살촉 두 개가 ‘뎅그렁’ 하고 떨어지는 것이었다. 소리에 놀란 대복이 아내가 얼른 가사를 펼쳐보니 왼쪽 어깨부분의 두 군데에 구멍이 뻥 뚫어져 있는 것이 아닌가. 회향불사에 참여했던 스님들과 시주자들은 모두 아연실색을 하며, 이 가사에 무슨 부정이 끼어서 이런 일이 있는가 하며 웅성거리기 시작했다. 대복의 아내도 놀라 가슴이 울렁거리며 무슨 큰 죄나 지은 것 같았다. 이러한 광경을 지켜보던 사람 중 가장 기겁을 한 사람은 대복이었고, 자신도 모르게 많은 사람들 앞으로 나아가 그간의 사정을 이야기하며 용서를 빌었다.

이 말을 들은 사람들은 대복의 부인이 맞을 화살촉을 가사가 대신 맞은 것으로 판단하게 되었다. 따라서 두 군데 구멍이 난 이 가사를 버릴 것이 아니라 구멍을 막아서 입을 수 있도록 하자고 의견을 모았다. 그 결과, 어느 스님의 지혜로 일광보살과 월광보살을 상징하는 일월광(日月光)을 뚫어진 곳에 부착하기로 하였다.

이 일을 계기로 대복이 내외는 더욱 신심을 내어 부처님께 귀의하게 되었고 독실한 신자가 되었다. 뿐만 아니라 자신들의 재산을 전부 들여서

퇴락해가던 절을 중수하기로 결심하고, 내외가 화주와 시주를 열심히 하여 마침내 완공하게 되었다. 이러한 전후 사정을 전해들은 남원부사는 대복의 이름을 따서 교룡사를 대복사로 고쳐 부르게 하였다.

– 출전 : 불교설화 (http://hompy.buddhapia.com)

귀정사(歸政寺)

귀정사는 백제 무녕왕(武寧王) 15년(515년)에 현오국사(玄悟國師)가 창건하였으며, 창건 당시에는 만행사(萬行寺)라 불렀던 것을 귀정사라고 다시 고쳐 불렀다고 한다. 귀정사라고 사찰이름을 고쳐 부른 이유는 백제의 왕이 3일간 승려의 설법을 들으며 국정을 이 절에서 살폈기 때문이라고 전한다. 그 후 1002년 고려 목종(穆宗) 5년에 대은선사(大隱禪師)가 크게 중수하였으며, 세조 14년(1468년)에 낙은선사(樂隱禪師)가 또 한 번 중수(重修)하게 되었는데, 이때가 귀정사의 전성시대였다.

기록에 의하면 당시의 불당은 산을 메웠으며, 승려의 수가 200명을 넘었다고 하는데, 당시의 시설을 살펴보면 법당(法堂), 정루(正樓), 만월당(萬月堂), 승당(僧堂), 연화당(蓮花堂), 삼광전(三光殿), 문수전(文殊殿), 상실(上室), 명월당(明月堂) 등이 있었고, 귀정사(歸政寺)에 딸린 부속암자로는 남암(南庵), 대은암(大隱庵), 영당(影堂), 낙은암(樂隱庵) 등이 있었다. 이상과 같은 시설과 규모로 보아 당시 귀정사의 경내도 엄청나게 넓었던 것으로 추측될 뿐만 아니라, 전해오는 말에 의하면 대상리(大上里) 일대가 모두 절터였다고 한다.

귀정사에는 세 유형의 설화가 전에 내려오고 있는데 만행사가 귀정사로 이름이 바뀐 이야기와 귀정사 사찰에 숨겨 놓은 목재와 기와에 관한 이야기, 그리고 대웅전을 옮겨 지은 이야기이다.

특히 만행사가 귀정사로 이름이 바뀐 이야기는 여러 이본이 전해 내려오는데 내용은 대동소이하다. 여러 이본의 내용이 일치하고 이야기가 상당히 구체적인 것으로 보아 설화와 유사한 역사적 사건이 있었는지 확인하였으나 역사적 근거는 찾을 수 없었다. 귀정사 사찰에 숨겨 놓은 목재와 기와에 관한 이야기는 연대나 등장인물이 지나치게 구체적이어서 설화보다는 일화로 볼 수도 있겠으나 '목재가 방금 다듬은 것처럼 싱싱했다.'는 내용이나 '기와는 아직도 찾을 수 없다.'라는 부분이 지나치게 설화적이어서 여기에 정리하였다. 대웅전을 옮겨 지은 이야기는 다른 지역에서도 흔히 발견되는 설화의 일반적 화소 전개인 것으로 보아 어느 시기에 귀정사 설화들과 습합된 것으로 판단된다. 『남원군지』에 전하는 〈귀정사의 삼일왕정〉은 앞서 소개한 세 유형의 설화를 『남원군지』를 편찬하면서 하나로 묶은 것으로 판단된다.

1. 귀정사 창건설화

맨 처음 절이 세워질 때는 만행사(萬行寺)라 이름하다가 이후 귀정사로 바꾸어 부르게 되었는데, 이렇게 바뀐 까닭에 대해 다음과 같은 유래가 전한다.

옛날 만행사에는 천하에 이름 높은 고승이 있어 어느덧 이 나라의 왕도 그 이름을 들어 알게 되었다. 그의 설법을 들으면 앉은뱅이도 일어서고, 며칠을 들어도 잠이 아니오며, 몸의 괴로움이 스스로 없어진다는 소문이 전국에 파다하였다.

이에 왕은 그 고승을 한 번 보기가 소원이다가 하루는 백관을 거느리고 만행사까지 행궁하게 되었는데, 왕이 스님을 대하는 순간 자신도 모르게 고개가 수그려졌다.

"그대의 설법이 고명하다는 말을 듣고 백관을 거느리고 왔으니, 불교 교리에 대해 가르쳐주어 짐을 즐겁게 해주시오."

이렇게 하여 스님의 설법이 시작되니 그 오묘한 설법에 듣는 왕과 신하들은 물론이요, 설법을 하는 사람이나 듣는 사람들 모두 시간가는 줄 모르게 되었다. 이에 왕은 처음에 하루만 머물다 갈 계획을 바꾸었다.

"짐은 이곳에서 3일간 머무르며 국정을 살필 것이니 백관들은 이에 따르되 잠시나마 국정 집행에 소홀함이 없도록 하오."

이처럼 왕이 3일간을 머물러 만행사에서 국정을 살피고 돌아갔다 하여 이로부터 사찰이름을 귀정사(歸政寺)라 고쳐 부르게 되었다고 한다.

또한 절에서 왕이 3일간 머물고 나니 주위의 산이름과 지명도 따라서 바뀌게 되었는데, 만행산의 가장 높은 봉우리는 천황봉(天皇峰)이라 불리게 되었고, 그 밑 여러 줄기 봉우리들도 태자봉(太子峰) · 승상봉(丞相峰)으로 고쳐졌다.

또한 귀정사가 있는 대상리 마을에서 산동면 소재지로 가는 중간에 당동(唐洞)과 요동(堯洞)이란 마을이 있는데, 이 지명은 3일간의 귀정사 왕정이 요순시절과 같이 살기 좋았다 하여 붙여진 이름이라고 전해온다.

2. 귀정사 이름에 얽힌 전설

처음에는 만행사였던 절 이름이 지금처럼 귀정사로 바뀐 까닭에 대한 이야기이다. 곧 창건 후 어느 때인가 이 절에 있는 고승의 설법을 듣고 싶어 왕이 직접 행차했다가, 그 오묘한 설법에 취해 나랏일을 잊고 3일간이나 절에 머무르다가 3일 뒤에야 왕궁으로 돌아갔다는 설화인데, 이것은 그만큼 이 절에 고승대덕이 많이 주석했다는 뜻이기도 하다.

그리고 왕이 왔다간 이 일로 인해 절 부근의 지명도 많이 바뀌게 되었다고 한다. 전에는 만행산이던 절 뒤의 산이름도 천황봉(天皇峰)으로 바뀐 것을 비롯해서, 주위의 여러 봉우리들도 태자봉(太子峰)·승상봉(丞相峰)·남대문로(南大門路)·둔병치(屯兵峙) 등의 이름으로 불리게 되었다. 또한 절이 자리한 대상리 마을에서 산동면으로 가는 길목에 당동(唐洞)과 요동(堯洞)이라는 지명이 있는데, 이것 역시 왕이 3일간 법문을 듣고 간 뒤 나랏일을 잘 보살펴 이후로 중국의 요순시대처럼 살기 좋게 되었다고 해서 붙여진 이름이라고 한다.

3. 귀정사 사찰에 숨겨놓은 목재와 기와

순조 때 노현일 대사가 지은 대웅전을 그로부터 약 40년 뒤인 1942년에 주지 배정순 스님이 보수하려고 할 때였다. 상량나무 벽 틈새에서 색다른 종이가 나왔는데, 살펴보니 다음과 같은 내용의 글이 쓰여 있었다.

"귀정사 경내 여러 불전을 새로 세울 수 있을 만큼 풍부한 재목을 대웅전 안에 저장하였고, 또 여러 불전 지붕을 덮고도 남을 만큼 넉넉한 기와가 사찰 경내에 숨겨져 있으니, 후래 주지는 이를 찾아 모든 불전을 골고루 갖추어 세우도록 하라."

주지스님은 신기한 나머지 그 기록에 따라 대웅전 천장 위를 올라가 살피니, 과연 그곳에는 크고 작은 목재가 빽빽이 쌓여 있었다. 더욱 놀라운 일은 단청도 말끔히 정리되어 있고 토끼 · 사자 · 연꽃 · 봉황새 · 용틀 따위도 곱게 다듬어져 있는 것이었다. 그야말로 가져다 맞추기만 하면 훌륭한 절이 금방 될 만하였다. 천장에서 내려와 마루 밑을 살펴보니 이곳에도 작은 목재가 빈틈없이 저장되어 있는데, 습기 때문에 나무가 삭아서 힘이 없었다. 천장 위의 것은 금새 다듬어 놓은 것처럼 싱싱한데 마루 밑에 있는 것은 풍화작용을 입어 폐물이 되었던 것이다.

주지스님은 이 신기한 소식을 마을에 알리자, 이를 구경하기 위한 사람들이 밀려들기 시작하였다. 이처럼 노현일 대사가 남겨놓은 재목은 6 · 25 때 작전상의 필요에 따라 유엔군이 사찰을 불태움으로써 써보지도 못한 채 함께 불타고 말았다. 재목은 대웅전 천장과 마루에서 쉽게 발견하였으나 경내에 숨겨 놓았다는 기와는 지금까지 찾아내지 못하고 있다.

4. 귀정사의 삼일왕정

귀정사는 산동면 대상리에 있으며 일찍이 삼국시대 백제 무녕왕 15년(515)에 세워졌다고 전해지고 있다. 귀정사는 처음에 만행사라고 하였는데, 이 만행사에는 천하에 이름 높은 고승이 있어 임금까지도 그 이름을 들어 알게 되었다. 당시 소문에 그 고승의 설법을 들으면 앉은뱅이가 일어선다 하고, 며칠을 들어도 잠이 아니 온다 하고 몸의 괴로움이 스스로

없어진다 하였다. 임금은 신하를 거느리고 만행사까지 행궁하게 되었다. 고승을 대하고 왕은,

"그대의 설법이 고명함을 듣고 백관을 거느리어 왔으니 불교 교리에 대하여 가르쳐 주어 짐을 즐겁게 할지어다."

라고 하였다.

이렇게 해서 만행사 스님의 설법이 시작되었는데 그 오묘한 설법을 듣는 임금은 물론이요, 누구나 탄복하지 않는 이가 없었다고 한다. 설법을 하는 사람이나 듣는 사람이 모두 시간가는 줄 몰랐다. 임금은 고승의 설법을 하루라도 더 듣고 싶어서,

"짐은 이곳에서 3일간 머물러 국정을 살필 것이니 백관들은 이에 따르되 잠시나마 소홀함이 없도록 하오."

하였다. 이로부터 왕이 3일간 머무르다 돌아갔다고 하여 '귀정사'라고 부르게 되었다 한다. 임금은 그 고승의 설법에 깊이 감동한 나머지,

"생지 살지를 아사 동지하리라."

고 탄성을 발했는데 이 말은 '죽고 살기를 스님과 더불어 같이 한다.'라는 뜻이니 그 정상을 능히 짐작할 수 있다.

이 절이 왕의 3일간 행재소가 되어 주위의 산 이름과 지명도 바뀌었으니, 과거의 만행산을 천황봉이라 하고 그 밑에 좌우 여러 줄기 봉우리를 태자봉, 남대문로, 둔병치가 있고, 또 대상리에서 산동면 소재지로 가는 중간에 당동과 요동이란 마을이 있는 바 이것은 3일간의 귀정사 왕정이 요순 세계와 같이 살기가 좋았다 하여 이 이름이 생기게 되었다고 한다.

귀정사엔 이 밖에 또 다음과 같은 두 가지 전설이 전해 온다. 조선 순조 때 노현일대사가 지은 대웅전을 그로부터 약 40년 뒤인 서기 1942년 때의 주지 배정순 스님이 보수하려 할 때의 이야기이다. 그 때의 상량 나무 벽 틈새에서 색다른 종이가 나왔는데 그 종이에는 다음과 같은 내용의 글이 쓰여져 있었다.

"귀정사 경내 여러 불전을 새로 세울 수 있을 만큼 풍부한 재목을 대웅전 안에 저장하였으며, 또 여러 불전 지붕을 덮고도 남을 만큼 넉넉한 기와가 사찰 경내에 숨겨져 있으니 후래 주지는 이를 찾아 모든 불전을 골고루 갖추어 세우라."
하는 내용이었다.

배정순 주지는 신기한 나머지 그 기록에 따라 대웅전 천정 위에 올라가 살피니 과연 그 곳엔 크고 작은 목재가 빽빽하게 쌓여 있는데 더욱 놀라운 일은단청도 말끔히 되어 있고, 토기 · 사자 · 연꽃 · 봉황새 · 용틀 따위도 곱게 다듬어져 있는 것이었다. 그야말로 가져다 맞추기만 하면 훌륭한 절이 금세 될 만하였다. 그는 다시 천정에서 내려와 마루장 밑을 살펴보니 이곳에도 크고 작은 목재가 빈틈없이 저장되어 있었다. 그런데 이곳에 있는 목재는 습기로 말미암아 썩어서 재목으로 사용할 수가 없었다.

배정순 주지는 신기한 소식을 알리기 위해 마을 안 서당에 그 이야기를 퍼트렸더니 구경꾼들이 밀려오기 시작하였다. 귀정사는 6 · 25동란 때 작전상의 필요에 따라 유엔군이 불태웠는데 순조 때 노현일 대사가 남겨놓은 재목은 써보지도 못한 채 다 타버렸다.

재목은 대웅전 천정 안에 있었으므로 쉽게 찾을 수 있었으나 경내에 숨겨 놓았다는 기와는 지금까지 찾아내지 못하고 있다. 배정순 주지는 물론이요, 그 후임 조희명 주지도 이 기와를 찾으려 애태웠으며, 그 뒤 주지 유남파도 찾고자 하였으나 찾아내지 못하고 있는데 사람들은 만행산 사찰 경내 땅 속을 뒤지기 전에는 알 도리가 없을 것이라고 말하고 있다.

또 한 가지 전설은 다음과 같다. 귀정사의 전성 시기는 조선 중기 이후로 생각된다. 이 무렵 불당은 만행산 일대를 메웠고 승려 수도 수백 명에 이르렀다고 한다. 대상리 일대의 전답이나 임야는 모두가 귀정사의 소유로 되어 있었으며, 이에 따라 물자가 풍부하여 오히려 귀찮을 정도였다. 거두어들인 쌀은 그 해에 다 못먹고 묵히므로, 해마다 묵은 쌀이 늘어나

저장할 곳이 없었다. 승려들의 양식은 언제나 묵은 쌀부터 먹기 마련이어서 귀정사 승려들은 아예 새 쌀 구경을 못했다 한다.

쌀이 오래되면 거기에서 벌레가 생기게 마련이다. 쌀을 씻은 흰 뜨물이 냇물을 덮어 10리 밖 요천강까지 허옇게 되었다는 것이다. 귀정사에는 돈도 많아서 돈 꾸러미가 짚가리만치 쌓여 이 역시 처치난이었으며 쓰지 않은 돈은 녹이 슬어 귀정사에서 나온 돈을 받아갈 사람이 없었다 한다. 그래서 귀정사의 승려들은 해묵은 쌀과 녹슬은 돈으로 인하여 모이면 한숨을 지었다.

"우리는 언제 새 쌀을 먹어보고 죽을까?"

"지금 먹고 있는 게 10년 전 쌀이라니 올해 거둔 쌀은 10년이나 뒤에 먹어야 하지 않아? 그러니 새 쌀을 먹고 죽기란 엄두도 내지 못할 거야."

승려들이 이렇게 한 마디씩 한숨 지어 말할 때 어느 날 낯선 도사가 나타나

"듣거라. 너희들이 묵은 쌀을 먹지 않고 새 쌀을 먹으려면 아주 쉬운 일이 있느니라. 대웅전 뜰 아래로 한 단만 내려지으면 새 쌀을 먹게 되고 돈을 쓰게 될 것이니라."

이렇게 말하고 사라졌다. 승려들은 도사의 말씀에 귀가 번쩍 띄었다. 그리하여 대웅전을 옮겨 지었는데 몇 년 뒤 묵은 쌀은 차츰 줄어들고 그때부터 완전히 새 쌀을 먹게 되었으며, 돈은 누구에게 도둑 맞음도 아니요, 어느 누가 낭비함도 아닌데 차츰 줄어져 그때부터는 오히려 쌀도 딸리고 용돈도 궁할 지경에 이르렀다.

– 출전 :『남원군지』

용담사(龍潭寺)

전북 남원시 주천면 용담리 292-1번지 남원에서 동쪽으로 약 3km 떨어진 곳에 위치한 용담사는 백제 26대 성왕 때 지어진 것으로 절이 세워지기 전에는 부근의 깊은 물 속에 용이 되지 못한 이무기가 살아 농작물을 해치고, 사람을 잡아먹는 등 갖은 행패가 심했으나 절을 지어 용담사라고 한 후 사라졌다는 전설이 있다. 1914년에 옛터에 중창했고, 1930, 1989년에도 중창 불사를 했다.

용담사를 찾으면 갑자기 땅에서 솟아오른 듯, 엄청나게 큰 거불과 사찰의 규모 이상으로 큰 칠층석탑이 눈에 띠는 곳이 바로 장벌산 용담사이다. 보물 제 42호로 지정되어 보호되는 거불은 그 크기와 규모에서 감탄하게 되며, 오랜 세월 풍화되어 원래의 부처님 모습을 많이 잃은 괴량감에 다시 한번 마음 아프게 된다. 경내에 들자마자 묵직한 거불이 두 팔을 환히 벌려 맞아주듯, 또다시 크게 솟은 칠층석탑의 중량감과 그만큼 두툼한 석등이 눈에 들어온다. 이렇게 용담사는 어디서 솟아났는지 모를 정도로 사람을 압도하는 거불과 구층석탑과 석등에 압도되어 다른 사찰에서 맛볼 수 없는 종교적 숭고미와 장엄미가 마음에 와 닿는 곳이다.

용담사에는 창건과 관련된 설화가 한 편 전해 오고 있다. 지리산권 사찰에서 흔히 볼 수 있는 도선국사와 관련된 설화이다. 승천하지 못한 이무기의 행패와 불력으로 승천시켜 행패가 더 이상 일어나지 않았다는 화소로 구성된 이야기이다. 본 연구원에서는 용담사를 직접 방문하여 여러 이야기를 채록하였다. '용담사 창건 이야기' 역시 정암스님을 통하여 자세히 들을 수 있었다.

남원 용담사

1. 용담사 창건 이야기

용담사 석조여래입상

천 년 전 용담사가 세워지기 전에 용이 되지 못한 이무기가 살고 있었다. 그 용은 밤이 되면 여우로 둔갑하여 사람을 잡아먹고, 농작물을 해치는 등 가진 행패를 부렸는데 사람들은 어찌할 수 없었다.

그때 마침 도선국사께서 큰 원력을 세워 이곳에 절을 지어 미륵불을 모시고 기도 중에 있었다. 어느 날 도선국사께서 해탈주를 독송하니 이무기가 순간 업보의 허물을 벗고 용이 되어 사라졌다 해서 사찰 이름을 용담사라고 했다 한다.

2. 용담사의 이무기

에~, 백제 성왕 때 창건되었다고 합니다. 정확한 연대는 문헌이나 기록에는 찾아볼 수가 없고 구전에 의해서 백제 성왕 때 창건되었고 또 고려시대 에 도선국사, 고려말 신라초 도선국사 창건이라는 설과 설화가 있어요. 에 이무기가 천 년 묵은 이무기가, 이무기 보셨나 몰라요? 이무기. (못 봤습니다. 웃음) 이무기가 전세에 업이 무거운 이가 이무기가 된다고 합니다. 용이 되야 하는데 용이. 여기가 전부 늪지대입니다. 용담사 주변이 늪지대요. 천년 묵은 이무기가 살면서 농작물도 헤치고 이렇게 힘없는 이렇게 여성분들 괴롭히고 여기가 무서운 지역이었다고 그래요. 호랑이 담배 피우던

시절이겄지요.

마침 어느 고승이 용담사에 절을 세우고 불경을, 에~ 불경 중에서 해탈주라는 주문이 있습니다. '해탈주 해탈주'를 독송하니까 이무기가 용으로 업보 허물을 벗고 용이 되야서 승천했다는 그런 좋은 설화가 있어요. 그래서 미륵부처님 미륵부처님이고 또 대웅전 대웅전 저 중앙 마당에는 에, 용담사를 상징허는 우물이 있어요. 용소 우물. 용담사를 상징하는. 그래서 이곳에 누구든지 오시면 참 마음 일심으로 심신을 내서 분양을 허고 기도를 하시면은 번뇌가 마음의 번뇌가 다 사라지고 건강하고 슬기롭고 행복이 성취된다는 그런 신비로운 기운있는 도량입니다. 이곳에 오신 것을 반갑게 환영합니다.

여기는 이제 불교용어로 미륵불이라고 합니다. 석불은 보물 제42호에 등록이 되야 있고 천 년 전에는 3층 목탑이 있었다고 합니다. 3층 목탑이 있었는데, 풍신수길 왜정 때에 500년 전에 남원에는 만인의 총이 있어요. 진주성을 함락하고 왜적이 진주성을 함락하고 섬진강 하동으로 해서 구례 섬진강을 타고 구례로 진입로거든요. 구례 화엄사랄지 용담사 그 당시 500년 전에 전소가 되고 남원에는 만인의 총이라는 무덤이 있습니다. 건물이 불에 타서 어 석불이 끄슬렸어요.

그걸 복원하지 못하고 임시로 보호를 하기 위해서 보호막을 세운거예요. 다른 용담사 경내에 다른 전각들도 모두 그 당시 전소되고 복원 중에 있습니다. 저 앞에는 석불 앞에는 7층 석탑이 있는데 지리산권에서 연대가 가장 오래되고 또 규모도 제일 크고 웅장합니다. 그래서 석탑 안에는 부처님의 진신사리가 봉안되고 또 그 앞에는 석불과 석등 중앙에는 석등이 이렇게 안치되어 있습니다. 석등은 꺼지지 않는 부처님의 지혜를 상징하는 무명을 타파하는 부처님의 지혜를 상징하는 의미에서 등을 세웠습니다. 법등이라고 허지요 자명등, 법등… 에 중생들의 마음에도 부처님과 똑같은 밝은 지혜가 있으니 에 부처님의 가르침으로 밝은 지혜를 성취한다는 의미가 있습니다. 이상이예요. 에, 물 물도 잡수고 그러세요. 전부.

이 절에서 지금 대부분 지금 건물들을 보니까 다 새로 지은 건물들인데

언제? 지었냐구? 에 미륵불 보각은 십 년 전에 이루어지고 대웅전은 3년 다 되었습니다.

스님 제가 이런 말 여쭤보기는 조금 죄송한데 스님께서는 혹시 고향이 어디신가요?

고향이? 고향은 대한민국이고. 하하하. 정읍이여요. 정읍 내장산. 내장산. 정읍이 고향인데 제가 독자라 우리 할머니가 절에서 살면 명이 길다고 그래서 제가 절을 모르고 들어왔어요. 절을 모르고 들어왔으니까 사회도 모르겄지요. 지금도 절을 모르고 들어와서 사찰도 잘 몰르고 절에 대해서도 사회도 잘 모르고 그럽니다. 절도 모르고 사회도 모르고. 하하하

스님, 용담사에 오신지는 얼마나 되었어요?

용담사에 온지는 꽤 됐어요. 약 20년쯤 됐어요. 제가 봤을 때 석조물만 폐사 직전에 폐사나 다름이 없었는데. 이렇게. 창건했어요. 정읍 내장산에 있었는데.

그러면 스님 여기 말 그대로 여기가 말 그대로 폐사지였다는 거죠?

폐사지나 다름없었지요. 건물이 초라하니 몇 동 있었어요. 비가 세고 다 뿌세져가지고.

그럼 스님 그 죄송한데 그때 당시에 거의 폐사지 임에도 불구하고 석등이라든가 탑이라든가 입상 같은 게 계속 있었을 거 아니예요.

예 그렇지요. 천 년 전부터서 옮기거나 에 그러지 않고 그 자리에 이렇

게 모셔져 있었지요.

혹시 그 전에 이런 탑이나 오시기 전에 탑이나 입상 주변에 사람들이 오셔가지고 불공을 드린다거나 그런 경우도 있었나요?

불공을 날마다 드리지요 일요일 날도 지난 일요일 날에도 순천에서 두 분 세 분 오셔가지고 불공드렸는데. 순천에 사시는 분이.

스님 대복사도 도선국사께서 창건하셨다는 이야기도 있고.

도선국사가 창건했던 것은 아니고. 그 당시에 도선국사가 풍수지리에 원조요. 비조. 그 분을 능가할 분이 안계셨어. 그분을 끌어다 대는 거요. 요즘에도 사회에서 뭔 중요한 일이 있으면 그분 이름을 대고 그러죠. 참석을 안해도 제가 아는 상식으로는 그렇습니다. 도선국사와 거리가 먼데도 도선국사의 맥을 거기다 대는 거죠. 유독 남원 같은 경우는 대복사도 그러고 근거리에 도선국사가 창건했던 절이 많다고 그래서…

예 혹시 그런 이야기가 전해져 오는 게…

그렇죠. 전국적으로요, 석조물은 대부분 도선국사가 에 비보사찰로 비보란 것은 에 그 지역의 여기가 남원이거든요. 남원의 지역 흥망성쇄가 일어나지 않고 정말 평화롭고 자애롭고 행복하게 살 수 있을려면은 재앙이 일어나지 않아야 한다. 자연적인 재앙. 재앙이 일어나지 않기 위해서 산의 혈이나 지맥을 기를 누르기 위해서 안정을 시키기 위해서 탑이나 석불을 세우게 되죠.

근데 대복사도 이야기를 들어보니까 거기도 이무기 관련된 전설이 있더라구요. 여기 용담사같은 경우도 이무기 관련된 이야기가 있어서 실질적으로 제가 돌아다녀 보니까 사찰 중에서도 입지가 좋고 나름대로 그런데는 이무기 이야기들이 많이 있는데 스님들이 오셔가지고 이무기를 퇴치한다거나 이무기를 이렇게 해탈시킨다거나 그런 이야기가 많이 전해져 오던데 혹시 이 주변에서도 저기 기록된 거 외에도 나름대로 전해진 거 들으신 바가 있으시면?

남원에서는 그걸 설화를 뒷받침하려는 자료가 충분해야 되거든요. 용담사는 이렇게 지리산 육모정에서 물이 호수 물이 용담사를 감고 흘러가요. 그래서 이 주변이 전부 늪지대고 태극혈이라고 헙니다. 에 그래서 용소가 있어요. 용소가 용담사, 요사채 뒤에 개울에가 깊은 용소가 있고 사찰에서도 에, 그걸 뒷받침할 수 있는 우물이 언제 생겼는지는 몰러도 수심이 아주 깊습니다. 우물 마시는 식수 우물이 약 20미터나 되야요. 용담이라는 것은 용소라는 것은 폭이 좁고 깊게 형성되거든요. 산중에 가 봐도 뭐 다른 사찰 남원에서는 이무기 용 이런 설화는 우리 용담사가 확실하게 이렇게 전설에 보도가 되야 있어요. 전설의 고향이라고 있거든요. 그런 데도 나와 있고.

저기 미륵부처님 모셨으니까요. 신기한 동물들 말구요. 민초들의 삶과 관련된 얽힌 이야기들도 있을 법한데

아, 예 그렇지요. 여기 미륵부처님은 말하자면 현재 용담사안에 터가 좁은 편이지 넓은 관경은 아니거든요. 좁은데 석조물은 지리산권에서 최고 웅장합니다. 지리산에서. 다른 말로 하면은 이렇게 남성미가 있어. 석불이랄지 석탑이랄지. 그래서 남성미가 있고. 또 하늘을 상징하고 남자는 건, 여자는 곤이라고 허거든요 어린애, 아들을 두지 못하는 불자님들이, 보살님들께서 여기서 불공을 드리면 틀림없이 아들을 난다는 그런 전설이, 설화가 있어요. 그래서 현재에도 남원에서 용담사 미륵부처님 앞에서 공을 드려서 우리 아들을 낳았습니다, 스님. 우리 아들 우리 아들 이렇게 하나뿐인데 용담사 부처님 앞에서 공들여서 애기예요. 이런 애기를 많이 듣고. 현재도 남원시청에도 어떤 누구라고 말씀드리기는 그러고 그분도

딸만 넷인데 딸만 넷인데 제가 어떤 분이 어느 날 오셔 가지고 어떻게 오셨습니까 허니까. 이렇게 점 보는 분이 있어요. 시골에 할머니들이, 점 보는 분이 점 보는 할머니가 용담사 부처님께 공을 드리면 틀림없이 아들을 난다고 해서 왔습니다. 스님 어떻게 해야 됩니까? 그래서 백일 간 미륵부처님 앞에서 정화수를 올리고 일념으로 기도를 허면 틀림없이 아들을 날겁니다. 근데 기도 중에 임신을 했다고 해요. 그래서 어린애를 낳는데 그런데 아들을 낳았어요. 지금 남원시청 직원이, 그런데 그런 분들이 한두 분이 아니고 제가 듣기로는 남원 시내에 많이 계십니다.

그리고 또 kbs인가 mbc 인가는 잘 모르겠는데 15년 전에 남산골 부처님 앞에 공을 들이면 아들을 난다고 해서 방송국에서 여성분이 전통적인 의상 우리 한복 검정치마 흰 저고리 입고 고무신 신고 여기 와서 그저~ 방송 녹화하는 걸 제가 봤어요. 남산골 부처님께 공을 드리면 아들을 난다며 그 장면 연속극에서.

스님 이거와 연관 돼가지고 여기서 공을 드리다가 아기를 가졌는데 미륵불이 꿈속에서 현신했다거나 하는 이야기 혹시 한번 들어보셨는지.

그런 분들도 계시지만 다른 분이 다른 지역에 계시는 분들이 충청도랄지 전라남도 월출산 그런데서 기도하시는 분이 있어요. 산기도 산기도 하시는 분이 자기가 기도하다가 유명한 미륵부처님이 영험 있는 데를 있는데 가보라 해서 여기를 왔다는 분이 있는데 와서 보니까 자기 꿈을 꾸니까 똑같다는 그런 이야기는 하셨어요. 그런 적이 있습니다.

다른 절에서 보면 칠성각과 같은 비슷한 역할을, 칠성각이 따로 있는가요?

칠성각이나 산신각은 스님이 살면서 신도분이 산신도 찾고 칠성을 찾으니까. 잘 모아놓고 거기서 정성을 드린다고 해논 데고 미륵부처님이랄지 이렇게 머 석탑은 불교신앙적으로 태초부터 이렇게 미륵부처님은 두

가지 소원이 있어요. 도솔천용화회상 하늘나라에 도솔천이라는 데가 있어요. 불교용어로. 미륵부처님은 도솔천에 계시는데 불자들을 신도 분들이 정성을 드리는 도솔천에서 미륵부처님이 내려오신다고 그 기운이 그래서 건강하고 평화롭고 행복이 성취되라 하고 기도를 하고 또 누구나 생사를 다 겪게 되잖아요. 사람이 태어나면 죽어야 되니까 사후에는 도솔천 용화회상에 미륵부처님의 월력으로 그럴 수 있다 두 가지 신앙이 있죠. 생전에는 평화롭게 살다가 미륵부처님께 공을 드린 거 가피를 입어서 도솔천 용화회상이 태어난다. 하는 두 가지 소원이 있습니다.

스님께서 20년 전에 처음 들어오실 때 상황이 그려지지 않습니다만 혹시 기존의 용담사에서 출간했던 서적이라든지, 문서라든가 하는 것들이 있습니까?

제가 88년도에 여기를 왔는데 그 당시에는 건물이 노후되고 또 이렇게 그런 자료는 찾아볼 수가 없었고 남원시내에도 그런 부탁을 해가지고 용담사에 대한 기록이 어디에 있는가 찾아보라고 신도들한테 부탁했습니다. 그런 기록은 500년 전에 500년 전에 다 불타버리고 다른 기록도 없답니다.

1989년에 중창불사를 한 것으로 아는데, 에피소드 같은 것이 있으면 자세하게 설명해주실 수 있겠습니까?

건물을 10년 전에 지었는데 8평이에요. 부처님은 석불은 웅장한데 건물 평수가 작으니까 비가 오면은 토광역할을 제대로 못하고 있어요. 비가 오면은 저기까지 비가 맞아요. 바람이 불어서 눈이 오면 저기까지 들어차고 그래서 건물을 다시 증축을 하기 위해서 기도중입니다. 그래서 '백제성왕 때 창건한 용담사 미륵전 불사에 동참하세요, 소원성취 발원합시다.' 해서 신도원들 앞에 안내를 하는 거요. 기도하고 있다고 주문이 있습니다. 소원성취 불교에는 여러 가지 주문이 있어요. 주문이 긴 것은 다라니라고 합니다. 인도 용언데 한문어로도 해석이 안 되고 다른 용어로 해석이 안 되고 다만 신비스럽게 독성을 하는 거죠. 앞에 현재 소원성취는 옴마모카살바다라사다야시계흠 옴마모카살바다라사다야시계흠 옴마모카살바다라사다야시계흠 3번 독성을 합니다. 소원이 성취된다는 비밀스러운 주문 소원 성취지는 옴마모카살바다라사다야시계흠 대한민국 어느 스님이든지 불공을 모시면은 이 주문은 빠지는 예는 거의 없습니다.

보통 이렇게 마을이나 입석 이런거 불상에 있는 지역에 거주하시다 보면 자주 접하니까 혹시 스님께서 여기서 주무시다가 혹시 이렇게 불상과 관련된 신을 꿈속에서 봤다거나 그런 경험 혹시 있으신가요?

현몽을 받았다 그런 이야기 아니에요? 저는 여기서 살면서 이사 와서 몇 개월 안됐는데 꿈을 꿨어요. 여기 용담사를 꼭 안고 있는 판이 울타리 같습니다. 비가 엄청 많이 왔는데 저 산에서 용담사를 물이 넘쳐 들어오는 거에요. 비가 많이 오니까 흙탕물이 넘쳐 들어오는데 여기 석불 앞에서 샘이 솟는 거에요, 맑은 물이. 다른 데는 탁한 물이 넘치는데 맑은 물이 샘이 솟는데 거기에서 정말 아름다운 꽃 다섯 송이를 본적이 있어요. 그건 지금도 기억이 이렇게 생생한데 아주 어떤 해석은 내리지 않고 어떠한 이렇게 정말 풍랑이 일어나도 맑은 샘이 샘솟듯이 그런 맑은 정신을 가지면 아름다운 꽃이 피듯이 좋은 일이 있을 것이다 혼자 해석만 하고 있습니다.

스님 보통 마을 가보면 1년 중에 큰 행사 있지 않습니까. 용담사 같은 경우에는 1년 중에 부처님 오신날 빼구요, 혹시 가장 사찰 자체적으로 큰 행사를 1년 중에 어떠한 행사가 있나요.

특별히 여기서 행사는 치루지 않고 남원에가 다른 지역에 비해 사찰이 많이 있습니다. 절마다 석불이 봉안되어 있고 식구들이 모여야 행사를 하는데 별도로 큰 행사는 하지 않고 개별적으로 오시는 분들이 공을 드리는데 여기서 정말 불가사의한 신비스러운 일을 제가 경험을 했어요. 말로 표현할 수 없는 여기가 뒤에 물이 흐르고 있는데 이사 와서 여름에 보니까 어린애가 빠져서 죽었는데 경찰관이 건져 놓드라구요. 물 속에 수영하다 죽는 수가 있잖아요. 그날 환경이 그날뿐만 아니라 1년에 한 번씩 죽는다 해요. 시민들이 이야기하기를 용담사 뒤에 물에서 빠져 죽었다 그래요. 그러면 용담사가 피해를 보지요. 용담사 뒤에 가서 좋은 일이 생겼다 그래야 좋잖아요. 사람이 젤로 소중한데 인명인데 목숨인데, 목숨을 잃었다니까 가슴이 아파서 부처님 기도 월력으로 그런 일을 없애야겠다 하고 남원시민분들 용담사 신도 분들 50~60명을 모아놓고 고사를 지냈어요. 고사 아시죠? 좋은 일에 성취되라는 고사 그런데 그날 기적이 일어난 것은 운이 안 좋은 분한테 떡도 해오시오, 과일도 좀 하세요. 사오시오. 또 부처님 앞에 올릴 생미도 백미도 이렇게 시켰어요. 하실만한 분한테 이 마을에 사는 분한테 떡 한 말 해오시면은, 금년에 시간이 바쁠려나 하니까. 해온다 그러더라구요. 마음만 있으면 떡 한 말 못해오겠어요. 그런데 그 분이 고사지내는 날 오전 11시에 했는데 정월이라 추우니까 다 모였는데 떡만 안 왔어요. 그런데 앞집이니까 떡 빨리 가지고 오라고. 가서 보니 55살 먹은 건강한 분이 다라이에다가 물을 떠놓고 머리를 물 속에 쳐박고 죽었더라구요. 그분이 떡을 해올 집인데. 그 아줌마는 출타하고 그래서 떡이 없는 걸로 고사를 지냈어요. 그 집 아줌마가 오셨어요. 신랑이 죽는 줄도 모르고 떡도 안 해오고 이제 왔습니까. 우리 신랑이 용담마을에서 제일 가난하게 살았는데 스님 왜 하필 떡을 해가지고 오라느냐, 부자집에 가서 해오라 하지.

스님한테 여러 안 좋은 소리 욕설을 하드라고요. 사실 남자가 죽은 건 여자가 할 설거지를 남자가 했다 이거요. 그러니까 죽었는데 떡을 내왔으면 여자분이 설거지를 하잖아요. 죽을 일은 없지. 그날 그분이 전부 액운을 안고 갔는데 20년 동안 개울가에서 한 번도 익사한분이 없어요. 연년 익사를 했다는데 그게 정말 신비스러운 미륵부처님의 월력이라 생각합니다. 옛날이야기가 아니라 최근의 일이지요.

스님 이 주변에 용수 말고요, 신비한 지명이나 지명과 관련된 이야기 없습니까?

용소가 있고 용소 옆에는 거북바위가 있어요. 실제로 거북이가 물속으로 때로는 거북바위가 있고 거북바위 위에는 선비바위가 있고 책상바위가 있고 나도 모르는데 마을분이 알려줘서 가서 봤어요. 책상바위네 선비바위네 거북바위.

혹시 관련된 간단한 이야기나 왜 저게 거북바윈가 책상바윈가.

거북이처럼 생겨서 거북바위고 물이 좋고 그러니까 선비들이 와서 글도 읽고 그랬다고 책상처럼 바위가 생겼어요. 네모나게 그래서 선비들이 글도 읽고 한가하니 풍월을 읊었다는 그런 의미죠.

오늘 이야기 감사합니다. 다음에 다시 들르도록 하겠습니다.

– 채록 : 2008. 09. 24. 자료 제공자 : 용담사 정암 스님, 조사자 : 지리산권문화연구원

만복사(萬福寺)

만복사는 고려 문종(재위 1046 1083) 때 창건한 절로 전해지고 있다. 『동국여지승람』에 따르면 본래 절 안쪽의 동쪽에는 오층전, 서쪽에는 이층전이 있었으며 전 안에 크기 35척(10.6m) 1만 3,000근의 철불이 있었다고 한다.

한때는 꽤 크고 번창했던 만복사 인근에 지금껏 전해져 오는 '썩은밥 모퉁이', '중산골', '백들' 등의 지명도 그 규모를 뒷받침한다. '썩은밥 모퉁이'는 스님들이 남긴 음식물 찌꺼기 등을 버리면 한 배미를 이루었다는 곳이고, '중산골'은 스님이 열반하면 화장하던 곳이라 한다. '백들'은 만복사에서 쌀을 씻으면 뜨물이 허옇게 내를 이뤄 떠내려 갈 만큼 스님이 많이 살던 곳이라 해서 붙여진 이름이다. 수백 명 스님들이 아침에 시주를 받으러 나갔다가 저녁에 돌아오는 행렬이 장관을 이뤄 '만복사 귀승(歸僧)'이 남원 8경의 하나로 꼽힐 정도였다는 이야기도 전한다.

만복사는 조선 세조 연간에 다시 중창된 뒤, 1597년 정유재란 남원성

전투 때 왜적의 방화로 모두 불탄 것으로 전해진다. 지금은 전하지 않는 35척 불상을 모셨던 석대좌가 있었다고 한다. 보통 석대좌가 방형, 필각형, 원형인 것과 달리 만복사의 석대좌는 육각형이라는 점이 독특하다. 현재는 절터에 오층석탑(보물 제30호), 석좌(보물 제31호), 당간지주(보물 제32호), 석불입상(보물 제43호), 석등대석, 석인상 등이 남아 있다.

만복사는 김시습의 『금오신화』로도 유명하다. 김시습의 『금오신화』에서 〈만복사저포기〉의 무대가 된 곳이기도 하다. 만복사에는 '어리석은 시주와 현명한 판결'이라는 설화가 전해오는 데 앞서 이야기 하였듯이 이러한 시주들이 만복사를 흥성하게 하지 않았나 생각해 본다. 특히 '어리석은 시주와 현명한 판결'은 과거 절에서 부당하게 시주를 권하였던 그 단면을 보여주고 있는 자료이다.

남원 만복사지

1. 어리석은 시주와 현명한 판결

남원에 한 부자가 있었는데, 성품이 어리석고 미련하며 불교에 빠져서, 조상 대대로 전하여 오던 재산을 모두 부처 섬기는 데 쓰고, 다만 수백 평 밭이 남았었다. 그것도 복을 비노라고 만복사의 늙은 중에게 시주하여 영원히 매도한다는 문서까지 만들어 놓고, 나중에는 결국 굶어 죽었다.

자손이 돌아다니며 구걸하다가 거의 죽게 되니, 소장을 남원부에 바치고 밭을 돌려주도록 청원하였다. 부의 관원이 문서를 가져다 보고는 내쫓아버렸으며, 또 감사에게 고소장을 바쳤지만 여러 번 소송하여 여러 번 졌다. 신응시가 마침 감사로 갔는데 그 소장 끝에 손수 판결문을 쓰기를,

"전지를 시주한 것은 본래 복을 구하려고 한 것인데, 자신이 이미 굶어 죽었고, 아들이 또 걸식하니 부처의 영험이 없는 것은 이것으로도 알 수 있다. 밭은 주인에게 돌려주고 복은 부처에게 돌려주라."

고 하였다. 이에 그 아들이 밭을 찾아서 명을 보전할 수 있었으며, 사람들이 모두 통쾌하다고 하였다.

– 출전 : 불교설화 (http://hompy.buddhapia.com)

호성암(虎成庵)

호성암의 연혁은 전해지지 않는다. 다만 고려 초에 도선국사(道先國師)가 남원군(南原郡) 사동면(巳洞面) 서원리(書院里) 지역을 지나다가 터를 잡아 주어 호성암(虎成菴)을 세웠다고만 전해진다. 남북의 분단 상황 속에 무장공비의 은신처가 된다 하여 철거되어, 지금은 석벽에 조각된 마애불상만이 외롭게 남아 있으며 그곳 능선 넘어 둔터암이라는 암자 터만이 남아 있다. 최명희의 『혼불』에서 호성암의 도환스님이 사천왕에 대해서 강호와 이런 저런 문답을 나누는 부분이 인연이 되어 유명해진 사찰이지만 오늘날은 터만 남아 있다.

호성암에는 설화 두 편이 전해져 오는데 '호랑이와의 인연'은 호랑이를 위란에서 구해주고 호랑이가 그 은혜를 갚는다는 화소로 구성된 작품이다. 이야기의 구성과 '후에 화재를 입어 지금은 전해지지 않는다.'는 부분이 최근의 역사적 사실과 일치하는 것으로 보아 근래에 만들어진 설화이거나 아니면 개작되었을 것으로 추정된다. '떡 잔치 이야기' 이야기 역시

'욕심 많은 스님 이야기'라는 일반적 화소가 호성암과 결합된 것으로 보인다.

1. 호랑이와의 인연

옛날 어느 도승이 남원 산천을 두루 구경을 하다가 하루는 사동방의 한 산골짜기에 이르렀다고 한다. 그는 오랫동안 수도의 길을 떠나 있었기 때문에 좋은 경치를 구경하게 되면 '이곳에 절을 세우면 풍경이 어울리겠구나.' 하고 혼자서 탄복하기 일쑤였다. 그러던 가운데 노적봉에 이르러 아름다운 풍경에 취해 잠시 걸음을 멈추고 있었다는 것이다. 그 때 난데없이 큰 호랑이가 나타나 도승 앞에 꿇어 엎드리지 아니한가? 그는 자지러지게 놀랐다. 그러나 그는 속세를 떠나 절에서만 사는 나를 설마한들 헤치지 않겠지 하는 생각을 하면서 태연하게 호랑이를 대하였다.

도승은 호랑이를 향하여 조용히 말하였다.

"너는 어이하여 절에 홀로 사는 중을 해치려 하느냐?"

이렇게 말을 하자 호랑이는 벌려있는 입을 더한층 크게 벌리고 스님을 해치려는 것이 아니라는 듯 고개를 흔들어 보이고 머리를 몇 번이고 숙이는 것이었다. 그는 호랑이가 자기를 해치려는 것이 아니라 무슨 소원한 바가 있음을 짐작하고 호랑이를 유심히 살펴보았다. 그러나 몸에는 아무런 이상이 없었다. 마지막으로 벌리고 있는 입안을 살펴보았다. 호랑이는 그 때 입을 더욱 크게 벌려 도승에게 보였다. 도승이 호랑이의 입안을 자세히 살펴보니 어금니 깊숙한 곳에 뼈가 박혀있는 것이 보였다. 도승은 그제야 깨닫고,

"너 이 고기뼈를 빼달라는 것이 아니냐?"

하고 물으니 호랑이는 애원하는 듯 고개를 끄덕여 보인다.

"그럼 잠깐만 참아라. 곧 그 뼈를 빼내 줄 테니."

그는 법장과 손에 든 염주를 왼쪽 손으로 몰아 쥐고 바른 팔 옷소매를 걷어 올린 다음 호랑이에게 다가서서 손을 호랑이의 입 속에 넣고 어금니에 깊이 박힌 뼈를 빼어냈다. 호랑이는 그제야 벌리고 있던 입을 다물

고 일어서서 도승에게 감사의 표시로 고개를 몇 번이고 끄덕이며 절을 하여 보였다. 그 뒤 호랑이는 번개같이 어디론지 사라져 버렸다. 도승은,

"내가 오늘 좋은 일을 하였구나. 나무아미타불 관세음보살."

다시 절묘하게 생긴 주위 풍치를 돌아보며 또 걷기 시작하였다. 이튿날 밤이었다. 어제 만난 호랑이가 어디에서 나타났는지 도승 앞에 꿇어 앉아 있었다. 자세히 보니 호랑이는 산돼지를 물고 있다가 땅에 내려놓고,

"어제 도승님이 저의 고통을 없애주신 은혜를 갚기 위하여 이 산돼지 한 마리를 바치오니 거두어 주옵소서."

라 하듯 머리를 숙여 보이고 사라지려 하였다. 그러나 도승은 고개를 가로저어 이를 거절하였다.

"네 정성은 기특하다만 중이란 살생을 하지 않을 뿐 아니라 고기를 먹지 않는 법이니라. 이 산돼지는 나의 소용이 될 수 없으니 도로 가져가도록 하여라."

이에 호랑이는 미안하다는 듯 또 머리를 숙여 보이더니 잠시 후에 어디론지 쏜살같이 사라졌다. 호랑이는 생각하였다.

"이번에는 도승님이 즐기는 것을 잡아다가 바쳐야겠는데 그것이 무엇일까? 옳지 됐어. 보아하니 스님은 홀아비로 사는 모양이니 여자를 잡아다가 드려야겠군. 여자라도 기왕이면 꽃다운 아가씨가 좋을 거야. 됐어! 됐어! 홀아비가 설마 아가씨는 거절하지 않겠지."

그로부터 며칠이 지난 뒤 호랑이가 세 번째로 나타났다.

호랑이는 입에 물었던 것을 정성스레 땅에 내려놓곤 온간 간다 인사표시도 없이 사라져 버린 것이 아닌가. 그는 호랑이가 내려놓은 것이 무엇인가 하고 자세히 보니 이건 또 웬일인가.

"에크! 이건 처녀가 아닌가! 큰일 났군."

처녀는 이미 호랑이에게 놀라 기절을 하여 있었다. 그는 큰 죄나 저지른 것처럼 조심조심 처녀의 몸을 안고 방에 뉘인 다음 사지를 주무르며

처녀가 깨어나길 빌었다.

"나무아미타불! 관세음보살…"

하고 주문을 외우며 갖가지로 아가씨를 간호하였다. 아가씨는 오래지 않아 회복하였다. 도승은 아가씨를 돌려보낼 양으로 잡히어 온 까닭을 그녀에게 물었다.

"보아하니 아가씨는 귀가집 따님이신 모양인데 어쩌다가 호랑이에게 잡히어 왔소? 이제 호랑이는 멀리 도망하였고 여기는 내가 살고 있는 절이요. 이제 안심하고 빨리 기운을 회복하도록 하오. 나무아미타불 관세음보살."

하고 처녀를 안심시켰다.

"스님 고맙습니다. 소저는 영남 아무 고을에 사옵는데 방에 고이 잠들어 있다가 호랑이에게 업히어 왔습니다. 처음에 잠결이라 무엇인지 모르옵다가 산을 넘고 내를 건너 달리는데 늦게야 호랑이에게 잡힌 줄을 깨닫고 무서움에 놀라 까무러친 것입니다. 스님의 은혜는 잊지 않을 것이니 빨리 집으로 데려다 주세요."

하고 눈물을 글썽이며 애원하였다.

"어허! 듣고 보니 큰일날 뻔 하였군. 절에서 공부하는 중들은 평생토록 좋은 일만 하는 법. 우선 기운을 온전히 회복하오. 먼 길을 과년 한 처녀가 홀로 걷는 것은 위험하니 나와 같이 떠납시다."

이튿날 처녀를 앞세우고 도승은 그녀의 집을 향해 떠났다. 그들은 수일 후에 처녀의 집에 이르게 되었다. 이때 처녀의 집에서는 밤사이에 곡절 없이 딸을 잃어버리고 사방팔방으로 수소문하였으나 소식을 전혀 알 수 없었다. 더구나 이 딸은 무남독녀이므로 금지옥엽처럼 기르던 터이다. 그리고 보니 딸을 잃어버린 그들 부모들은 밤낮을 눈물로 지새우며 슬퍼하던 중 그날은 마을 사람들의 권유에 따라 무당을 데려다가 딸을 찾게 해달라고 크게 굿을 하는 판이었다. 이런 때에 희한하게도 딸이 어느 도승과 함께 집을 찾아 왔으니 그들의 반가움은 이를 데 없었다.

부모는 스님과 딸로부터 그동안의 경과사를 듣고 나자 다시 한 번 놀랐다.

"듣고 보니 잃어버린 딸이 살아 돌아온 것은 도승님의 끼치신 은덕으로 생각합니다. 죽은 목숨을 살려 주심이나 다름없는 스님의 높은 은혜를 무엇으로 갚아야 좋은지요? 철없고 못난 딸 때문에 여러 날 고생이 많았겠습니다. 집안은 누추하오나 며칠만 푹 쉬어가시면 더없이 큰 영광으로 생각하겠습니다."

하고 그녀의 부모는 진심으로 스님에게 고마움을 아뢰었다. 그들 부모들은 물론이요, 아가씨도 몇 번이고 간청하므로 도승은 할 수 없이 며칠을 그녀의 집에 묵게 되었다. 그런데 떠날 날이 되었다. 그녀의 부모는 다시 스님에게 여쭈었다.

"죽은 것이나 다름없는 딸자식을 구해 주신 은혜에 보답할 길이 없어 제가 가진 재산을 그동안 절반을 정리하여 약간의 은전을 마련하였습니다. 저의 소원이오니 많지 않은 돈이지만 이것으로 저의 딸 시주품이라 생각하시고 조그마한 성의나마 부처님 전에 바쳐주시기 바랍니다. 돈을 싣고 갈 말은 이미 준비가 되었사오며 스님을 모시고 가도록 대령하여 있습니다."

하고 공손히 여쭈었다.

"우연한 인연이 있어 대가집 따님에게 끼친 공으로 이토록 많은 시주를 주시니 오히려 과분합니다. 그 정성은 불전에 어김없이 올리겠거니와 생각하면 일은 소승이 호랑이로 말미암아 얻어진 시주라 할 것인 바, 그 호랑이를 만난 자리에 절을 세워 이름을 호성암이라 부를까 하오."

도승은 아가씨의 집에서 얻은 막대한 시주로 절을 지으니 이것이 노적봉에 있는 '호성암'이 되었다. 불행히도 후에 화재를 입어 지금은 전하지 않고 다만 암벽에 새겨진 석불만이 희미하게 남아있을 뿐이다.

– 출전 : 『남원군지』

2. 떡 잔치 이야기

호성암에는 다음과 같은 전설이 있다. 이 절의 중들은 해마다 5월 단오절이면 떡을 만들어 잔치를 하게 되었다. 떡을 만들면 먼저 불전에 올리고 불공을 드리기는 하나 그 떡은 결국 중들이 먹기 마련이다. 이 때 호성암은 규모가 컸음인지 승려가 무려 20~30명이나 되었다. 그런데 이 많은 중들이 서로 욕심이 많아서 떡을 한 개라도 더 먹으려고 수선 법석을 떠는 것이 탈이었다. 그리고 떡을 나누어 먹되 낮에 떡 잔치를 벌이면 절에 찾아오는 손님에게 나누어 주지 않으면 안되었다. 그렇게 되면 아까운 떡이 줄어져 중들의 차지가 적어질 것이 염려되므로 손님들이 한 사람도 없을 때에 떡 잔치를 벌일 필요가 있어 떡 잔치를 항상 밤중에 벌이도록 되어 있었다. 몇 해 동안은 비밀리에 떡 잔치를 할 수 있었다.

그러나 이러한 일이 새어나갔는지 산 밑 마을 사람들이 알게 되었다. 더구나 젊은 중들은 떡을 갈라 먹되 한 개라도 더 차지하려고 야단법석을 떨었다. 그리하여 중들은 똑같이 떡을 공평하게 나누어 먹을 수 있은 방법을 생각하였던 것이다. 방법을 생각한 나머지 떡을 저울로 달아 나누는 방법을 생각하게 되었다.

농사철에 비가 오면 논에 물을 대기 위하여 물싸움이 일어나면,

"우리도 호성암 중들 떡 달듯 할까?"

하는 말이 생기게 되었으며, 이러한 이야기들이 마을에 퍼지자 호성암 스님들도 깨달은 바가 있어 이후로는 단오날 잔치에 떡을 다는 노릇이 없어졌을 뿐 아니라 서로 의좋게 불경공부를 하게 되었다.

– 출전 : 『남원군지』

| 남원편 출전 |

1. 문헌

- 남원시지편찬위원회, 『남원시지』, 1992.
- 최정희, 『한국불교전설99』, 우리출판사, 1996.

2. 웹사이트

- 한국관광공사(http://korean.visitkorea.or.kr)
- 불교설화 (http://hompy.buddhapia.com)
- 실상사 (http://www.silsangsa.or.kr)
- 남원시청(http://www.namwon.go.kr)

산청편

율곡사(栗谷寺)

산청군 신등면 율현리 지리산 동쪽 자락에 있는 절로, 651년(신라 진덕여왕 5) 원효대사가 창건하였고, 930년(경순왕 4)에 감악(感岳)조사가 중창하였다. 고려시대의 연혁에 관한 기록은 전혀 알 수 없으나 대웅전 기단 앞에 당시의 유물로 생각되는 석조팔각불대좌(石造八角佛臺座)가 남아 있어 고려시대에도 존재했다는 것을 짐작할 수 있을 뿐이며, 조선 성종 때 간행된 『동국여지승람』 단성현조에 '율곡사(栗谷寺) 재척지산(在尺旨山)', 즉 '율곡사는 척지산에 있다.'라고 쓰여진 것으로 보아 조선 초기에도 율곡사가 있었음을 알 수 있다.

율곡사의 배치는 산지가람의 전형적인 사동중정형식(四棟中庭形式)을 자연 지세에 따라 변형한 특이한 형식을 보여준다. 천왕문 등 당우가 많았던 것으로 짐작되나 현재는 대웅전, 칠성각, 관심당(觀心堂), 요채만 남아 있다. 현재의 대웅전은 조선 중기에 지어진 건물이며, 이후에도 여러 차례 중수되었다.

율곡사는 신비로운 전설을 간직한 채 지리산의 지맥인 척지산 자락에 자리하고 있으며 대웅전은 1963년 보물 제 374호로 지정되어 많은 사람들의 발길을 불러들이기에 충분하다.

율곡사의 전설은 설화의 전형적 구조를 가진 작품으로서 절을 지을 때 얼마나 청정한 마음이 필요한가를 잘 보여주고 있다. 이러한 설화는 전국적으로 분포되어 있으며, 특히 내소사 전설과는 화소 전개 차원을 넘어 거의 동일한 이야기로 보인다. 비교를 위하여 지리산권 사찰은 아니지만 내소사 전설을 함께 정리하였다. 특히 새가 단청을 하였다는 이야기는 강진 무위사에도 있는 이야기로 절의 단청이 매우 훌륭하였기에 만들어진 이야기라고 판단한다.

1. 율곡사의 전설

율곡사 대웅전을 중건할 때인데 하루는 대목수 한 사람이 찾아와서 자기가 맡아서 짓겠다고 하였다. 절에서는 마침 목수를 찾고 있는 중이어서 몇 가지 물어보고 곧 일을 맡기게 되었다. 그런데 일을 시작한 목수가 하는 일이라고는 매일 목침(木枕)만 다듬고 있는 것이었다.

오늘이나 내일이나 기다린 것이 석 달이 되어도 목침 다듬는 일만 하고 있기에 답답한 스님이 목수 몰래 다듬어 놓은 목침 한 개를 감추어 버렸다.

그랬더니 며칠 뒤에 느닷없이 목수가 연장을 챙겨서 공사를 중단하고 떠나겠다는 것이었다. 깜짝 놀란 주지가 그 연유를 묻자, 다듬어 놓은 목침이 모자라니, 이러한 정신으로는 이 큰 불사를 할 수 없다고 하면서 떠나는 것이었다.

급한 김에 절이 발칵 뒤집혔는데 그때 목침을 감추어 둔 스님이 나와서 목침을 내어놓고 사과를 하니 그제야 목수가 말하기를, 아직까지 그렇게 정성이 부실한 적이 없었는데 이상하게 생각했다고 하면서, 다시 일을 시작하여 완공을 보았다는 것이다. 이 때문에 율곡사를 '목침절'로 부르기도 한다.

공사가 끝나고 단청을 할 때 일이다. 화공이 일을 하면서 대웅전 내부 단청을 제일 뒤에 하게 되었는데 그때 스님들에게 이르기를 앞으로 7일 동안은 누구도 법당 내부를 들여다보지 말 것을 누누이 당부하고 일을 시작하였다.

그런데 한 번 안으로 들어간 화공이 무슨 일을 하는지 아무런 기척도 없이 6일이 경과 되었다. 모두가 궁금하게 생각되어도 화공의 당부가 너무 간곡했기에 들여다 볼 엄두를 내지 못하고 있는 중이었다. 마지막 7일째 되는 날, 정오가 지나도 조용하기만 한 법당 안을 참다 못한 상좌승이 몰래 문에 구멍을 내어 안을 들여다보았다.

그랬더니 안에서는 한 마리 새가 입에 붓을 물고 날아다니면서 열심히 그림을 그리고 있다가 갑자기 붓을 떨어뜨리고 문틈으로 날아서 절 위쪽에 있는 새신바위에 앉아 버렸다. 그 길로 새는 간 곳 없고, 바위 이름은 새신바위가 되었다. 법당의 그림에는 천정 밑 좌우 벽면에 산수화 그림 두 점이 있었는데 그 때부터 미완성으로 알려져 있었다.

율곡사 대웅전

2. 내소사의 전설

어느 날 청민선사는 선우(善愚)라는 시자(侍者)더러 일주문 밖에 나가면 도편수가 오셨을 터이니 모셔 오라 하였다. 시자가 밖으로 나가보니 과연 웬 사람이 일주문에 기대어 잠을 자고 있었다. 다음날부터 도편수는 산에 가서 나무를 베어오고 재목을 자르기 시작했다. 그런데 이상하게도 도편수는 기둥을 켜는 것도 서까래를 다듬는 것도 아니었고, 거의 삼년의 세월 동안 나무를 토막 내어 목침 만한 크기로 만드는 일만 계속하고 있었다.

"저놈의 도편수 삼 년을 하루같이 목침만 깎고 있으니 언제 법당을 짓나."

하고 선우는 도편수를 골려줄 생각에 나무 토막 하나를 몰래 감추었다. 마침내 나무 깎기를 마친 도편수가 깎아놓은 나무를 세는데 세고 또 세고 수십 번을 세더니 그만 고개를 떨구며 눈물을 흘리는 것이었다.

"선사님, 소승은 아직 법당을 지을 인연이 먼가 봅니다."

청민선사가 물었다.

"무슨 까닭인가?"

"재목 하나를 덜 깎았습니다. 이런 주제에 어찌 감히 법당을 짓겠습니까."

곁에서 듣고 있던 선우가 깜짝 놀라 감추었던 재목 하나를 내놓고 용서를 빌었다. 도편수는 부정 탄 재목 하나를 빼놓고 법당을 지었다. 그래서 내소사 법당 안을 보면 출목 하나가 있어야 할 자리가 빠끔히 비어 있다.

법당을 짓고 나서 단청을 칠하려 화공을 불러와 법당 안을 그리게 했다. 그런데 화공은 법당 안을 그리는 백일 동안 아무도 법당 안을 들여다보지 못하도록 단단히 일렀다. 장난꾸러기 시자 선우는 이번에도 궁금해서 견딜 수가 없었다. 결국 99일째 되는 날 안을 들여다보고 말았다. 이때 법당 안에는 화공은 없고 황금빛 날개를 가진 새 한 마리가 입에 붓을 물고 이리저리 날아다니며 그림을 그리고 있었다. 선우는 넋을 잃고 쳐다보는데 순간 황금새는 깜짝 놀란 듯 붓을 떨어뜨리고 후두둑 밖으로 날아가 버렸다. 그래서 내소사 법당 안은 양쪽 중도리에 쌍으로 그렸어야 할 용과 선녀의 그림이 왼쪽 것만 그려지고 오른쪽 것은 빈 칸으로 남아 있다.

전하기로 도편수는 호랑이가 화현(化現)한 대호선사(大虎禪師)였고, 그림을 그린 새는 관음보살의 화현이었다 한다. 새가 날아간 내소사의 뒷산을 관음봉이라 한다.

단속사(斷俗寺)

『삼국유사』 권5 신충괘관조(信忠掛冠條)에 의하면 763년에 신충(信忠)이 창건했다고 하며, 별기(別記)에는 748년(경덕왕 7) 이순(李純)이 창건했다고 한다. 이 절에는 금당 뒷벽에 경덕왕의 진영(眞影)을 봉안하고, 신라의 이름난 화가인 솔거(率居)가 그린 유마상(維摩像)이 있었다고 한다. 폐사 연대는 전하지 않으며 현재 금당지(金堂址)로 추정되는 건물지에는 민가가 들어서 있고, 그 앞 좌우에 2기의 3층 석탑(보물 제72호와 보물 제73호)이 있는 것으로 보아 통일신라시대의 전형적인 가람배치인 쌍탑 가람식이었던 것으로 추정된다. 그 외에 강당지(講堂址)로 보이는 넓은 건물지에 초석들이 남아 있고, 신라 병부령 김헌정(金獻貞)이 지은 신행선사비(神行禪師碑) 편과 1159년에 입적한 탄연(坦然)의 대감국사비(大鑑國師碑) 편 등이 발견되었다. 근처에는 최치원이 쓴 '廣濟暖門'이 새겨진 바위가 있다.

단속사 창건에 대한 이야기로 『삼국유사』의 기록을 정리한 것은 유사의 설화적 성격을 고려한 것이다. 금계사에서 단속사로 사찰명이 바뀐 이유는 폐사가 있었던 것으로 추정한다. 단속사로 이름이 바뀐 이야기에 나오듯이 규모가 상당한 절이었음에도 오늘날 폐사되어 절터만 남은 것으로 보아 여러 차례 폐사와 중창이 있지 않았나 생각한다.

특히 단속사로 이름이 바뀐 이야기는 창건에 관한 설화가 아니라 폐사와 연관된 설화로서 그 가치가 주목된다고 본다. 일운 스님 이야기는 불교설화로는 볼 수가 없지만 단속사가 거명되는 이야기이기에 함께 정리하였다.

산청 단속사지

1. 잣나무가 지은 단속사

효성왕이 아직 왕위에 오르기 전에 현명한 신하 신충과 함께 궁중 뜰의 잣나무 아래서 바둑을 두다가 말하기를,

"뒷날에 내가 결코 그대를 잊지 않을 것을 이 잣나무를 두고 맹세하겠다."

고 하니 신충은 일어나 절을 했다. 몇 달이 지나 왕으로 즉위하고 공로가 있는 신하들에게 상을 줄 때, 신충을 잊고 차례에 넣지 못했다. 신충은 이를 원망하여 노래를 지어 잣나무에 붙였다. 그랬더니 잣나무가 갑자기 누렇게 되었다. 왕이 이상하게 여겨 사람을 시켜 그 잣나무를 살펴보도록 하였더니 나무에서 노래를 찾아내 바쳤다. 왕이 크게 놀라면서

"정사가 너무 복잡하고 바빠서 공신을 잊었구나."

하고 신충을 불러서 벼슬을 주었다. 그러자 그 나무는 다시 살아났다. 노래는 이러하다.

질 좋은 잣이
가을에 말라 떨어지지 아니하매
너를 중(重)히 여겨 가겠다 하신 것
낯이 변해 버리신 겨울에여.
달이 그림자 내린 연못 갓
지나가는 물결에 대한 모래로다
모습이야 바라보지만
세상 모든 것 여희여 버린 처지(處地)

- 김완진 해독

이로부터 두 임금께 총애를 받았다. 경덕왕(효성왕의 아우) 22년(763) 계묘에 신충은 두 친구와 약속하고 벼슬을 그만두고 남악으로 들어갔는

데 두 번씩이나 불러도 나오지 않았다. 머리를 깎고 불도를 닦는 사람이 되어 왕을 위하여 단속사를 짓고 거기에서 살았다. 그가 평생을 산 속에서 숨어 살면서 대왕의 복을 빌겠다고 원하므로 왕도 이를 허락하였다. 단속사의 금당 뒷벽에 영정을 모셔 두었는데 그것이 곧 경덕왕의 복을 빌기 위한 것이었다.

절 남쪽에 속휴라는 마을이 있는데 지금은 와전되어 소화리(삼화상전에 보면 신충의 봉성사가 있는데 여기와는 서로 다르다. 따져보면 신문왕대는 경덕왕 대를 지난 지 이미 백여 년이 되었다. 하물며 신문왕과 신충이 과거세의 인연이 있다 함은 이 신충이 아닌 것이 분명하니 마땅히 잘 알아 밝혀야겠다)라 한다. 또 딴 기록에는, 경덕왕 때에 직장 이준(고승전에는 이순이라 했다)이 일찍부터 발원하여 나이 50이 되자 마침내 출가하여 절을 지었다. 그는 천보 7년 무자에 50의 나이로 조연사의 작은 절을 큰 절로 고쳐 단속사라 하고 자신도 삭발하고 법명을 공굉장로라 하였다. 그 절에서 산 지 20년 만에 죽었다 하니 삼국사의 기록과는 같지 않다. 두 기록을 다 실어두어 의아한 점을 덜고자 한다. 찬을 하자면,

> 공명은 다하지 못했는데 귀밑머리 희어지니
> 임금의 사랑은 많다 해도 나이는 바쁘구나
> 언덕 너머 산 그림자 꿈에 자주 뵈니
> 올라가 향불을 받들어 우리 임금 축복하리

– 출전 :『삼국유사』

孝成王潛邸時 與賢士信忠 圍碁於宮庭栢樹下 嘗謂曰 他日若忘卿有如栢樹 信忠興拜 隔數月 王卽位賞功臣 忘忠而不第之 忠怨而作歌帖於栢樹 樹忽黃悴 王怪使審之 得歌獻之 大驚曰 萬機勞掌 幾忘乎角弓 乃召之賜爵祿 栢樹乃蘇 歌曰

物叱好支栢史
秋察尸不冬爾屋支墮米
汝於多支行齊敎因隱
仰頓隱面矣改衣賜乎隱冬矣也
月羅理影支古理因淵之叱
行尸浪 阿叱沙矣以支如支
貌史沙叱望阿乃
世理都 之叱逸烏隱郵也

後句亡 由是寵現於兩朝 景德王(王卽孝成之第也) 二十二年癸卯 忠興二友相約 掛冠入南岳 在微不就 落髮爲沙門 爲王創斷俗寺居焉 願終身丘壑以奉福大王 王許之 留眞在金堂後壁是也 南有村名俗休 今訛傳小花里(按三和尙傳有信忠奉聖寺 與此相混 然計其神文之世之事 距景德已百餘年 沉神文與信 忠乃宿世之事 則非此信忠明矣 宜詳之) 又別記云景德王代 有直長李俊(高僧傳 作李純) 早僧發願 年至知命 須出家創佛寺 天寶七年戊子年登五十年 改創槽淵小寺爲大刹 名斷俗寺 身亦削髮法名孔宏長老 住寺二十年乃卒 與前三國史所載不同 兩在之闕疑 讚日

功名未已函先霜
君寵雖多百歲忙
隔岸有山頻入夢
逝將香火祝吾皇

2. 단속사로 이름이 바뀐 이야기

단속사의 원래 이름은 금계사였다. 절의 크기가 얼마나 컸으면 절을 찾는 이들이 단속사 입구인 광제암문에서 새로 짚신을 갈아 신고 절을 한 바퀴 돌아 나오면 그 사이에 신이 다 닳아버렸다고 한다. 또한 절의 공양간에서 아침저녁으로 밥을 짓기 위하여 쌀을 씻으면 십 리 밖까지 냇물이 쌀뜨물로 뿌옇게 되었다고 한다.

이와 같이 절의 규모가 크고, 늘 식객이 넘치도록 들끓는 바람에 스님들이 도저히 공부를 할 수가 없을 지경이었다고 한다. 그래서 궁여지책으로 절의 이름을 금계사에서 단속사로 바꾸었다고 한다. 세속과의 모든 인연을 끊는다는 의미인 단속사로 절의 이름을 바꾸자, 정말로 사람들의 발길이 뚝 끊어졌다고 한다. 그래서 수백 칸을 자랑하던 대가람이었던 단속사는 폐사가 되고 말았다.

3. 일운 스님 이야기

허성은 자가 맹명(孟明)이니 허주(許周)의 아들이다. 태종 임오년(1402)에 문과에 급제하여 벼슬이 이조 판서 대제학에 이르렀으며, 시호는 공간공(恭簡工)이다. 공은 성격이 고집스러웠다. 일찍이 이조 판서가 되었을 때 직무에 충실하고 올바름을 지켰으므로 청탁이 이르지 않았으며, 청탁하는 것을 미워하여 청탁하는 이가 있으면 반드시 그와 반대로 일을 행하였다. 어떤 한 조관(朝官)이 예천(例遷)하여 외직을 맡아야 했는데, 남도 벼슬을 청탁해 왔으므로 일부러 평안도의 변방 군수로 제수하였고, 한 문사(文士)가 서울의 벼슬을 청탁했을 때는 반대로 외군의 교수(敎授)로 제수하였다.

흥덕사(興德寺) 중 일운(一雲)이 간사하고 꾀가 많아 단속사(斷俗寺)의 주지가 되고자 하여 공을 속이기를, "듣자오니 평양 영명사(永明寺)는 산수가 매우 좋다 하는데 가서 살고 싶습니다. 만일 단속사라면 내 일은 틀리는 것입니다." 하였더니, 며칠 뒤에 일운을 단속사의 주지로 삼았다. 일운이 크게 웃으면서, "그가 내 꾀에 넘어갔구나." 하였다.

– 출전 :『필원잡기(筆苑雜記)』

내원사(內院寺)

산청군 삼장면 대포리, 장당골과 내원골이 합류하는 위치에 절묘하게 자리한 절이 내원사다. 절이라기보다 어느 양반집 후원같이 정갈하고 그윽한 분위기가 인상적인 곳이다. 신라 태종 무열왕 때 무염(無染)국사가 창건하여 덕산사(德山寺)라 하였으나 그 뒤 원인 모를 화재로 전소되어 그대로 방치되다가 1959년 원경(圓鏡) 스님에 의해 다시 중건되어 오늘에 이르고 있으며, 당시 절 이름도 내원사로 고쳤다.

내원사에 전하는 설화로는 원효 스님이 중국 태화사의 대중을 구한 이야기가 유명하다. 지리산권 사찰의 상당수가 원효 스님과 연관되어 있지만 원효 스님에 관한 대표적 설화 중 하나가 내원사 창건 설화이다. 여기에 정리한 '1천 명의 성인을 이룬 천성산'과 '원효대사와 척판암 이야기'는 같은 이야기이다. 지금부터 천 년 전에 기록된 '1천 명의 성인을 이룬 천성산' 설화가 구비전승 되면서 화자의 각색이 더해져 '원효대사와 척판암 이야기'로 고착된 것으로 보인다.

내원사의 절터가 승경이기에 '천하명당 내원사'와 같은 설화가 만들어진 것으로 보인다. '천하명당 내원사'와 '내원사가 불에 탄 이야기'는 같은 설화이다. 원효대사가 창건하였고, 1천 명의 성인을 이룬 내원사가 폐사가 된 이유를 나름대로 설명하기 위하여 만들어진 설화로 보인다.

산청 내원사

1. 1천 명의 성인을 이룬 천성산

기장의 담운사[淡雲寺: 擲板庵]에 주석하고 있던 원효 스님은 어느 날 중국 태화사에 산사태가 나 공부하던 스님들이 매몰될 것을 예견하였다. 그래서 판자를 공중으로 날려 보냈는데, 이 판자는 태화사까지 날아가 마당 위에서 빙글빙글 돌았다. 그러자 이를 보고 법당 등에서 수도하던 많은 대중들이 놀라 모두 바깥으로 나오게 되었고, 그때 갑자기 산사태가 나서 법당 등의 건물들이 묻혀버렸다. 놀란 대중들이 땅에 떨어진 판자를 보니 거기에는 '해동의 원효가 판자를 날려 대중을 구하노라.'라는 글이 쓰여 있었다.

그 후 원효 스님의 법력으로 구출된 천 명의 태화사 대중들이 도를 구하여 성사를 찾아왔다. 스님은 그들을 데리고 머물 곳을 찾아 남쪽으로 내려오다가 중방리(지금의 용연리)를 지나게 되었다.

이때 원적산 산신령이 마중을 나와

"이 산에서 천명이 득도할 것이니 청컨대 이곳으로 들어와 머무소서."

라고 하여 스님은 산신령이 이끄는 대로 따라갔다.

지금의 산령각 입구까지 스님 일행을 인도한 원적산 산신령은 자취를 감추었고 그 자리에 산령각을 짓게 되었는데, 따라서 유독 내원사 산령각은 큰절에서 5리 밖에 떨어져 있게 되었다.

또한 원효 스님은 천성산 산신령의 인도대로 이곳에 대둔사(大屯寺)를 창건하고 상·중·하 내원암과 아울러 89개의 암자를 창건하여 1천 명의 대중이 머물며 수도하게 하였다. 그리고 가끔 대중을 산 정상에 모이게 하여 『화엄경』을 강설하였으므로 지금도 그곳을 화엄벌이라 칭한다.

이후 988명이 이 산에서 득도하였고, 나머지 12인 중 8명은 팔공산(八公山)에서, 4명은 사불산(四佛山)으로 가서 도를 깨달았다하여 이후로 원적산을 천성산이라 부르게 되었다.

– 출전 : 『송고승전(宋高僧傳)』

2. 원효대사와 척판암 이야기

원효 스님이 천성산에 주석하고 있을 때였다. 천성산은 지금의 양산 통도사 앞에 우뚝 선 산을 말한다. 토굴에서 조용히 가부좌를 틀고 삼매에 들었던 원효대사가 갑자기 혀를 차면서 혼자말로 말했다.

"어허, 이것 큰일이구먼. 어쩐다. 빨리 서둘러야겠는데. 그러지 않으면 많은 사람들이 다치겠구나. 얘, 사미야!"

원효 스님을 시봉하던 사미는 이름이 학진이었다. 학진사미는 큰스님의 부르는 소리에 황급히 달려와 차수하고 섰다.

"부르셨습니까? 큰스님."

원효 스님은 사미를 돌아보지도 않고 뭔가를 황급히 찾고 있었다. 사미가 다시 큰소리로 말했다.

"큰스님, 무엇을 찾으시옵니까?"

"으음, 사미냐? 급한 일이 생겼느니라."

사미는 영문을 몰라 어리둥절해 했다.

"큰스님, 사방이 온통 고요하기만 한데 화급을 다투는 일이 무엇이옵니까?"

원효 스님이 말했다.

"멀리 중국땅 태화사에 변이 일어날 조짐이 있구나."

사미는 점점 더 알 수가 없었다. 가까운 곳도 아니요, 저 멀리 중국에서 일어날 일을 미리 알고 계시다니, 아무래도 이해가 가지 않았다. 원효 스님은 급한 김에 앉아 있던 마루청을 뜯었다. 그리고 거기에 이렇게 적었다. '신라의 원효가 판자를 던져 중생을 구원한다.' 원효 스님은 판자를 공중에 날렸다. 판자는 순식간에 천성산에서 아득히 사라졌다. 사미가 말했다.

"큰스님, 천안통을 얻으셨습니까? 그러지 않고서야 어떻게 중국에서 일어난 변을 미리 보실 수 있단 말입니까?"

원효 스님은 빙그레 웃고 더 말이 없었다. 그리고 다시 좌선삼매에 들었다. 시자도 자기 방으로 돌아갔다.

한편, 중국의 태화사에서는 천여 명의 스님들이 법당에 모여 대법회를 열고 있었다. 한참 열기가 무르익어 갈 무렵, 법당 밖에 있던 대중들이 왁자지껄했다.

"아니, 저기 저 날아오는 게 뭘까?"

"어디 어디, 그러게 말이야. 웬 널빤지 같은데 그래."

법당 안에서 법회를 하던 천여 명의 스님들이 법회를 중단하고 마당으로 몰려나왔다. 신도들도 따라 나왔다. 이제 법당 안에는 한 사람도 남아있지 않았다. 바로 그때였다.

"우르르릉, 쾅."

폭음과 함께 멀쩡하던 법당이 순식간에 무너져 내렸다. 사람들은 무너지는 법당을 바라보며 정신을 잃고 말았다. 잠시 후 정신을 차리고 하늘을 쳐다보니 공중에서 배회하던 널빤지가 빙글빙글 돌면서 마당에 사뿐히 내려 앉았다. 사람들이 우르르 몰려가 판자를 들여다보니 그 판자에는 글이 씌어 있었다.

'신라의 원효가 판자를 던져 중생을 구원한다.'

그들은 한결같이 놀랐다. 중국과 신라와의 거리가 그토록 먼데 그 판자가 공중을 가르고 날아왔다는 것이 불가사의했고, 원효 스님이 태화사의 일을 미리 내다보았다는 것이 불가사의한 일이었으며, 또한 대중들이 몰려나오자마자 법당이 무너져 내렸다는 것이 불가사의했다.

"아니, 이건 그 유명한 신라의 원효 스님이 보내신 거로군요. 우리를 구하기 위해서 말입니다."

"참으로 원효 스님은 부처님과 다름없는 분입니다. 그분의 천리안이 아니었더라면 우리는 꼼짝없이 죽었을 것입니다. 나무 원효보살마하살."

그들은 '나무 원효보살마하살'을 합송하며 동방을 향해 합장하고 무수히 절을 했다. 그들은 원효 스님의 도력이 그토록 뛰어난 데 다시금 찬탄하기를 마지 않았다.

"정말 원효 스님이야말로 도인 중에 도인입니다. 참으로 장한 어른이십니다."

"이제 우리는 참다운 스승을 만난 것입니다. 우리 그분 곁에 가서 수행하도록 하십시다."

"갑시다."

"떠납시다."

법회에 나왔던 스님들이 하나 둘 신라로 갈 것을 제의하며 나서자, 모두들 서로 뒤질세라 앞장을 섰다. 스님들뿐만 아니라 재가불자들까지 나서 신라의 원효 스님에게로 향하는 대중이 천여 명이나 되었다.

신라로 원효 스님을 찾은 천여 명의 대중들은 서로 앞다투어 원효 스님의 제자가 될 것을 간곡히 청하였다. 그러나 원효 스님이 주석하고 있던 곳은 움막이나 다름없는 협소한 토굴이었다. 천여 명의 대중들을 다 수용할 수 없었다. 한꺼번에 몰려온 천여 명의 제자를 한 순간에 얻은 원효 스님은 대중들이 함께 수행할 절터를 찾아 나섰다.

스님이 산을 내려오고 있는데 백발노인 한 분이 나타났다. 천성산의 산신령이었다.

"큰스님, 절터를 찾고 계시지 않습니까?"

"그렇습니다. 어디 마땅한 데가 없을까요? 적어도 천여 명 대중이 기거할 만한 도량이어야 하는데요."

"네, 큰스님, 이 산 중턱의 계곡에 이르면 아주 좋은 절터가 있습니다. 천여 명이 기거하더라도 협소하지 않을 것이오니 다른 데 가시지 말고 곧장 그곳으로 가 보시기 바랍니다."

"고맙습니다, 노인장."

원효 스님은 대중들을 이끌고 발걸음을 되돌려 산 중턱으로 올라갔다. 한참을 올라가다 보니 과연 반듯한 터가 나왔다. 원효 스님은 그곳에 큰 가람을 세웠다. 그리고 멀리 중국에서 천여 명의 대중이 왔다고 하여 내원사라 이름하였다. 천성산이라 불리게 된 것도 이러한 사건이 있고 나서였다. 즉, 중국에서 원효 스님의 제자로 온 천여 명의 대중들이 모두 훌륭한 가르침을 받고 깨달음을 얻어 성자가 되었다는 데서 기인하였다. 또 산신령을 만난 자리를 '중방래'라 부르게 되었다.

한편 천성산에는 칡넝쿨이 많기로 유명했다. 그런데 제자들이 밤길을 가다가 칡넝쿨에 걸려 넘어져 다리를 다치는 등 불상사가 일어났다. 원효 스님은 산신령을 불러 당부하였다.

"산신령은 들으라. 우리 절 대중들이 밤길을 걷다가 칡넝쿨에 걸려 넘어져 다리를 다치고 크고 작은 부상을 입었다. 앞으로 그런 불상사가 없도록 산신령은 이 산에 칡넝쿨이 자라지 않게 하라."

그러나 칡넝쿨을 아주 없앨 수는 없었던지 있기는 있되 옆으로 뻗어나가지 않고 수직으로 자라게 하였다고 한다. 지금도 천성산의 칡넝쿨은 옆으로 뻗어나간 것은 볼 수 없고, 모두 수직으로 곧게 자란 것뿐이라고 하는데 이는 원효 스님이 산신령에게 당부한 뒤부터였다고 한다.

그리고 원효 스님이 마루청을 뽑아내어 던진 암자를 '널빤지를 날려 보냈다.' 하여 척판암이라 부른다.

– 출전 : 『동봉스님이 풀어 쓴 불교설화』

3. 내원사가 불에 탄 이야기

내원사는 삼장면 내원리에 위치하고 있다. 지리풍수설에 이 절터는 큰 명당이라고 일러온다. 이곳 지리산의 주봉인 천왕봉에서 동남쪽으로 뻗은 능선을 따라 약 12km 내려오면 문득 산줄기는 멈추고 좌우에서 흘러든 계곡이 합치면서 천작으로 명승의 터전을 이루고 있는 것이다.

이와 같이 경치가 아름다운 명당에 큰 절이 위치해 있는지라 각 지방에서 찾아오는 관람객들은 줄을 이어 혼잡을 이루었다는 것이다. 절 안팎에서 붐비는 인파는 자연히 떠들썩하고 소란스럽게 되어 절에서는 이를 감당하기도 어렵거니와 수도하는 스님에게도 큰 지장이 되었다는 것이다. 이로서 주지스님은 어떻게 하면 소란을 막을 수 있는가? 또한 외부의 사람을 적게 오도록 할 수 있는가? 하고 여러 가지로 궁리를 하고 있었다.

그러던 중에 하루는 낯선 늙은 스님이 이 절에 찾아와 주지스님과 이야기를 하던 중에 주지스님이 우연히 이 문제를 들어 걱정을 하였더니 그 노승은 퉁명스럽게 대답하기를 그런 일은 걱정할 것이 못된다 하였다. 그래서 주지스님이 다시 캐고 물었다. 무슨 방법이라도 있을까 하고 재차 다그쳐 물으니 그때 노승은 입을 열고 앞에 보이는 남쪽의 산봉우리를 가르키며 그 봉우리 밑까지 길을 내고 앞으로 흐르는 개울에 다리를 놓으면 해결될 것이라 하고 홀연히 떠나 버렸다. 이때에 주지스님은 그 말을 이상히 여기고 생각 끝에 노승의 말을 따르기로 하였다. 대중 스님들이 총동원 되어 개울에는 통나무로 다리를 놓고 봉우리 밑에 까지는 길을 내고 난 다음 모두 모여서 쉬고 있는 판에 돌연히 고양이 울음소리가 세 번 들려왔다. 모여 있던 사람들은 한결같이 이 소리를 듣고 서로 얼굴을 쳐다보며 무슨 징조냐고 수군거렸다. 그 후 풍수설에서 해명하기를 앞에 있는 봉우리는 고양이 혈이고 절 뒤에 있는 봉우리는 쥐 혈인데 여기 길을 내고 다리를 놓으니 고양이가 쥐 혈에 찾아가서 쥐를 잡아 먹게 된다는 것이다.

이런 일이 있은 후에 그렇게 많이 왕래하던 사람들도 점차로 줄어들어 스님들은 조용한 가운데 수도에 정진할 수 있게 되었는데 얼마 안되어 뜻밖에도 원인을 알 수 없는 불이 일어나 절은 전부 불타버리고 말았다.

이때에 이 절에는 '삼장사'라고 하여 세 분의 장사스님이 있었다고 한다. 절이 불타고 있을 때에 세 사람의 장사스님이 이곳 개울에서 커다란 나무통으로 물을 길어 쏟는데 어찌된 영문인지 왼쪽에서 길어 쏟는 물은 오른편 개울에 떨어지고 오른편에서 쏟은 물은 왼편 개울에 떨어지며 앞에서 쏟는 물은 뒷산 봉우리에 떨어져 결국은 불을 잡지 못하였다는 것이다. 세상 사람들은 이 화재를 인력으로는 막을 수 없는 천재라 하였고 먼저 말한 풍수설에 따라 풀이하여 왔었다.

그리고 그 당시 이 절에는 개울 가까이에 장군수라고 하는 약수가 있었다 한다. 이 약수를 마시고 많은 스님 중에서 세 사람이 장사가 되어 상상도 할 수 없는 괴이한 힘이 있었는데, 절이 불에 타서 없어지고 대중스님들이 뿔뿔이 흩어진 후에 큰 바위를 들어다가 덮어두고 떠났다고 하는데 이 바위는 지금도 그대로 남아 있으며 또한 두부를 만들 때 사용했다는 큰 맷돌과 여름이면 김칫독을 물에 채워 두는 곳이라고 하는 웅덩이가 개울 옆에 그대로 남아있다.

대원사(大源寺)

대원사는 548년(진흥왕9)에 연기(緣起)조사가 창건하여 평원사(平原寺)라 하였다. 그 뒤 1천여 년 동안 폐사되었던 것을 1685년(숙종11)에 운권(雲捲)선사가 문도들을 데려와 평원사의 옛 절터에 사찰을 건립, 대원암(大原菴)이라 개칭하고 선불간경도량을 개설하여 영남 제일의 강당이 되었다. 1890년(고종27)에 혜흔(慧昕)선사의 암자가 무너져 크게 중건하였다. 서쪽에는 조사영당(祖師影堂)을 보수, 동쪽에는 방장실과 강당을 건립하여 대원사라 개칭하고 큰스님을 초청하여 불교를 공부하니 전국의 수행승들이 소문을 듣고 구름처럼 모여들었다고 한다.

대원사는 정갈하고 단아하다. 세상에서 가장 아름다운 계곡을 간직하고 바위틈을 흐르는 청정한 물소리와 더불어 비구니들의 맑은 미소를 벗하는 곳이다. 산청군 삼장면 유평리 지리산 자락에 위치한 대원사는 대한불교조계종 제12교구 본사인 해인사의 말사이며, 양산 석남사 · 예산의 견성암과 함께 우리나라의 대표적인 비구니 참선도량이다.

대원사로 들어가는 길은 완만한 계곡과 금강송이라 불리는 아름드리 소나무가 울창한 숲을 이루어 선계에 이르기 위한 길목으로 착각하기에 부족함이 없으며 '방장산대원사(方丈山大源寺)'라고 쓰여진 일주문이 단청의 화려함과 크기의 웅장함으로 방문객을 반긴다.

대원사는 깊은 산속에 호젓한 산사가 깃들여 있다는 사실, 절집의 맑은 분위기, 그리고 비구니들이 용맹정진하고 있다는 숙연성 때문에 몇 번을 찾아도 좋은 절이다. 이러한 절이 폐사가 되었기 때문에 〈빈대절터 대원사〉라는 이야기가 만들어 졌다고 생각한다.

대원사 일주문

1. 빈대 절 터 대원사

앞 설화가 끝나고 보다 부드러운 분위기를 만들기 위해서 조사자가 "빈대 절터 이야기가 없느냐?"고 물었더니 있다고 하면서 이 이야기를 시작했다. 구술 중에 간혹 웃기도 하여 분위기가 상당히 부드럽게 되었다.

울주군 온양면(蔚州郡 溫陽面)에는 대운산(大雲山)이라고 하는 큰 산이, 높은 산이 있습니다. 있는데, 이 산에는 대원사(大原寺) 카는 옛 절이 있었습니다. 이 절은 동국여지승람에 수록될 정도로 큰 절이었는데, 옛날에 이 절에 주지가 별 마음씨가 안 좋았던 것 같습니다. 그런데 이 주지가 신도들이 찾아와서 하도 귀찮으니까, '아니 어떻게 하면, 좀 편하게 지내야 되겠는데, 너무 많이 찾아 와가지고 이거 골치다. 내가 사후에 자식을 두는 것도 아니고 살다가 죽으면 그만인데….' 싶어서 그래서 늘 그런 끼꿈하게(언짢게) 불평을 하고 있었는데, 하루는 어떤 도사가 지나가다가 조금 머물렀다고 합니다. 그럴 때 이 주지가 묻기를,

"하, 이거 원수겉이 사람들이 너무 찾아와가지고 이거 골치가 아픈데, 이거 어떻게 하몬 사람 안 오도록 할 수 없겠느냐?"

마침 그렇게 방정맞게 그 얘기를 했다고 해요. 그런데 그 도사가 듣고,

"[웃음을 머금고] 그야 뭐 무슨 문제가 있겠느냐? 당장 그런 이 뭐 수가 있습니다."

하면서 떠나갈 때,

"그 절에 들어오는 산 모랑지(모퉁이)를 끊어다가 길을 내십시오. 그리하면, 아, 손(손님)이 덜 올 겁니다."

이렇게 했다고 합니다. 그래서 도사가 지나가고 난 뒤에 사람을 시켜서 그 산모랑지를 괭이를 가아(가지고) 파고 길을 내었는데, 그 길을 내고 난 뒤에는 사람이 안 오고, 빈대가 아주 그저 많이 일어가 빈대 때문에 그 절이 망했다고 합니다. 절이 망하니까 사람들이 안 오고 소원대로 되

기는 됐다고 이렇게 하고 오는데, 이런 것은 흔히 손님을 귀찮게 하는 그런 사람들을 경계하는 하나의 전설이라고 생각하고 있습니다.

— 출전 :『한국구비문학대계』

지곡사(智谷寺)

산청읍 내리 772-5번지에 절터만 남아있는 지곡사는 통일신라 때 응진스님이 창건하여 처음 절 이름을 국태사라 하였고, 고려 초에 혜월 스님에 이어 진관스님(912~964)이 크게 중창하여 고려전기에는 선종5대산문의 하나로 손꼽히는 대찰이었으나 1913년 전후에 폐사되었다.

전성 시에는 승려수가 300여 명에 이르고 물방앗간이 124개나 있었으며 절 입구에 홍예다리를 놓아 오색 무지개가 공중에 걸린 듯하고 다리를 건너면 티끌세상의 번뇌를 씻을 수 있다하여 세진교라 불렀다 한다.

추파스님이 쓴 『유산음현지곡사기』에 따르면 지금의 축대 외에는 대웅전이 있었고 왼편에는 약사전, 오른편에 극락전이 있었으며, 앞에는 큰 누각, 누각 밖에는 천왕문과 금강문이 있었고, 회랑과 요사가 좌우로 늘어서 있어 영남의 으뜸가는 사찰로 선객과 시인들이 즐겨 찾던 가람이었다고 한다.

고려 때 세워진 진관선사비는 현재 귀부만 남아있으나 다행이 비문은 기록으로 전해오고 있으며, 헌종 2년(1845)에 세운 추파스님(1718~1774)의 비와 부도가 현재의 절 윗 쪽 300m지점에 있다. 남아있는 유물로는 바위에 새긴 세진교 3자, 우물, 배례석편, 수조 2기, 귀부 2기, 물방아, 부도, 장대석, 당시 사찰의 건물지와 축대가 남아있다.

현재의 지곡사는 1958년 강덕이 스님이 중건했으나 본래의 지곡사 배치와는 무관하며 전통사찰로 지정되어 있다. 무상한 세월과 함께 대찰이 폐허로 변했지만 지곡사지에서 멀리 황매산을 바라보면 부처님이 누워있는 와불 모습으로 바라보여 신비감을 더해준다.

지곡사에는 특별한 설화가 전승되고 있지 않다. 다만 임진왜란 때 역사적으로 중요한 군사 거점이었던 것으로 판단된다. '임란에 꽃 핀 지곡사'는 역사 기록에 가까우며, '진관선사의 선문답'은 전기에 가깝다. 그러나 두 작품 모두 설화적 색채를 지니고 있기에 함께 정리하였다.

산청 지곡사지

1. 임란에 꽃 핀 지곡사

지곡사는 임란 당시 화약을 만드는 곳이기도 했다. 김시민 장군이 1592년 진주성 싸움에서 이길 수 있었던 것은 염초(焰硝) 150근을 미리 구워 놓은 것이 큰 도움이 되었다고 하는데 그 염초를 구운 곳이 바로 지곡사였다. 당시 진주 목사였던 김시민을 도와 싸움을 치른 순찰사 학봉(鶴峯) 김성일의 '용사사적(龍蛇事蹟)'에 따르면 학봉이 지곡사에서 염초를 굽게 했으며 호남의 숙련공을 불러 조총을 만드는 법을 가르치게 했으며 구리가 아닌 정철(正鐵)로 조총을 만들 수 있었다고 한다. 그러니 지곡사는 비록 진주에서 떨어져 있었지만 무기제조창의 역할을 톡톡히 했던 것이다. 이는 남명의 제자들이 불의를 보고 참지 못하는 의인들이었으며 한결 같이 의병으로 나선 것으로도 미루어 짐작할 수 있는 일이다. 또한 스님들이라고 가만히 있었겠는가. 의당 승병으로 싸움에 나섰다.

2. 진관선사의 선문답

지곡사에는 그보다 훨씬 이전, 진관선사(眞觀禪師) 석초(釋超)라는 탁월한 선승이 주석했으니 지곡이라는 절 이름은 선사의 호를 따서 지은 것이다. 진관선사는 원주 거돈사의 원공국사, 합천 영암사의 적연국사와 함께 당시 선종을 이끌던 분이었다. 비록 탑비는 남아 전하지 않지만 탁본만은 남았으니 그 귀한 모습의 한 조각이나마 가늠할 수 있으니 다행이다. 스님은 충청도 충주 출신이며 912년에 10월 15일에 태어났으며 4살에 이르자 마늘, 파, 달래, 부추, 흥거(興渠)와 같은 오신채를 먹지 않았다고 한다. 그 후 918년에 영암산의 여흥선원(麗興禪院)으로 출가하여 법원대사(法圓大師)를 찾아뵙자 대사가 물었다.

"동자는 어디에서 왔는가?(童子何許來)"

그러자 석초는

"온 곳으로부터 왔습니다.(從來處來)"

라고 대답했다고 한다.

심적사(深寂寺)

심적사는 산청읍 내리 1127번지 내리 웅석봉 계곡에 소재하는 사찰로 신라 경순왕 3년(929년)에 창건하여 광해군 2년(1610년) 운일 스님의 심적암 창건 이후 설암, 이암, 설봉 스님 등이 중건과 중수를 하였다. 심적사는 한국전쟁 때 소실되었지만 심적암의 역사를 증명하는 역사적 자료와 현재 산청읍 지리 소재 심적정사의 나한불을 심적사에 모셨던 인연으로 1991년부터 복원에 착수하여 완공하였고, 그 이후 중생의 원을 듣고 그 뜻을 이루기를 기원하는 오백나한불이 조성 되어 있다. 소장문화재는 추파당대사석비부도(문화재 제388호)와 한암대사석비부도(문화재 제389호)가 있다. '나한전 전설'은 나한부처의 현몽이 주요 화소로 되어 있는 설화이다.

1. 나한전 전설

나한암에 대한 전설로는 옛날 강원도의 어느 절에서 한 스님이 잦은 난리를 피하여 22구의 나한불을 멱서리(짚으로 만든 그릇)에 담아 짊어지고 산음 땅에 들려 지금의 내리에서 쉬고 있는데 마침 밥때가 되어 마을에 들렀다가 돌아와 보니 나한불이 없어졌으므로 사방을 찾아본 결과 심적사 절 뒤의 숲속으로 흔적이 있어 따라가 보니 등 넘어 소슬한 절벽의 한 바위틈에 부처가 모여 있었다. 이상히 여긴 스님이 그곳에다 나한암을 지어 부처를 안치하였다.

어느 겨울에 눈이 많이 와서 교통이 끊긴 나한암에 식량과 불씨마저 떨어진 채 동지를 맞게 되었다. 스님 한 분이 외로이 절을 지키면서 팥죽도 못 먹고 굶고 있는데 동짓날 아침에 부엌에 나가보니 따스한 팥죽 한 그릇이 부뚜막에 놓여 있고 불씨도 피어 있었다. 이 뜻밖의 사실에 놀란 스님이 팥죽을 들고 불당에 들어가 살펴보니 한 부처의 입술에 팥죽이 발려 있는 것을 발견하였다.

이상히 여기고 겨울을 지낸 뒤 이듬해 봄에 스님이 탁발하러 산넘어 마을에 가게 되었는데 지금의 삼장면 홍계였다고 한다. 한 집에 들어가니 주인이 묻기를 어느 절에서 왔느냐고 하므로 심적사 나한암에서 왔다고 하였더니 주인이 반기면서 지난 겨울 눈이 많이 온 동짓날 새벽에 나한암 상좌가 찾아왔기에 팥죽 한 그릇을 먹인 뒤 스님이 한 분 있다고 하므로 한 그릇 팥죽과 불씨를 주어 보낸 일이 있는데 밤길에 잘 도착 하였더냐고 묻는 것이 아닌가. 스님은 즉각적으로 동짓날 아침에 있었던 기적이 머리에 떠올랐고 팥죽의 주인과 그리고 입술에 팥죽이 발린 나한부처의 한 일임을 깨닫게 되었다. 주인에게 고맙다는 인사를 하고 나한암에 돌아온 스님은 더욱 부처님을 알뜰히 모셔서 신심을 굳혔다고 한다. 지금도 나한암 터에는 많은 흔적이 옛 암자의 내력을 말해주고 있다.

법계사(法界寺)

지리산의 가장 높은 곳에 위치(1,450m)한 법계사는 544년(신라 진흥왕 5)에 연기(緣起)조사가 전국을 두루 다녀본 후에 천하의 승지(勝地)가 이곳이라 하여 천왕봉에서 약 3㎞ 떨어진 이곳에 창건하였다.

절의 위치는 지리산 천왕봉에서 약 3㎞ 정도 내려온, 중산리에서 천왕봉으로 오르는 중간 지점에 위치하고 있어 쉼터로도 각광받고 있다. 법당 왼쪽 바위 위에 세워진 석탑의 기단에서 바라보는 전망은 그 어디에도 견줄 수 없다.

법계사는 고려 우왕 6년인 1380년, 이성계에 패배한 왜군에 의해 불탔고, 1405(태종 5)년에 정심(正心)선사가 중창했으나, 1908년 일본군에 의해 다시 소실되어 방치되었다가 1981년 겨우 절다운 형태를 갖추었다.

이 절은 일본과 미묘한 관계가 있는 절로 예로부터 '법계사가 일어나면 일본이 망하고, 일본이 일어나면 법계사가 망한다'고 하여 여러 차례 왜적이 침범하였다. 고려 때 왜적 아지발도(阿只拔屠)가 이 절에 불을 지르고 운봉전쟁에서 이성계의 활에 맞아 죽은 일화는 심심찮게 이야기되고 있다.

법당 왼쪽에 보물로 지정된 삼층석탑이 있다. 절 뒤에는 암봉과 최치원이 법계사에 머물 때 책을 읽고, 시를 짓고, 명상에 잠겼던 문창대(文昌臺)가 있는데 문창대의 넓은 반석 앞에는 고운 최치원선생이 지팡이와 짚신을 놓았던 곳이라는 의미의 '고운최선생임리지소(孤雲崔先生淋履之所)'란 글귀가 새겨져 있다.

6세기에 창건된 천년 고찰이지만 쌍계사와 마찬가지로 호국사찰의 속설만이 전해올 뿐 특별한 설화는 전해오지 않고 있다. 조선조 유명한 박문수의 탄생이 법계사와 인연이 있었다는 '법계사와 박문수'라는 설화가 유일하게 전해오고 있다.

법계사 산신각과 삼층석탑

1. 법계사와 박문수

박문수 어머니가 법계사에서 주목 껍질을 벗겨서 즙을 짜서 밥을 지어 먹고 즙으로 목욕을 하면서 천일기도를 올렸는데, 정성이 지극해 부처의 어머니인 문수보살이 "아들을 하나 주겠다." 해 자식을 얻어 키운 아들이 바로 박문수라고 한다는 것이 그것이다. 문수란 이름도 문수보살을 의미해서 지은 이름이라고 전한다.

정취암(淨趣庵)

정취암은 산청군 소재지에서 동남 방향 약 10km에 위치한 대성산(일명: 둔철산)의 기암절벽 사이에 자리한 사찰로 그 상서로운 기운이 가히 금강에 버금한다 하여 예로부터 소금강이라 일컬었다. 신라 신문왕 6년(병술, 서기 686년)에 동해에서 장육금신(부처님)이 솟아올라 두 줄기 서광을 발하니 한줄기는 금강산을 비추고, 또 한줄기는 대성산을 비추었다. 이때 의상조사께서 두 줄기 서광을 쫓아 금강산에는 원통암을 세우고 대성산에는 정취사를 창건하였다고 한다.

정취암은 정취관음보살을 본존불로 봉안하고 있는 한국유일의 사찰이다. 신라 헌강왕 2년(무인, 858년) 굴산 범일선사가 낙산사에 봉안했던 정취보살상을 고려 고종 41년(갑인, 1254년)에 명주성이 몽고병에 함락될 때 야별초 10인과 사노인 걸승이 땅속에 묻어 난을 무사히 피하게 되었다. 그 후 기림사 주지스님 각유선사가 이 정취보살상은 국가의 신보이니 어부(궁궐)에 모실 것을 왕에게 아뢰어 왕의 명을 받아 어부에 모시게 되었다. 고려 공민왕 3년(갑오, 1354년)에 화경, 경신 두 거사가 정취사를 중건한 후 어부에 봉안되어 있던 정취보살상을 정취사로 이운하여 봉안하게 되었다. 정취사는 고려 공민왕의 개혁 의지를 실현하고 원나라와 이후의 명나라로부터 관섭을 극복하려는 개혁 세력의 주요한 거점이 되었는데, 산청군에 전해지는 문가학과 정취암에 얽힌 설화는 당시 보수 세력과 개혁 세력 간의 갈등을 설화로 각색한 것으로 사료된다. '문가학 이야기'와 '정취암과 여우 설화'가 그것이다. 이야기가 대단히 짜임새가 있고 구성이 치밀한 것으로 보아 개인의 창작품이 아닌가 의심이 될 정도이다.

정취암 원통보전

1. 원효대사와 의상대사의 천공 이야기

정취암의 의상대사는 이웃 정수산에 있는 율곡사를 창건한 원효대사와 함께 종종 도력을 겨뤘다고 한다. 정취암의 의상은 하늘에서 내려주는 음식을 먹으며 수도를 하고 있는데 하루는 점심때에 맞춰 율곡사에서 보리죽을 먹고 있던 원효가 밥을 얻어 먹으러 왔다고 한다. 그러나 아무리 기다려도 하늘에서 음식이 내려오지 않는지라 원효는 돌아가고 말았다.

그런데 원효가 돌아가자 선녀가 음식을 가지고 내려오는지라 의상이 까닭을 물으니 원효를 호위하는 여덟 신장이 길을 막아 내려오지 못했다고 하자 의상은 깨달은 바가 있어 이후부터 음식을 사양했다고 한다. 원효와 의상의 관계를 상징하는 말로 사실 여부에 관계없이 같은 길을 걷는 도반끼리의 우정을 느낄 수 있다.

– 출전 : 정취암(http://jeongchwiam.com/)

2. 천공을 사양한 이야기

인근에 있는 율곡사에 거처하던 원효대사가 보리죽을 먹고 있었는데, 정취암에 머물던 의상대사는 하늘에서 내려준 공양을 받고 있었다. 어느 날 정취암으로 찾아 온 원효가 점심 공양 시간이 되었는지라,

"자네는 천공을 받아먹고 있으니, 어디 나도 함께 드세."

라고 하면서 기다렸는데, 어찌된 영문인지 아무리 기다려도 천녀가 내려오지 않으므로 원효는 그만 돌아가고 말았다.

그런데 그제야 천녀가 공양을 바치기 위해서 하늘에서 내려오는 것이었다.

"왜 이제야 왔느냐."

하고 물으니 천녀가 말하기를

"원효대사를 옹위하는 팔부신장이 길을 막아서 정취암으로 올 수가 없었다."

라는 것이었다. 이에 크게 깨달은 의상이 자신이 원효대사에게 미치지 못함을 개탄하고 그 뒤로는 천공을 사양하였다고 한다.

3. 문가학 이야기

고려말에 내한(內翰)이라는 벼슬을 한 문가학이 등과하기 전에 정취암에서 공부를 하고 있었는데 정월 초하루가 되자 스님들이 모두 피신을 가는 것이었다. 가학이 이유를 물은 즉 설날 밤이 되면 요물이 나타나 나이 어린 상좌를 잡아간다는 것이다. 가학은 피하기보다 술과 안주를 마련하고 요물을 기다리니 이슥고 여인이 나타나는지라 술을 먹여 잡고 보니 늙은 여우였다.

여우는 잡힘을 알고 둔갑술의 비법이 적힌 책을 주는 조건으로 풀려났는데 도망가면서 몸을 완전히 감추는 부분을 가져가 버렸다고 한다. 가학은 그 후 벼슬길에 나아갔다가 역모를 꾀하다 적발되자 몸을 감추지 못해 잡혀 목숨을 잃었다고 한다.

4. 정취암과 여우 설화

고려 말기 어느 때에 정취암 바위굴에는 500년 묵은 여우가 살고 있었다. 이 여우는 매년 섣달 그믐 밤이면 사람을 홀려서 한 명씩 죽였다. 그리하여 정취암에서는 매년 섣달 그믐이 되면 스님을 비롯한 대중들이 절을 비우고 피신을 하게 되었다. 절에서 대중들이 섣달 그믐마다 피신을 하자 그 피해가 인근 마을로 이어졌다.

이때에 정취암 10여리 밖 소이 마을에 문가학이라는 선비가 살았다. 문가학은 어려서부터 담력이 담대하고 문무를 겸비하여 그 재질이 뛰어난 사람이었다. 바위굴의 500년 묵은 여우의 폐해가 널리 펴지고 인근의 큰 우환거리로 전해지자 문가학은 그 여우를 손수 잡기로 하였다.

문가학은 섣달 그믐날 술을 한 말 짊어지고 정취암에 올라가 밤이 깊어지도록 기다렸다. 간간히 스쳐지나는 바람에 흔들리는 풍경소리만이 고즈넉한 산사의 밤을 지키는 듯 사위가 적막 그 자체였다. 이경이 지나고 삼경도 깊어갈 무렵 한 줄기 스산한 바람과 함께 나타난 여인이 문밖에서 서성거리며 문을 기웃거렸다.

문가학은 '이것이 요괴이구나.' 마음으로 생각하고 조금도 흐트러짐이 없이 담담한 표정으로 그대는 무슨 연유로 이 깊은 밤에 산사를 찾았느냐고 묻고 외간의 사람이기는 하지만 밖이 추우니 방으로 들어오게 한 후 자리에 앉으라 하였다. 방으로 들어와 불빛에 비친 용모를 보니 아찔할 정도로 미색이 빼어난 미인이었다. 문가학은 적적한 밤중에 이토록 빼어난 용모를 갖춘 귀인을 만났으니 어찌 술이 없을 수 있겠는가 마침 좋은 술이 있으니 같이 마시자고 하였다.

한담을 섞어가며 함께 술을 마시다 보니 밤은 깊어가고 술 또한 바닥이 드러나서 만취가 되었다. 여인이 술에 취하자 잠이 들어서 비스듬히 기대어 옆으로 눕는 것을 보니 꼬리가 아홉 달린 구미호의 화신이었다. 문가학은 미리 준비한 끈으로 여우의 손과 발을 묶었다. 여우가 깜짝 놀라서 깨어나더니 살려달라고 애원을 하였다. 문가학은 꾸짖어 말하기를 요사스러운 짓을 해서 많은 작폐를 하였으니 그 죄가 죽어 마땅한지라 용서할 수 없다고 하였다. 여우가 애원하며 말하기를 나에게는 온갖 일을 마음대로 꾸밀 수 있는 둔갑술 비결이 있는데 살려주면 대신 그 책을 주겠다고 하였다.

문가학은 마음속으로 기뻐하였으나 여우에게 속을 보이지 아니하고 먼저 그 책을 보고난 후 사실과 다르지 않다면 살려주겠다고 하였다. 그러자 여우가 굴로 들어가 둔갑술 비결이 적혀있는 책 한 권을 들고 나와서 건네주었다. 문가학은 둔갑술 비결이 적혀있는 책을 시간 가는 줄 모르고 마지막 한 장이 남아 있을 때까지 독서삼매에 빠져들어 보고 있었다. 그때 여우가 끄나풀을 몰래 풀고 갑자기 책을 낚아채어서 굴속으로 도망쳐 사라져 버렸다. 문가학은 지금까지 본 둔갑술 비결대로 둔갑술을 부려 몸을 바꾸어 보았다. 그런데 둔갑이 완전히 되지 못하고 옷고름은 감출 수 없었다.

그 후 문가학은 과거에 급제하여 내한 벼슬을 하면서 여우에게 배운 둔갑술로 새로 변하여 궁중에 들어가 은자(은으로 만든 돈)를 빼내어 거사 자금으로 쓰다가 발각되어 역모죄로 참수되었고, 그 집터도 못이 되었다고 전한다.

– 출전 : 정취암(http://www.jeongchwiam.com/)

| 산청편 출전 |

1. 문헌

- 찬녕(贊寧), 『송고승전(宋高僧傳)』.
- 일연, 『삼국유사(三國遺事)』 권5.
- 서거정, 『필원잡기(筆苑雜記)』.
- 동봉스님, 『동봉스님이 풀어 쓴 불교설화』, 고려원, 1994.
- 한국정신문화연구원, 『한국구비문학대계』, 1994.
- 산청군지편찬위원회, 『산청군지』, 2006.

2. 웹사이트

- 한국관광공사(http://korean.visitkorea.or.kr)
- 불교설화 (http://hompy.buddhapia.com)
- 내원사 (http://www.naewon.or.kr)
- 정취암 (http://www.jeongchwiam.com)
- 산청군청(http://www.sancheong.ne.kr)

하동편

쌍계사(雙溪寺)

신라(新羅) 성덕왕(聖德王) 21년(722)에 대비(大悲) 및 삼법(三法) 두 화상이 당(唐)나라에서 육조(六曹) 스님의 정상(頂相)을 모시고 와서 '지리산(智異山) 곡설리(谷雪里) 갈화처(葛花處)에 봉안하라.'는 꿈의 계시를 받고 범의 인도를 받아 이곳에 절을 지어 옥천사(玉泉寺)라 하고 조사를 봉안하였다 한다. 이후 문성왕 2년(840) 진감선사가 중창하여 대가람을 이루었으며, 정강왕 때 쌍계사라는 이름을 얻었다.

중국 유학에서 돌아온 진감선사는 차 종자를 가지고 와 지리산 주변에 심고 대가람으로 중창하니 뒤에 정강왕이 선사의 도풍을 앙모하여 '쌍계사'라는 사명을 내리었다고 한다. 그 후 임진왜란 때 크게 소실되었으며, 인조 10년, 벽암 스님에 의해 중건(이후에도 법훈 · 만허 · 용담스님에 의해 중창되었다.)된 이래 오늘에 이르고 있다.

쌍계사는 천년 고찰이자, 하동군의 대표 사찰임에도 그리 많은 설화가 전해지지는 않는다. '눈 속에서도 칡꽃이 피는 곳 쌍계사'는 쌍계사의 창건과 관련된 설화이다.

'우분리 지명 이야기'는 화엄사에 전하는 대표적 설화 가운데 하나이다. 그런데 『동봉스님이 풀어 쓴 불교설화』에서는 '조선 성종 3년(1472)에 있었던 일'이라는 확실한 연대가 나오고 '지리산 쌍계사에 우봉이라는 스님' 등을 거론하면서 등장인물이 쌍계사의 스님이라고 법명까지 거론되고 있다. '우분리 지명 이야기'는 '우뭇가사리 연원'까지 더해져서 화엄사 설화인 것이 분명하다. 그럼에도 쌍계사 편에 수록한 이유는 설화의 습합 과정을 보여주는 중요한 자료라고 판단하였기 때문이다. 특정 지역에서 발생한 설화가 구비전승 과정에서 다른 지역과 결합한 대표적인 사례 중의 하나라고 판단한다. 이렇게 다른 지역의 설화와 결합하는 과정에서 진실성을 확보하기 위하여 더욱 구체화 되는 과정을 겪는 것은 설화 전파의 일반적 유형이다.

'매봉재' 이야기는 옛날 불력이 큰 스님이 호랑이를 타고 다녔다는 일반적 유형이다. 『한국구비문학대계』에 수록된 '쌀이 나온 약수터 이야기' 역시 욕심이 화를 부른다는 일반적 유형의 이야기이다. 추월조능 스님 이야기는 내용이 설화적 색채가 다분하기에 함께 정리하였다.

쌍계사 일주문

1. 눈 속에서도 칡꽃이 피는 곳 쌍계사

삼법 스님은 평소 혜능 대사의 높은 덕망을 흠모하고 있었다. 그러던 중 714년(성덕왕 13) 육조 대사가 입적했다는 소식을 듣고 친견의 인연이 없음을 한탄하였다. 그러다 지금의 전라북도 익산 지역인 금마 미륵사의 규정(圭晶) 스님이 당에서 돌아오며 육조가 직접 지은 법보단경(法寶壇經)을 가져와 그것을 읽어 보고는 가르침을 친히 듣는 듯한 감동을 받았다. 삼법 스님은 그 글에서, '내가 간 후 5~6년 후에 나의 머리를 취할 사람이 있으리라.' 하는 내용을 읽고 직접 당에 가서 그 정골을 신라로 가져오겠다고 마음먹었다.

721년(성덕왕 20)에 이르러 김유신의 부인이기도 했던 비구니 법정(法淨) 스님으로부터 자금을 지원받아 당에 건너간 뒤 입당한 후 경주 백률사의 스님 대비 스님을 만나 관련 정보를 얻고, 또한 장사 장정만의 도움을 입어 마침내 육조 혜능 대사의 정상(頂相)을 얻을 수 있었다. 삼범 스님은 대비 스님과 함께 귀국하였는데, 꿈에 한 노사가 현몽하여, '강주(康州) 지리산 아래 설리갈화처(雪裏葛花處)에 봉안하라.'는 말을 받았다.

강주는 진주의 옛 이름이고, '설리갈화처'란 곧 눈 속에 칡꽃이 핀 곳이라는 뜻이다. 삼법, 대비 두 스님은 현몽대로 강주의 지리산 아래에 왔는데 때가 한 겨울인 12월이라 눈 때문에 길을 제대로 찾을 수 없을 정도였다.

그런데 난감해 하는 두 스님 앞에 한 쌍의 호랑이가 나타나서 길을 인도하였다. 함께 따라가 보니 큰 석문 안으로 터가 있었다. 그 곳은 봄날 같이 따스하였으며 과연 칡꽃이 난만하게 피어 있었다. 두 스님은 바로 이곳이 인연처라 깨닫고 옥천사라는 절을 짓고 석함에다 정상을 봉안하였다.

– 출전 :『육조단경』

쌍계사 금당 육조정상사리탑

2. 쌍계사에 육조정상을 모셔 온 이야기

쌍계사에는 오늘도, 저 쌍계사가 저, 육조를 싹 시조로 샘기잖아(섬기고 있잖아). 여 쌩계사 절 안에 든 육조, 육조 정상을 갖다가 모셔왔는디, 그 육조가 중국에 저 갈화사(葛花寺) 절이 있었어요, 갈화사. 칡 갈자(葛字)입니다. 칡 갈자, 꽃 화자(花字), 갈화사 절이 있는디, 그 때는 중국서, 그 불도가 그 때는 국권을 갖고 있었어, 전국 국권을, 불도가.

그라고 그 절에 막 꽉 있는데, 진주에 정 뭣이라 그래요. 정씨라는 그 중인디, 꿈을 꾸니께로 육조가, '네가 나를 저 동국, 동국 예의지국으로 모셔 가거라' 하는 선몽을 하더랍니다. 그래서 산 틈에 어디 말이여, 중국의 갈화사란 절에서. 그 육조가 부처님으로 보믄 마지막 손입니다. 부처, 불도로서 마지막 손이라요.

그래 인자 이상해서, 그래갖고 새벽에 참 가. '이 부처님이 날 여 모셔 가라 하는디 내가 하믄 갈꺼라'고 인자, 뭐 그때는 뭐 걸어가는 거이지. 뭐 요새는 비행기를 타고, 뭐 차를 타고 가지만 그때는 걸어가는 기라요. 멧 날 멧 달을 걸어서 막 보따리 요만 거 인자 참 개나리 보따리 짊어지고 나서 간 게 인자 며칠 걸어갔는고, 저 충청도 그 속리산 [조사자에게 물으며] 그 속리산 뭐인가? 그 뭐여? 법주사 안 있읍니꺼? [조사자: 예.] 법주사 가서, 인자 그 중이된께 인자 거 가 또 먹고 갈라고 인자 들어가인께로, 김유신 장군 마느래가,

"아이! 대사님이 어델 가실라고 이 험로 산골에 오십니까?"

그래 인자, 김유신 마느래 보고 그석을 한 기라.

"나가 이러해서 중국에 그 갈화사에 그 육조를 모시러 간다."

고 이러인께, [머뭇거리며 반복] 그래 돈도 어디, 돈 얼매이, 준 거이.

"돈도 없고 그양 얻어 무서(먹으며) 갈란다."

고 하인께로, 돈 열 냥 주더랍니다, 열 냥. [웃으며] 요새 전부 다, 냥이라

하믄, 잘 모릅니다, 하마. 열 냥을 조서 그 놈을 짊어지고 인자 중국에 갈 화사에 갔다 말이여. 잘 갔어. 몇 리를 갔는가, 몇 천 리를 갔는가 가갔고 보니, 육조를 가져 모셔 올 재주가 엄서. 큰 탑 속에다 옇어놨는데, 참 마 하늘보담 높은 탑 속에다 옇어 놓고 중국 군인이 그 딱 지키고 있어, 절을.

그래서 '정말 이거 모시고 가아겠는데, 이거 큰 일이다!' 하고 걱정을 하고 있는데, 절에서 밥만 얻어 묵고. 오직 한 동네 거라줄(거지) 취급을 하더랍니다. 그래갖고 그 머심이 자는 방에 누워자고, 절 머심하고 같이 누워자는데 머심이 저녁밥 묵다가,

"나 큰 일 한 개 났입니다."

"그래 뭐이냐?"

한께로,

"아! 울어무이가(우리 어머니가) 세상을 베맀는데, 초상비가 한 닢도 업서서 그냥 큰 대걱정입니다."

하거든.

"아, 그! 걱정 말라고."

돈 닷 냥을 좄더란거마요. 닷 냥을 준께 가주가서 그 자기 모친을 초상을 마쳤단 말이라. 마쳐 와갖고,

"하! 이 공을 어떻게 갚을 줄 모르겄다."

하인께로, [반복하여] 공을 어떻게 갚을 줄 모르겠다 하인께로,

"나, 저 동국 예의지국에서 늑상(막상) 올 때는 나도 뭐 생객이 있어 왔는데…."

인제 그때 말했다 말이여.

"(머뭇거리며) 그, 저, 육조를, 나한테다가 청문을 해서 육조를 모시러 왔는디, 이 뭐 틈이(틈이) 나야 모셔 가지?"

"그럼, 저! 걱정 마시요. 장 여 자라."

쿤다 말이여. 어떻게 했는지. 그 탑을 그 머심이 들어내고 탑 속에 든 그

육조 정상을 점(전부) 갖고 나왔다 말이요. 갖고 나와갖고 쥚어지고 나오인께로, 걸어서, 그 인자 머슴을, 둘이 인자 도망을 친 거지, 인자. 하인께 날도 안 새서 중국 전국이 마 들썩 해빘어. 육조를 잃어 묵었다고 인자. 그래 인자 오다가 머심은 또 잽히가비리고, 그 군인들에 잽히가비리고, 요시같으믄 경찰이지마는 잽히가비리고. 이 사람은 [감정을 넣어] 그 뭐 험하게 입히가 있은께, 생진 뭐 중이라도 머리도 안 깎고 늘어뜨리가 마 머리도 [허리춤을 가리키며] 여까정 내려오제, 옷이란 건 마 더럽어, 보도 못하게 됐다 말이여. 그런께 타치를 안 하더란 것이요. 붙잡지를 안 하더라는 거예요. 그래 인자, 즉 말하자믄 저 두만강을 건너서, 요 인자 요 땅에 발을 디리놨다 말이여. 그래 인자 또 꿈에 '저 날 또 [머뭇거리며] 갈화지에 갖다 묻어라.' 그러더랍니다. 저 겨을(겨울에) 칡꽃 피는 데 말입니다. '거걸 네가 모시라'고 해서, 겨울에 인자, 저 요새 겉으믄 저 강원도로 조리해서, 요리 동쪽으로 해서, 저기 경상도를 요리 볼바서(밟아서), 이거 따 삼동(三冬)에 그 칡 꽃 피는 데가 그 만분지 일이거든.

그래갖고 인자 저, 아마 진주로 해서 하동을 볼바서, 전라도 조리 암매 갈라고, 저 섬진강을 따라서 여 올라오인께로 여기 사람도 마이 안 살고, 혹간 사람, 한 집도 있고 한디, 수맥(樹木)이 요리 허뿍(가득) 차갖고 인자, 수목 새에 질이 유명 무실해. 질도 있는 것도 겉고 없는 것도 겉고. 그래 요쪽이 남쪽이 되고 한께, 따시비더란 구마요(따뜻하게 보이더래요). 가마 인자 쥚어지고 앉아 생각허니, 양지가 있고, 따시기 비서, '에이 그따신게 뭐 있을 거이다.' 하고 질을 찾아 들온께, 웬 칡 넝쿨이가 근방을 막, 근방을 막 덮어갖고 있어요. '칡이 요렇게 많이 있을 때는 뭐인 조화가 있을 거이다.' 하고 칡 넝쿨이 고놈을 좋은 거이, 들어 온 거이, 거기는 저 고신댕이란 덴디, 그 칡이 한 개가 그렇게 근방을 덮어갖고 있더랍니다. 이 밑에가, 저놈의 원체가(칡의 원 몸뚱어리, 곧 밑둥은). 아름으로 보듬어믄 한 댓 사 람 되는 칡이, 그런 칡이 이렇게 큰 놈이 있은께, '이거이 뭐이 있을 것이다.' 하고 인자, '저거 아주 그 터가 좋다 말이야.' 앉아서 남쪽을, 백운산을 바라보고 앉아서, 대착대착하고 보인께로 칡 이파리가 [금지 손가락 끝을 조금 내보이며] 요만하이 한 개 올라왔더라마요. 칡 떵구녕(넝쿨)에서 삼동에 칡 이파리가 펴갖고 있더래요. 그래 [손으로 눈앞에 갖다대어 자세히 보는 시늉을 하며] 요래 본께 칡꽃이 요래 달랑하이 피갖고 있더란구마요. '그래 그러믄 그렇지!' 허고 그거다 인자, 당(堂) 옆에다가 인자 흙을 헤적이고 인자, 그 육조 증상을 거다 묻어놓고, 인자 국가에 간거야, 국가에. 그래 국가에 가신 인자,

"이런 사실을 했는디, 뭐 탑을 한 개 세우고 절을 한 개 거다 복구헐란다."

고 허인께,

"아! 그러라."

고 해서 돈을 마이 주더란구마요, 국가에서. 그래갖고 인자 탭(塔)이란 건, 그땐 뭐 거주(그곳) 당에 큰 돌을, 반석겉은 돌을 떠다가 놓고, 인자 그거, 고거이 탭이라요, 그거다가 인자 돌, 돌에다 놓고, 또 돌 하나 포지기가 해 갖고(포개어서), 그 밑에다 묻어놓고는 인자, 가만 저 몇 백 년이 넘어 갔다 말이오. 넘어가갖고 인자, 그 고신댕이란 절을 맨들고. 그래서 그 쌩계사 자랑거리는 그 육조를 모시왔단 그거이 자랑거립니다.

– 출전 : 『한국구비문학대계』

3. 우분리 지명 이야기

소승은 지리산의 중으로서 어느 날 길을 가다가 무심코 보리이삭 세 개를 주인의 허락도 없이 꺾어 먹었습니다. 그 과보로 소가 되어 3년 동안 보리밭 주인의 은혜를 갚고 갑니다. 저의 소가죽을 남해 바다에 던져

우뭇가시리가 되게 하십시오. 그것을 거두면 열뇌에 시달리는 중생들이 더위를 식힐 수 있는 좋은 약이 될 것입니다.'

소가죽에 씌어진 이 글을 읽은 마적단 일행은 깊은 생각에 잠겼다. 우두머리가 말했다.

"얘들아, 우리도 이젠 손을 씻고 더 이상 죄를 짓지 말도록 하자. 여기 이 글을 쓴 스님은 보리이삭 세 개를 주인 몰래 꺾어 먹고도 3년 동안 소의 과보를 받았는데, 우리는 일하지 않고 남들이 피땀 흘려 모은 재산을 훔치기만 했으니 그 죄가 얼마나 크겠느냐."

도적들은 모두 우두머리의 말에 찬성했다. 그들은 모두 마음을 고쳐먹고 가까운 화엄사에 들어가 머리를 깎고 중이 되었다. 여기에 얽힌 재미있는 일화가 전해진다.

조선 성종 3년(1472)에 있었던 일이다. 지리산 쌍계사에 우봉이라는 스님이 머물고 있었다. 그는 결제철인데도 불구하고 여름안거 반살림이 끝나자 걸망을 메고 노고단을 넘었다. 산 정상에 오르니 초여름이건만 서늘했다. 우봉 스님은 노고단까지 오른 데 꼬박 이틀을 걸었다. 마침 동굴이 하나 있어 하룻밤을 지내고 화엄사 쪽으로 방향을 틀어 내려갔다. 한참을 걸어가는데 목이 마르기 시작했다. 주위를 둘러봐도 샘물은커녕 며칠째 가문 탓으로 계곡조차 말라 있었다.

좀 더 내려가자 보리밭이 나왔다. 누렇게 익은 보리이삭이 탐스럽게 고개를 숙이고 있었다. 바랑을 걸머지고 비지땀을 흘리며 가던 우봉 스님은 뜻하지 않게 보리이삭에 손을 댔다. 그는 보리이삭 하나를 꺾어 손바닥에 놓고 부볐다. 까끄라기가 부서지고 보리알만 남은 것을 입 안에 털어 넣고 씹었다. 제법 들큰한 것이 맛이 있었다. 무엇보다 갈증을 쉴 수 있었다.

"허, 그것 참. 맛이 제법인걸."

우봉 스님은 중얼거리며 보리이삭을 다시 두 개나 더 꺾어 질겅질겅

씹으며 길을 걸었다. 한참을 걷던 우봉 스님은 깜짝 놀랐다.

"아니, 내가 주인의 허락도 없이 남의 보리이삭을 꺾어 먹었잖아. 그것도 세 개씩이나! 인과의 도리는 명백하다고 했는데 어쩐다?"

혼자 중얼거리며 걷던 그는 지리산 입구 어느 큰 바위 아래에서 멈춰섰다. 그는 바위 아래에서 승복을 벗어 바랑에 넣고 바랑은 바위 아래 깊숙이 던져두었다. 그러자 그는 그 순간 소로 변했다. 그것은 내생에 백배 천 배를 두고 갚는 것보다 금생에 다 갚아 버리겠다는 그의 강한 결단에서 나온 것이었다. 그리고 진정한 뉘우침에서 나온 것이었다.

임자 없는 소가 동네에 나타나자 사람들은 서로 신기하게 여기고 주인을 찾아 주어야 한다고 안간힘을 썼다. 여러 날을 두고 찾아보았지만 허사였다. 주인이 나타나지 않자 사람들은 회의를 했고 결론은 관가에서 해결하도록 맡기자는 것이었다.

고을의 원은 소가 나타난 것을 제일 처음 발견한 사람에게 주라고 판결을 내렸는데 그 사람이 바로 보리밭 주인이었다. 뜻밖에 소가 한 마리 들어오자 밭 주인은 너무나 기뻤다. 농경사회에서는 소 한 마리가 장정 두 몫의 일을 하고도 남는다하여 상당히 부러워들 했다.

주인은 소를 '업동이'라고 불렀다. 그만큼 소에 대하여 배려를 했던 것이다. 소는 말도 잘 듣고 일도 잘했으며, 순하기는 양과 같이 아무리 어린아이가 고삐를 잡더라도 말하는 대로 잘 따랐다.

2년이 지나 거의 3년이 다 되어 갈 무렵, 초여름이 다가왔다 보리밭 주인집 재산도 생각보다 많이 늘어 넉넉해졌다. 그런데 하루는 소가 여물을 먹지 않고 끙끙대기만 했다.

"업동아, 어째 그러니, 응?"

주인은 마음이 아팠다. 한참을 끙끙대던 업동이는 똥을 누었는데 갓 눈 똥에서 이상스런 빛이 새어 나왔다. 자세히 보니 뭐라 씌어 있었다. 주인은 그것을 밝은 곳에 나와 읽었다. '내일 밤 마적들이 떼로 몰려올 것이니 기꺼운 마음으로 영접하고 부디 거스르지 마시오.' 주인은 참으로 희한한 일도 다 있다고 생각했다. 그러나 예삿일이 아님을 깨닫고 손님 맞을 준비를 했다.

밤새도록 음식을 장만하고 다음날 아침부터는 부족함이 있을세라 그런 대로 옷까지 준비를 했다. 넉넉한 살림이었기에 그것은 그리 힘든 게 아니었지만 무엇보다도 넉넉하기 때문에 도적이 든다고 생각하니 한편 불안하기도 했다. 하지만 모든 것을 체념해 버렸다. 한밤중이 되자 과연 마적들이 떼로 몰려왔다. 주인은 문을 열고 나가 그들을 영접했다.

"어서 오십시오. 여러분. 오실 줄 알고 미리 준비를 해 놓았으니 안으로 드셔서 우선 요기나 하십시오."

마적들은 깜짝 놀랐다. 본디 숨어서 일을 하는 부류들은 자기들의 정체가 누군가에게 알려지는 것을 가장 두려워하기 마련이다.

"아니, 어떻게?"

"우선 식사나 하시고…. 차차 말씀드리지요. 어서 드십시오."

"혹시 우리를 죽이려고 약을 넣은 거 아냐?"

한 사람이 말하자 다른 사람들도 주인을 향해 으름장을 놓았다.

"알 수 없는 일이지. 이 보소, 주인장. 주인장이 먼저 골고루 시식을 하시오. 그런 다음에 우리가 먹겠소. 만일 이상이 있을 시에는 죽을 각오나 하시오."

주인은 태연하게 음식을 골고루 집어먹었다. 아무 이상이 없는 것을 안 도적들은 차려진 많은 음식을 허겁지겁 먹어 치웠다.

주인은 식사를 하면서 지난밤에 있었던 얘기를 했다. 도적들은 모두 반신반의하면서 식사가 끝나자 가 보자고 재촉했다. 주인과 함께 마구간에 가 보니 소는 이미 사라졌고 아직도 쇠똥에서 찬란한 빛이 뿜어져 나오고 있었다.

날이 밝자 그들은 소 발자국을 따라갔다. 지리산 입구 어느 바위 아래였다. 그 바위 아래에는 소가죽이 남아 있을 뿐 어떤 자취도 찾아볼 수 없었다. 다만 인과의 법칙에 따라 3년 간 소가 되어 갚았다는 앞의 내용만이 씌어 있었다.

이로 인해 그들은 화엄사에서 중이 되었고 모두 훌륭히 도를 닦아 고승이 되었다고 한다. 또 그 고장은 쇠똥에서 밝은 빛이 나왔다고 하여 방광면이라 하고 소가 똥 눈 마을을 우분리, 즉 쇠똥마을이라 부르게 되었다고 한다.

– 출전 :『동봉스님이 풀어 쓴 불교설화』

4. 매봉재

화개면 운수리에 있는 언덕이다. 쌍계사(雙谿寺)를 창건한 진감선사(眞鑑禪師)의 이야기가 얽힌 곳이다. 진감선사가 쌍계사를 창건한 후 쌍계사 후록(後麓)에 국사암(國師庵)을 지어 기거할 때의 이야기다.

진감선사가 국사암을 떠나 밖으로 나갈 적마다 한 마리 호랑이가 문 앞에 기다리고 있었고 그 호랑이는 진감선사가 문을 나서면 엎드리어 등에 타기를 바랐다. 진감선사는 그 뜻을 알아 매양 출입할 때에는 그 호랑이를 이 재에서 만났으며 호랑이를 타고 다녔다고 해서 매봉재라 불리어지게 된 것이다.

– 출전 :『하동군지』

5. 쌀이 나온 약수터

앞 이야기가 끝나자 조사자가 “여기 쌍계사 뒤에 어디에 쌀이 나오는 구멍이 있었다는 전설을 들었는데 거기 지금 있읍니까?” 물으니 곧바로 이야기를 시작했다. 이야기의 중간부분이 지나가 기억이 잘 나지 않는 부분은 청중인 다방 주인이 일깨워 주어서 마무리 짓게 되었다.

쌍계사로 가는 질로 가면 뵈여요.(미처 녹음 안 된 부분) 질로 가믄서로 봐도 뵈이요, 거가. [쌍계사로 가는 도로를 가리키며] 여거 참 길로 약수정이란 데 가므는, 거 건네가는 입구에다가(탑리에서 십리 벚꽃 길을 따라 올라가다 보면 삼거리가 나오는데 그곳에서 화개천 위에 놓인 다리를 건너 쌍계사로 가는 입구에) 약수정이라 해놨어.(안내판을 써 두었다는 뜻)

그리 해놨는디, 그거서 인자 그 의병떼고 뭐허고(의병의 무리인지 무엇인가가) 살고 있을 적에는, 그 사람들 숨어갖고 있고 이래 살 적에, 인제 그거서는 말하자므는 쌀이 나오고 뭐. 그 속에서 처음에 뜨물이 나오더래, 뜨물이. 그래서 그 영감들이 발견을 해가 와서 보니께 쌀이 있어서 밥을 해묵고, 그런 뭐, 자연히 나오고 그랬다는 딘디(곳인데), 그런데 그 시절은 말 허자믄 수백 년 됐지, 인자.

그럼 후로는 그게 나지(나오지) 않고 그랬어. 그 약수정이라 한 데 거기서 따신(따뜻한) 물이 났어, 약수물이 났어. 그래 인제, 구례 하동 뭐, 광양 순천 여러 군데서 많이, 봄되믄, 사월 달 되믄 겁나게 들온다고 거는(그곳으로 매우 많은 사람들이 몰려온다는 뜻), 약수물 먹을끼라고. [조사자: 쌀이 나오다가 왜 안 나왔읍니까?] [그런께 그 뭐 요즘처럼 그래 된 거지.] [청중(다방주인): 그 앞, 전에는 쌀이 나왔는데, 하루 한 사람 묵을(먹을) 것만 나왔는데, 하루 묵을 거이를(것을) 더 나오게 허기 위해서 자꾸 구멍을 쑤새가지고(쑤시어서), 꼬쟁이를 쑤새가지고, 욕심많게 많이 나오게 헐라다가 그렇게 마.] [알겠다는 듯이 재빠르게 되받아] 그런께 단 두 식구믄 두 식구가 하리(하루) 묵을 거만 꼭 나왔는디, 대체 그 쌀이 적으니께, 가서 더 나오라고 쑤시삐리갖고 그 쌀이 안 나온 것이라. 고만.

– 출전 : 『한국구비문학대계』

6. 쌍계사 추월조능 스님

조선 중종대(1506~1544)의 고승으로서, 벽송지엄선사(碧松智嚴祖師)의 심인(心印) 이었다. 추월선사는 평생을 눕지 않고 용맹정진하였다 한다. 칠불암에서 주석할 때 밤중이 되면 돌을 짊어지고 경행(經行)하되, 쌍계사까지 가서 육조정상탑(六祖頂相塔)에 참배발원하고 돌아오는 고행을 실천함으로써 수마(睡魔)를 조복시키고 조사관(祖師關)을 타파하였다.

돌을 지고 도를 닦던 어느날 호랑이를 만나게 되어 몸을 보시하고자 하였는데, 호랑이가 머리를 숙이며 거부하더니 이후부터 항상 곁에서 선사를 모시었다. 임종시에 호랑이에게 유계(遺誡)하기를 "사람의 재력(財力)을 소모시키지 말고 단지 산의 형상을 취하도록 하라." 하였다. 사리를 바위에 갈무리했다가 석종(石鐘)을 만들어 봉안하려 하였으나, 선사의 유언에 따라 호랑이가 나타나 이를 저지하였다.

– 출전 : 불교설화(http://buda.culturecontent.com)

칠불사(七佛寺)

지리산 토끼봉의 해발고도 830m 지점에 있는 사찰로, 101년 가락국 김수로왕의 일곱 왕자가 이곳에 암자를 짓고 수행하다가 103년 8월 보름날 밤에 성불했다는 전설이 전해지는 곳이다.

지리산 최고의 심산유곡에 자리잡아 수많은 고승을 배출하였으나, 1800년 큰 화재가 나서 보광전, 약사전, 신선당, 벽안당, 미타전, 칠불상각, 보설루, 요사 등 10여 동의 건물이 불탔다가 복구되었다. 1948년 여수·순천 사건을 거쳐 6·25전쟁 중 다시 불탄 뒤 1978년에 복구하여 지금의 칠불사가 되었다. 운공선사가 축조한 벽안당 아자방(亞字房)은 세계건축대사전에 기록되어 있을 만큼 독특한 양식으로, 서산대사가 좌선한 곳이자 1828(조선 순조 28) 대은선사가 율종을 수립한 곳으로 유명하다.

칠불사는 쌍계사의 말사로 그리 크지 않은 사찰이지만 지리산권 사찰 중 그 어느 사찰 보다 전설이 풍부하다. '김수로왕과 허황후' 신화의 속편 격인 '일곱 왕자와 허황후'는 칠불사의 대표적 설화로 칠불사 인근 지역의 지명 유래에도 영향을 미치고 있다. 다양한 화소 변이를 일으키며 여러 이본으로 갈라져 전승되고 있는데, 기본 골격은 '일곱 왕자와 허황후'의 틀에서 변하지 않고 있다. 『하동군지』에 전하는 '영지의 사연' 역시 '일곱 왕자와 허황후'의 이본에 속하는 것이라 할 수 있다.

칠불사에는 '아자방'이라는 독특한 건물이 있다. 여기에 관련된 설화가 '아자방 이야기'이다. 그러나 내용은 칠불사와 쌍계사에 걸쳐져 있는데, 이것은 칠불사가 쌍계사의 말사였기 때문이다. 내용은 '관에 가서 재치 있는 답변으로 화를 면하는 소년 이야기'의 구조를 가지고 있는데, 여기에서 소년이 문수보살의 화신이었다는 사실로 전형적인 불교설화의 구조를 획득하고 있다. 전체 내용이 짜임새가 있고, 구체적인 등장인물의 이름이 거론되는 점으로 보아 오랜 시간 구비전승되면서 다듬어진 것으로 보인다.

'동국제일선원' 이야기는 '이름과 재난'에 관련된 이야기 유형이다. 독특한 점은 일반적으로 이러한 유형의 설화는 개명을 통하여 화를 면하는 모티프를 갖추는 데, 이 이야기에서는 개명을 하였으나 화를 당하였다는 것이 어색하다. 칠불사의 지리적 위치가 화재가 발생하였을 때, 화를 면하기 어려운 위치에 있으므로 다른 곳의 전설이 습합된 것으로 보인다. 이런 유형의 설화는 많은 곳에서 전해지고 있다.

'칠불사 미타전' 이야기는 구국전설의 전형적인 유형으로서 특정 사물이 국가의 위험을 알린다는 화소로 이루어져 있다. 『하동군지』에 전하는 '소년부도 이야기'는 흔치 않은 동성애를 주요 화소로 설정하고 있다는 점에서 흥미롭다. 민간에서는 동성애가 주요 화소로 등장하는 설화가 소수이지만 전해지고 있으나, 불교설화에서 동성애를 다룬 이야기가 거의 없다는 점에서 자료적 가치가 있다고 판단한다. '성기 바위' 이야기는 '스님을 사모한 여자' 이야기라는 일반적 유형의 설화임에도 그 내용이 풍부하고 구성이 돋보이는 이야기이다. 이런 유형의 설화 중에서 가장 완벽한 구조를 갖추고 있기에 역시 자료적 가치가 대단하다고 판단한다.

'추월조능 스님과 호랑이' 이야기는 본 연구원에서 직접 칠불사를 방문하여 문헌이나 다른 사료에서 찾아보기 힘든 칠불사 내에서 구비전승되는 이야기를 채록한 것이다. 특히 예전 칠불사의 도력이 높았던 스님들이 축지법을 사용하였다며, 축지법을 하는 방법을 들려준 이야기는 매우 흥미로웠다. 다른 문헌 자료를 통하여 조사하였던 칠불암에 대한 이야기와 내용이 다른 점도 많았다. 특히 아자방은 건축 이후 한번도 보완하지 않았다는 점과 여러 차례 보수를 한 사실을 증언한 점은 칠불사 방문에서 얻은 중요한 정보이다. 아쉬웠던 점은 연락의 오해가 있어 구연자의 준비가 없었다는 점이다. 한편으로는 그러한 이유로 더욱 현장의 소리를 여과없이 들을 수 있었다고 판단한다. '칠불암 전설'은 구비문학 대계에 전하는 칠불암에 관련된 유일한 자료이다.

하동 칠불사

1. 일곱 왕자와 허왕후

가야국 김수로왕은 어찌된 영문인지 왕비 맞을 생각을 하지 않았다. 걱정하던 신하들은 어느 날 아침 조정 회의를 마친 후 왕에게 좋은 배필을 골라 왕비로 모실 것을 권했다.

"경들의 뜻은 고맙소. 그러나 내가 이 땅에 내려온 것은 하늘의 명령이었고 왕후를 삼는 일 역시 하늘의 명령이 있을 것이니 경들은 염려치 마오."

그러던 어느 날, 왕은 배와 말을 준비하고 바닷가에 나아가 손님이 오거든 목련으로 만든 키와 계수나무 노를 저어 맞이하도록 신하들에게 명령했다. 신하들이 바다에 다다르니 갑자기 바다 서쪽에서 붉은 빛의 돛을 단 배가 붉은 기를 휘날리면서 해변에 이르고 있었다. 그러나 20여 명의 신하와 노비 그리고 금은 보석을 잔뜩 싣고 온 배안의 공주는 선뜻 따라나서질 않았다. 이 보고를 받은 왕은 친히 바닷가로 거동, 산기슭에 임시 궁정을 만들어 공주를 맞이했다.

"저는 아유타국(중인도에 있던 고대 왕국)의 공주인데 성은 허씨이고 이름은 황옥이며 상제로부터 가락국왕이 아직 배필을 정하지 못했으니 저를 보내라는 명을 받고는 즉시 이곳으로 보내셨기에 용안을 뵙게 되었습니다."

"나는 이미 공주가 올 것을 알고 있었소."

그날로 왕과 공주는 결혼을 했고, 그 해 왕후는 곰을 얻는 꿈을 꾸고는 태자 거등공을 낳았다. 그 후 왕후는 9명의 왕자를 더 낳아 모두 10명의 왕자를 두었다. 그 중 큰아들 거등은 왕위를 계승하고 김씨의 시조가 됐으며, 둘째·셋째는 어머니 성을 따라 허씨의 시조가 됐다.

나머지 일곱 왕자는 가야산에 들어가 3년간 수도했다. 이들에게 불법을 가르쳐 준 스승은 왕후와 함께 인도에서 온 허왕후의 오빠 장유화상

(보옥선사)이었다. 왕후가 아들들이 보고 싶어 자주 가야산을 찾자 장유화상은 공부에 방해가 된다며 왕자들을 데리고 지리산으로 들어갔다.

그러나 아들을 그리는 모정은 길이 멀면 멀수록 더욱 간절했다. 왕후는 다시 지리산으로 아들들을 찾아갔다. 산문 밖에는 오빠 장유화상이 버티고 서 있었다. 먼 길을 왔으니 이번만은 부드럽게 면회를 허락할지도 모른다는 희망을 안고 가까이 다가갔으나 장유화상은 여전히 냉랭했다.

"아들의 불심을 어지럽혀 성불을 방해해서야 되겠느냐. 어서 돌아가도록 해라."

왕후는 생각다 못해 산중턱에 임시 궁궐을 짓고 계속 아들을 만나려 했으나 오빠에게 들켜 한 번도 만나지 못했다. 일곱 왕자는 누가 찾아와도 털끝 하나 움직이지 않을 정도로 수행에 전념했다.

궁으로 돌아와 아들들의 도력이 높다는 소문을 들은 허왕후는 아들들의 모습이 보고 싶어 견딜 수가 없었다. 몇 번이나 마음을 달래던 왕후는 다시 지리산으로 갔다. 그런데 이게 웬일인가. 8월 보름달 빛이 휘영청 밝은 산문 밖에서 장유화상은 전과 달리 미소를 지으며 반가이 맞았다.

"기다리고 있었다. 네 아들들이 이제 성불했으니 어서 만나 보거라."

왕후는 빠른 걸음으로 안으로 들어갔으나 아들들은 기척이 없었다. 그때였다.

"어머니, 연못을 보면 저희들을 만날 수 있습니다."

라는 소리가 들렸다. 달빛이 교교한 못 속에는 황금빛 가사를 걸친 일곱 아들이 공중으로 올라가는 모습이 뚜렷이 나타났다. 왕후에게는 이것이 아들들과의 마지막 만남이었다.

그 후 김수로왕은 크게 기뻐하며 아들들이 공부하던 곳에 대가람을 이루니 그곳이 바로 오늘의 경남 하동군 화개면의 지리산 반야봉에 위치한 칠불사다.

김왕광불(金王光佛), 왕상불(王相佛), 왕행불(王行佛), 왕향불(王香佛),

왕성불(王性佛), 왕공불(王空佛) 등 일곱 생불(生佛)이 출현했다 하여 칠불사라 불리운 이 절은 한 번 불을 때면 49일간 따뜻했다는 아자방(亞字房: 경남 지방문화재 제144호)으로도 유명하다.

절 대부분이 여순반란사건 때 소실되어 최근 중창 불사가 한창인데 불자 화백 손연칠 씨가 요즘 일곱 왕자의 전설을 벽화로 묘사하고 있다.

수로왕이 머물렀다는 '범왕부락', 허왕후의 임시 궁궐이 있던 곳은 '천비촌', 수로왕이 도착했을 때 저자(시장)가 섰다는 '저자골', 어두워질 때 왕후가 당도하여 어름어름했다는 '어름골'등 칠불사 인근에는 지금도 이 전설과 관련 있는 지명이 사용되고 있다.

– 출전 : 『한국불교전설99』

2. 영지(影池)의 사연

유명한 화개장터에서 20리를 오르면 쌍계사가 나타나고 다시 화개천의 계곡을 따라 10리를 오르면 두 길이 갈라지는 곳이 신흥리(新興里)이다. 오른쪽 길은 의신리로 가는 길이고 왼쪽으로 꺾어 계곡을 타고 오르는 길이 칠불사로 가는 길이다. 여기서 10리 길을 또 오르면 그 유명한 칠불사가 나타나고 그 입구엔 영지(影池)라는 조그만 연못이 있다. 이 영지는 어버이들과 아들들의 애달픈 사연이 서려 있고 그 크신 부처님의 뜻이 새겨진 곳이기도 하다.

가야왕(伽倻王) 김수로왕(金首露王)에게는 10왕자가 있었는데, 큰 왕자는 김씨(金氏)로 왕위(王位)를 계승(繼承)했고, 둘째 왕자는 허씨(許氏), 셋째 왕자는 인천 이씨의 시조가 되었다고 하며 나머지 7왕자는 그들의 외숙인 보옥선사(寶玉禪師)를 따라 가야산에서 3년간 수도한 다음 산음 휴식재를 넘어 의령(宜寧)의 수도산(修道山), 자골산(紫骨山), 사물현(泗勿縣)

의 와룡산(臥龍山)과 구룡산(龜龍山)을 거쳐 지리산에서 A.D. 103년(수로왕 62년)에 홀연히 크게 깨달아 성불하였던 것이다.

가야의 일곱 왕자가 입산수도하고 있을 때 수로왕은 출가한 아들을 오랫동안 보고 싶었다. 더구나, 허왕후의 간절함은 절실했던 것이다. 그렇다고, 다사다난한 국사를 제쳐 놓고 아들을 보려고 지리산으로 갈 수도 없었다. 수로왕 내외는 심히 가슴 아픈 나날을 보냈다. 궁중에서 지리산 아들들이 얼마나 많은 고생을 하고 있을 것인지를 생각할 때 찢어지는 마음을 가눌 수가 없었다. 왕과 왕비는 언젠가 한번은 아들들을 보기를 원했고 밤마다 먼 서쪽 하늘만 바라보며 그들의 평안만을 빌기만 했던 것이다.

어느 날 왕 내외는 국내가 안정되고 어려운 일이 없자 아들을 찾아 나섰다. 뱃길을 따라 수백 리를 왔고 다시 섬진강(蟾津江)을 따라 150여 리를 왔던 것이다. 험한 산 속 인적은 드물고 물소리와 짐승 소리만 울려올 뿐 고요와 적막만이 있었다. 그들은 쉬었다. 그리고는 얼마나 남았는가를 알아보곤 또 길을 재촉하였던 것이다. 산굽이마다 아들들의 얼굴을 그려 보면서 왕 내외는 너무나 느린 행렬을 탓하기도 했고 그동안 얼마나 변했는가를 생각하면서 길을 재촉했다.

그들은 칠불사 운산원(雲山院)이 보이는 산모퉁이에서 아들들의 상견을 바라며 사람을 보냈다.

"왕과 왕비께서 뵙기를 원하시오니 왕자들은 마중하라는 대왕의 명이 옵니다."

신하는 크게 자란 왕자들을 보며 우선 소식을 전했다. 그러나, 왕자들은 기쁜 빛도 슬픈 빛도 나타내지 않고 나직히 말했다.

"돌아가서 전해 주시오. 출가한 자식은 뵈올 수 없으니 그대로 돌아가 주시라고."

신하는 자신의 귀를 의심하였다. 이것이 무엇이란 말인가. 그러나 분명한 것은 왕자들이 왕과 왕비와의 대면을 원하지 않는다는 사실이 아니가. 그는 다시 말했다.

"수륙의 천리길을 멀다하지 않으시고 여기까지 오셨습니다. 바쁘신 중에도 오직 왕자님들을 보고 싶어 노심초사 감내하시고 여기까지 오셨는데 이 무슨 말씀이시온지요. 뜻을 거두시고 뵙길 바랍니다."

간절하게 신하는 빌었다. 그러나 왕자들은 한결 같았다.

"우리의 뜻을 전해 주시오. 나무아미타불."

신하는 돌아와서 왕에게 고했다.

"황공하온 말씀이나 왕자님들이 뵙기를 원하지 않습니다."

왕은 놀랐다.

"무엇이라고 했느냐? 다시 말을 해 보아라."

신하는 머리를 조아리며,

"왕자님들이 뵙기를 거절하시고 도리어 돌아가시기를 바란다고 말씀하셨습니다."

왕비가 말했다.

"다시 가 보아라. 아버지와 어머니가 먼 길을 왔다고 하여라."

신하는 다시 뛰어갔다.

"뵙기 전에는 돌아가시지를 않겠다고 합니다. 왕께서 여기까지 오셨는데 차마 발길이 돌아서시겠습니까? 한 번 더 생각하시어 만나 뵙도록 하심이 아들된 도리가 아니겠습니까?"

신하의 간곡한 말이었으나 왕자들은 싸늘했다.

"우리들은 이제 세속의 인연을 끊었노라. 인생은 허무한 것. 모든 것은 인연이요, 모든 것은 '공즉시색(空卽是色)이요, 색즉시공(色卽是空)이라' 돌아가 아뢰어라. 이곳엔 대왕을 만날 아들은 없다고."

신하는 무거운 걸음으로 돌아와 왕에게 아뢰었다.

"모든 것은 공즉시색이라 합니다. 하오니, 만날 아들이 없다 하시면서 돌아가시기를 바라고만 있습니다."

왕은 하늘을 보았다. 그리고는, 눈을 감았다. 그에겐 깊은 우수가 얼굴에 나타났다. '꼭 얼굴이라도 보아야 한다. 얼굴만이라도' 그는 신하에게 말했다.

"모든 것이 공즉시색이라면 또 인연이라면 만나는 것도 또한 같지 않느냐? 가서 상면하도록 전하라."

신하는 다시 왕자들에게 갔다.

"뵙기를 원하십니다."

왕자들은 모여 이야기를 했다. 그리고는, 신하에게 말했다.

"이미 우리들은 출가하여 수도하는 몸인지라 결코 상면할 수 없는 터이니 부모님께서 우리를 보고 싶으면 모레가 보름날이니 그날 밤 산 밑에 못이 있으니 그 못을 보시면 저희들을 만나보게 된다 그렇게 전하여 주게나."

말을 마치고 왕자들은 총총히 사라졌다. 신하는 다시 돌아와 그 말을 왕에게 전했다. 왕과 왕비는 어쩔 수 없었다. 그들은 사흘을 기다려 보름달이 뜨는 밤에 그 연못에 왔다. 그 연못에는 과연 왕자들의 그림자가 나란히 서 있고 빙긋이 웃으며 인사를 하지 않는가. 왕과 왕비는 눈물을 흘렸다.

"몸 편히 잘 계셨습니까? 저희들은 부처님의 가호로 아무 탈 없이 무사하였습니다. 염려하지 마시옵소서."

왕자들도 고개를 숙였다.

"염려하지 마옵소서. 뜻을 꼭 이루게 될 것입니다."

부모와 자식들은 그토록 연모하던 정을 풀었다. 그래서 왕이 주련하던 곳을 범왕수(凡王村), 왕비가 있던 곳을 대비촌(大妃村)이라 하고 왕과 왕비와 왕자들이 상면한 연못을 뒷날 영지(影池)라 부르게 되었다.

– 출전 : 『하동군지』

칠불사 영지

3. 아자방 이야기

조선 중엽 하동 군수로 온 정여상이 쌍계사에 초도순시 차 왔다. 쌍계사에서 점심 요기를 하고 주지 스님이 내어 온 녹차를 마시고는 이런 저런 얘기를 주고받다가 칠불암의 아자방 얘기가 나왔다. 정여상은 쌍계사 주지에게 물었다.

“이곳에는 칠불암이라는 암자가 있지요? 좀 보고 싶은데요. 참 어째서 칠불암이란 그런 이름이 붙게 되었습니까?”

“예, 그 칠불암은 신라 제5대 바사왕 23년(서력 102년), 김수로왕의 일곱 아들이 출가하여 그곳에서 모두 성불하였기에 붙여진 이름이지요.”

“제가 듣기로는 그 암자에 아자방이 유명하다고 하던데 사실입니까?”

“사실입니다, 좀 유명하지요.”

"어떻게 유명합니까?"

"예, 그 아자방은 방 자체도 크지만 방의 형상이 아자형식으로 되어 있어 아자방이라 합니다. 높이가 12자인데 높은데도 참선하는 스님네가 있고, 낮은 데도 참선하는 스님네가 앉아 정진하지요. 불을 때면 높은 곳이나 낮은 곳이나 함께 더우며, 한 번 방이 덥혀지면 석 달 열흘 동안 불을 때지 않더라도 방안이 훈훈하다고 합니다."

정여상은 내심 놀랐다.

"허, 그렇군요. 이거 호기심이 나는데요."

쌍계사 주지는 군수 정여상이 반응을 보이자 신이 나서 말했다.

"설계는 신라 효공왕 때(897~912 재위) 담공선사가 했지요. 참 특이한 온돌식 난방구조입니다. 동양에서는 유일한 대선방이며, 오직 우리 조선에만 있는 유일한 난방구조입니다."

"아무나 들어갈 수 있습니까?"

"웬걸요. 거기는 아무나 들어갈 수도 없고 볼 수도 없습니다. 오로지 참선수도 하는 스님네만 입방이 허락됩니다."

"제가 좀 보려고 하는데 안내해 주시겠소?"

"좀 곤란합니다. 그 아자방은 오로지 참선하는 방으로만 사용되고 있습니다. 그래서 우리 쌍계사는 물론 조선의 모든 사찰들이 아자방만큼은 잘 수호하고 있습니다. 그래서 곤란합니다."

"그래도 스님이 안내를 좀 하시오."

하동 군수 정여상은 자신의 권력으로 밀어 부치고 있었다. 스님네는 바로 그 점이 아니꼬웠다. 하지만 마음을 누그러뜨리고 대답했다.

"말은 유명하다고 했으나 볼 것이라곤 아무것도 없습니다. 그러니 그냥 돌아가시지요."

정여상의 낯빛이 약간 변했다.

"나는 이 고을 군수요. 군수가 안내 좀 해 달라는데 그렇게 빼길 것까지는 없지 않소. 어서 안내하시오."

스님네는 군수 정여상을 칠불암으로 안내했다. 정여상의 표정에는 거만이 흐르고 있었다. 그까짓 중들이 뭘 안다고 떠드느냐는 식이었다. 그는 약간의 승리감에 들떠 말했다.

"내 여기까지 왔다가 그 유명하다는 칠불암과 아자방을 보지 않고 간대서야 말이 되는가, 어험."

칠불암에 도착한 군수 정여상 일행은 법당 안에 들 생각을 하지 않고 이 구석 저 구석 기웃기웃하며 다녔다. 그는 혼자 중얼거렸다.

"별로 볼 것도 없구만. 괜스리 야단들이로고."

군수가 아자방 앞에 이르러 스님들에게 말했다.

"이 방이 그 유명하다는 아자방이오?"

"그렇습니다만…"

"그렇다면 문을 여시오."

"안 됩니다. 지금은 정진중이라 열 수 없습니다."

"그러면 언제 가능하겠소?"

"예, 이제 막 점심 공양을 끝내고 정진에 들어갔으니 적어도 서너 시간은 지나야 할 것 같습니다."

"참으로 무례한 사람들이로고."

정여상은 눈을 치켜 떴다. 당장이라고 스님네를 징치하려는 듯 싶었다. 스님네는 하동 군수 정여상의 눈치만 살폈다. 정여상의 호령이 이어졌다.

"어서 문을 열지 않고 뭣들 하는 게요. 내가 이 고을 성주 정여상이오. 성주가 주민을 보기 위해 기다려야 한다?"

정여상은 수행한 나졸들을 향해 소리질렀다.

"너희들이 문을 열어라."

그때 한 스님이 정중하게 나서며 만류하였다.

"죄송하오나 조정의 영상 대감도 그리하셨고, 본도의 관찰사도 그리하셨습니다. 옛날부터 규정이 그러하오니 이 방만은 안되옵니다."
정여상은 삼정도를 뽑아들며 나졸들을 돌아보고 소리쳤다.
"뭣들 하고 있느냐, 빨리 문을 열어라."
나졸들이 달려들어 가로막고 있는 스님을 나꿔채 내동댕이쳤다. 스님은 저만치 나동그라지며 얼굴에서 피가 흘렀다. 나졸들은 무자비했다. 그 중의 한 나졸이 방문을 열어젖혔다. 때는 마침 늦은 봄이었고, 점심 공양을 끝낸 스님들이 아자방에 들어앉아 가부좌는 틀었지만 춘곤증과 식곤증이 겹쳐 모두들 졸고 있었다. 그들 자세는 엉망이었다. 어떤 납자는 천정을 쳐다보고 입을 벌린 채 졸고 있었고, 또 어떤 납자는 머리를 푹 숙이고 방바닥을 내려다보며 졸고 있었다. 또 어떤 납자는 방귀를 뽕뽕 뀌며 졸고 있었다. 군수가 눈살을 찌푸리며 중얼거렸다.
"기껏 공부한다는 중들의 자세가 겨우 이런 것들이었냐?"
군수는 입맛을 쩝쩝 다시며 마치 못 볼 것이라도 본 것처럼 언짢아했다. 그는 나졸들에게 문을 닫게 했다. 처음 문을 열었던 나졸이 문을 슬그머니 닫았다. 군수가 돌아서며 독백하듯 말했다.
"요놈들 한번 혼쭐을 내놓아야지."
나졸들을 거느리고 아자방을 나서는 정여상은 심사가 뒤틀렸다. 정여상은 고을의 동현으로 돌아왔다. 그 후 사흘이 지난 뒤 하동 군수 정여상은 쌍계사 주지 앞으로 서찰을 보냈다.
'그대의 절에 도인이 많은 듯하오. 목마를 만들어 가지고 와서 우리 마을 고을 동헌에서 타고 한 번 놀아 봄이 어떴소. 만일 목마를 잘 타면 큰 상을 주겠소. 그러나 그렇지 못하면 고을의 성주를 희롱한 죄로 엄히 다스리겠소이다.'
군수의 서찰을 받아 본 쌍계사 대중들은 당황했다. 살아 있는 말도 타 본 사람이 없을 터인데, 불도를 닦고 참선하는 스님네가 어떻게 목마를 탈 것인가. 그렇다고 그냥 넘길 게재도 아니었다. 쌍계사 큰방에서는 각

암자의 대중들이 모여 대중공사, 즉 회의를 열었다.

"누가 이 일을 할 수 있겠습니까?"

쌍계사 주지가 서두를 꺼냈다. 대중들은 아무도 먼저 입을 여는 자가 없었다. 쌍계사 주지는 답답했다.

"누군가 일단 말을 해 보시지요. 어찌하면 좋겠습니까? 군수 영감의 비위를 거스르면 화가 있을 따름입니다. 답답하니 말씀들을 해 보십시오."

한 스님이 말했다.

"저희들이야 모두 초심납자들이나 마찬가지입니다. 그래도 이 산중에서는 쌍계사 주지 스님이 가장 도가 높으시고 어른이시니, 이 일을 감당할 분은 오직 큰절 주지 스님이시라 생각합니다만…"

대중들은 이구동성으로 말했다.

"그렇습니다. 스님 말고 누가 이 일을 감당하겠습니까?"

"군수 영감의 서찰을 받으신 분도 바로 큰절 주지 스님이 아니십니까?"

"큰절 주지 스님께서 나가셔야 합니다."

"옳습니다. 그 길밖에 없습니다."

"찬성합니다."

"저도 그렇게 생각합니다."

쌍계사 주지는 낭패였다. 동진출가하여 아직 말이라곤 근처에도 가보지 못했다. 그렇다고 다른 스님들이 나서지 않으니 어떻게 하면 좋단 말인가. 그때였다. 말석에 앉았던 열두서너 살 정도 되어 보이는 사미가 나서더니 말했다.

"맡겨 주신다면 제가 그 일을 하겠습니다. 스님들은 아무 걱정 마시고 싸리채를 엮어 목마를 한 마리 만들어 주십시오."

대중들은 어이가 없었다. 어른들도 감당할 수 없어서 쌍계사 주지에게 미루고 있는 판인데 어린 사미동자가 감당해 내겠다니.

"자네가 무슨 재주로 그리 할꼬?"

사미가 자신 있게 말했다.

"심려하지 마십시오. 제가 기필코 성스러운 아자방을 환난에서 구하겠습니다. 그러니 제가 말씀드린 대로 어서 목마나 준비해 주십시오."

스님들은 하는 수 없었다. 사미의 말대로 싸리채로 목마를 만들었다. 어차피 다른 스님들도 감당치 못할 바에야 자처하고 나서는 사미에게라도 한 가닥의 희망을 걸고 싶었던 것이다.

사미는 절의 나무하는 일꾼인 부목에게 목마를 운반하게 했다. 하동군청 마당에는 동헌 뜰을 가득 메운 구경꾼들이 이미 빽빽이 들어차 있었다. 사미가 먼저 들어가 동헌 마당에 섰고 부목이 목마를 짊어져다 동헌 마당에 내려놓았다. 군수인 정여상은 사미를 보자 코웃음을 치며 말했다.

"쌍계사에는 그리도 사람이 없더냐? 저 어린 사미가 목마를 탄다고 나왔으니. 그래 사미야, 네가 정녕 목마를 탈 수 있겠느냐?"

사미가 군수를 바라보며 말했다.

"사람이 없는 것이 아닙니다. 저희 쌍계사 회상에서는 소승이 가장 어리고 또한 도가 가장 낮습니다. 하오나 제가 반드시 군수님의 소원을 풀어 드리지요."

당당하고 막힘이 없었다. 정여상은 사미의 그 의젓함에 호기심을 느꼈다.

"그렇다면 좋다. 네가 목마를 타기 전에 물어 볼 말이 있는데 대답해 줄 수 있겠느냐?"

"예, 소승이 비록 저희 회상에서 가장 어리고 또한 가장 미약하옵니다만, 말씀만 하신다면 대답해 올리겠습니다. 말씀하시지요."

"허, 고놈 참 맹랑한 놈이로고."

"본론으로 바로 들어가시기 바랍니다."

정여상이 정색을 하고 물었다.

"알았다. 내가 며칠 전 쌍계사 칠불암에 갔을 때 들은 말로는 아자방에는 도인들만 있다고 했는데, 내가 보기에는 앉아 있는 모양새가 영 도인

같지 않더구나."

사미가 대답했다.

"원, 군수 영감님도, 도인이라고 뭐 특별한 모습이 있겠습니까? 또 겉모양으로만 사람을 판단할 순 없겠지요."

"하긴 그렇기도 하구나. 그럼 내 네게 묻겠다. 하늘(천정)을 쳐다보고 졸고만 있는 중은 무슨 공부를 하는 것이더냐."

"그것은 앙천성수관입니다."

"앙천성수관이라니. 그게 무슨 뜻이냐?"

"네, 하늘을 보고 무량한 별들을 관하는 공부입니다."

"별은 왜 쳐다보고 관하는고?"

"원, 군수 영감님은 그것도 모르십니까? 위로 천문의 이치를 통하고 아래로는 땅의 이치를 달해야만 천하만사를 다 알게 되고, 따라서 천상에 태어난 중생들을 제도할 수 있기 때문입니다."

"으음! 네 말이 그럴 듯하구나. 그럼, 머리를 숙이고 방바닥을 들여다보며 졸고 있는 중은 무슨 공부를 하고 있는 것이지?"

사미는 거침없이 대답했다.

"예, 그것은 지하망명관이라는 공부법입니다."

"지하망명관?"

"그렇습니다. 사람이 죄를 짓고 죽으면 지하의 지옥에 떨어져 무량한 고통을 받게 됩니다. 지하망명관이란 지하에 떨어져 고통 받는 중생을 어떻게 하면 제도할 수 있을까를 일심으로 관찰하고 숙련하는 공부법입니다."

"허, 고놈 제법이구나. 그러면 몸을 제대로 가누지 못하고 전후좌우로 흔들며 이리 기우뚱 저리 기우뚱 하며 졸고 있는 중은 무슨 공부를 하고 있는 것이냐?"

"예, 그것은 춘풍양류관이라는 공부법이지요."

"그것은 또 무슨 의미더냐?"

"예, 공부하는 도승은 유에 집착해도 안 되고 무에 집착해도 안 됩니다. 고와 낙, 성과 쇠, 그 어느 것에도 집착해서는 중도를 이룰 수가 없습니다. 그것은 마치 봄바람에 버드나무가 전후좌우 어느 곳으로 흔들려도 마침내 어느 한 쪽에 기울 수 없는 것과 같은 이치입니다."

"그래서?"

"그래서 공과 유, 선과 악, 죄와 복 등 어떠한 보응에도 걸리지 않는 관을 하는 것입니다. 이를 춘풍양류관의 공부법이라 합니다."

정여상은 사미의 대답이 이치에 딱딱 들어맞는 데 내심 혀를 내둘렀다. 그러나 태연하게 다시 물었다.

"그건 그렇다치고 그러면 방귀를 뽕뽕 뀌어 대고 있는 중은 무슨 공부를 하고 있는 것인고?"

"예, 그것은 타파칠통관이라는 공부법입니다."

"타파칠통관이라. 거 참 재미있어 보이는구나. 그래 그 뜻은 무엇이지?"

"예, 사람이 무식하기만 하고 고집만 세어 남의 말을 듣지 않고, 뭐든지 제 마음대로만 하려는 사또와 같은 칠통의 무리들을 깨닫게 하는 공부법이지요."

"허허 고놈, 말버릇 한 번 고약하구나. 그래, 잘 들었다."

사미에게 계속해서 두들겨 맞은 군수 정여상은 앉아 있는 여러 아전과 관료들과 백성들을 돌아보며 무안한 표정을 지으며 말했다.

"아직 젖비린내도 가시지 않은 너의 식견이 이처럼 논리 정연하고 고매하니 그곳에 있는 도승들이야 더 말할 게 있겠느냐? 이제 더 물어 볼 말이 없구나. 어서 목마나 타보도록 해라."

사미는 자리에서 벌떡 일어났다. 그는 싸리채로 만든 목마위에 턱 걸터앉더니 고사리 같은 여린 손으로 말의 궁둥이를 후려치며 말했다.

"어서 가자, 목마야. 미련한 우리 하동 군수 정여상 영감님의 칠통 같은 어둔 마음을 확 쓸어버리자. 그리고 그 마음에 태양처럼 밝은 부처님의 반야광명이 비치게 하자꾸나.”

사미가 한 번 발을 구르니 싸리채로 만든 목마가 터벅터벅 걷기 시작했다. 이를 바라보는 스님네는 마음속에 깊은 감사의 기도를 올렸다. 목마는 동헌 마당을 대여섯 바퀴 돌더니 둥실둥실 떠서는 공중으로 연기처럼 사라져 버리고 말았다. 군수와 육방권속들, 그리고 구경을 나온 온 고을 백성들은 너무나도 놀라 벌어진 입을 다물 줄 몰랐다. 그 자리에 참석했던 스님들은 그 사미가 다름아닌 문수동자의 화현임을 뒤늦게 깨달았다. 그리고 사미가 목마를 타고 사라져 간 쪽의 하늘을 향해 무수히 많은 절을 올렸다.

한편 군수 정여상은 그 뒤부터 마음을 고쳐먹고 불심을 발하여 부처님의 가르침을 독실하게 믿게 되었다. 군수는 쌍계사와 아자방의 스님들을 생불처럼 공경하고 공양하였다. 이쯤 되니 육방권속들을 비롯하여 하동군민은 물론 백성들도 부처님을 신봉하게 되었고, 부처님의 교법이 널리 퍼져 마침내 화엄장엄세계를 이루게 되었다.

– 출전 : 『동봉스님이 풀어 쓴 불교설화』

칠불사 아자방(출처: 문화재청)

4. 동국제일선원(東國第一禪院)

칠불사는 불이 자주 나고 그로 인하여 절이 어려운 고비를 당한 때가 많다. 조선조 순조(純祖) 때 또 화재가 일어나 절이 불탔다. 그 후, 어떤 나그네가 이 절에 왔다가 절의 정문에 있는 보설루의 현판인 동국제일선원(東國第一禪院)을 보고 깜짝 놀라면서,

"저 글들엔 불(火)자가 들어 있어 앞으로 또 화재가 일어날 것이다."

라고 말하고 돌아갔다.

이 말을 들은 절에서는 국(國)자에서 1점을 빼고 제(第)자에서 1점을 빼고 선(禪)자에서 1점을 빼고 원(院)자에서 1점을 빼어 4점(心=火)를 없이 했으나 그 기운은 없어지지 않고 다시 118년 뒤에 불타고 말았다.

– 출전 : 『하동군지』

칠불사 보설루

5. 칠불사(七佛寺) 미타전(彌陀殿)

칠불사엔 대웅전(大雄殿)인 보광전(寶光殿)이 있다. 임진왜란이 일어났을 때 왜적들이 침입하여 미타전에 불을 지르고 갔는데 그때 '음'하는 소의 울음소리와 같은 소리가 인근 산천에 울려 퍼졌다. 사람들은 모두 이상하게 여겨 왜적이 물러간 뒤 절을 샅샅이 살펴보았다. 보광전의 대들보에 땀이 흐른 흔적이 남아 있을 뿐 미타전은 물론 절의 중요한 건물들이 그대로 보존되어 있어서 당시 사람들은 이 일은 국혼유사(國魂攸賜)라면서 서로 계구감축(戒懼感祝)하였다 한다.

이후 병자년(1876) 흉년에도 울었고 한일 합방 때도 크게 울었으며 국가에 큰 변이 있을 때마다 소 울음소리를 3일 전에 들었다고 한다.

– 출전 : 『하동군지』

칠불사 대웅전

6. 소년부도(少年浮屠)의 얘기

지리산 계곡 쌍계사(雙磎寺)에서 화개천(花開川)을 따라 20여 리를 오르면 칠불사(七佛寺)가 나타나고 그 500m 아래엔 푸른 이끼가 돋아난 탑이 있다. 이 탑은 흔히 소년부도(少年浮屠)라고 불리워지고 있으며 애틋한 얘기가 지금까지 전해온다.

옛 가야(伽倻)의 일곱 왕자가 성불(成佛)을 했고 옥보고(玉寶高)가 각고면려(刻苦勉勵)하여 노래를 짓던 신비와 낭만의 계곡인 칠불계곡은 잔잔한 고요와 산새와 물소리, 그리고 하늘이 낮게 흐르는 곳이다. 봄이면 이름 모를 꽃들이 산곡을 따라 피어나고 여름이면 울창한 숲 사이로 시원한 바람이 스쳐간다. 가을엔 단풍이 많아 형형색색의 모양과 빛깔로 새로운 자연을 만든다. 겨울엔 하이얀 눈 속에서 칡꽃이 핀다. 사계절이 돌때마다 신비와 원시의 가슴이 열리는 곳이기도 하다.

칠불사를 중건하는 공사가 벌어져 마을의 머슴꾼과 승노(僧奴)들이 동원되었다. 중건 공사에 일하는 일꾼들은 30리 아래의 사하촌(寺下村)에서 기와를 지고 험한 산길을 왕복해야 했다. 그때 칠불사 상좌(上佐) 중에 여자처럼 예쁘고 마음씨가 고운 소년이 있었다. 이따금 냇가에 앉아 떠가는 구름을 보기도 하고 만나는 일꾼을 보면 싱긋 웃기도 하여 모두가 그를 좋아했으며, 더구나 일꾼들은 소년 중을 바라보며 일손을 멈추기도 하고 얼굴이라도 쳐다보려고 꾀를 부려 소년 중을 바라보고 서서 입을 벌린 채 멍해지기도 했다.

그들은 모두가 이 상좌가 여자라고 생각을 굳혔으며 서로가 모여 여자라고 확인을 하기도 했다. 그러나 이 소년(상좌)은 그대로 남자였고 평소와 다름없이 일꾼을 보면 웃어 보이면서 인사를 했던 것이다. 이 때문에 절의 중건이 예정기일보다 늦어졌으며 농사철이 되자 일꾼들은 줄어만 갔다.

일손이 부족해지자 절에서는 스님들까지 중건 공사에 나섰고, 이 소년 중도 마침내 그의 육체를 내맡겨 기왓장을 나르는 일꾼들에게 온갖 정성을 다하여 시중을 들어 주었다.

"스님, 참 손이 예쁩니다."

하고는 일꾼들은 그의 손을 만지기도 했고,

"입술이 앵두 같구먼."

하고는 그윽히 그를 바라보기도 했다. 그 때마다 그는 얼굴을 붉히며 씩 웃기도 하며 그의 맡은 일을 열심히 했다. 상좌가 같이 일을 한다는 소식이 전해지자 일꾼들은 다시 모여 들었고 모두가 그의 얼굴을 보고 싶어 했으며, 그와 이야기를 나누는 것만으로도 만족했던 것이다.

요즈음 생각하면 일종의 동성연애와 같은 것이라고 할 수 있었다. 일꾼들과 어울려 30리 길을 왕복하며 기왓장과 재료를 나르던 소년 중은 시름시름 앓기 시작했다. 입술이 바짝바짝 타고 눈이 쑥 들어갔는데도 그는 아침 일찍 일어나 그가 맡은 일을 열심히 했다.

세월은 흘러 절은 중건이 되었지만 소년 중은 그만 지쳐 쓰러졌다. 헛소리를 하고 열이 올라 하룻밤에도 몇 번이나 정신을 잃었고 이 소식이 사하촌(寺下村)에 전해지자 동네 사람들은 줄을 이어 문병을 왔으며 그의 쾌차를 빌었다. 하지만, 다시 회복될 기미는 없었다. 그런 후 며칠이 지나 그는 죽었으며 모두가 슬프게 울었다.

절의 주지와 신도들은 절을 세우면서 희생된 소년 중을 위해 명복을 비는 뜻에서 그들의 정성을 쏟아 탑을 세웠다. 오랜 세월이 흘렀지만 지금도 우뚝, 풍우(風雨)를 맞으며 말없이 서 있다.

– 출전 : 『하동군지』

7. 성기(性器) 바위

하동군(河童郡) 화개면(花開面) 칠불사(七佛寺)에 어질고 아름다운 스님이 있었다. 교교(皎皎)한 달밤에도 그는 열심히 염불을 했고 더운 여름철엔 좌선과 보시(布施)도 잊지 않았다. 절을 찾는 신도들도 그의 어짐과 깊은 신앙심에 존경을 표했고 아름다운 모습을 찬양하기도 했다.

어질고 아름다운 모습을 가진 스님의 얘기는 사하촌(寺下村)에 퍼져 사하촌의 처녀들은 마음을 설레이며 그 스님을 한번 보기를 원했다. 그래서 처녀들은 삼삼오오 짝을 지어 칠불계곡(七佛溪谷)을 따라 30리 산길을 오르기도 했다. 깊은 계곡에 울려 퍼지는 처녀들의 웃음소리는 화사한 봄을 안겨주는 것 같았다. 그런데 그 많은 처녀 중에서 세 처녀가 깊은 연모(戀慕)의 정을 품고 있었다.

순이(順伊)라는 처녀는 해가 지자 홀로 산길을 따라 칠불사로 갔다. 그의 마음은 오직 스님의 영상으로 가득 찼기 때문에 무서운 밤길도 두려워하지 않았다. 땀에 젖은 얼굴이 붉게 타오르며 그는 절 앞에 섰다. 가슴이 뛰었다. 그녀는 법당으로 갔다. 스님은 염불을 하고 있었으며 그녀는 스님 옆에 앉아 합장을 했다. 그러나 그녀의 마음엔 부처의 자비로운 얼굴보다 옆에 있는 스님의 얼굴뿐이었고, 가슴의 고동소리가 목탁(木鐸)소리보다 더 크게 들려왔다.

이윽고, 스님의 염불이 끝났다. 그녀는 스님을 보았다.

"밤길을 오셨구만요, 불심이 대단하십니다. 나무아미타불."

그녀도 합장을 하며 인사를 했다. 그러나, 그녀의 입에선 아무 말도 나오지 않았다. 그저 스님을 가까이 보는 것만으로 기뻤기 때문인지 몰랐다. 스님은 그녀를 보며,

"무슨 일입니까? 밤이 아주 늦었는데 돌아갈 수도 없겠지요?"

그녀는 마음을 겨우 진정하고 말했다.

"그저 왔습니다. 오지 않고는 견딜 수 없었기 때문입니다."

스님은 순이를 안다. 그녀가 몇 번이나 보시(布施) 때 보여준 사랑의 신호를 모를 바 없었다. 그러나 스님은 수도(修道)하는 자신을 알고 있었기에 모른 척 했고, 또 그것이 자신을 타락시키는 것이라고 믿었기 때문이다. 순이 옆집의 옥이도 그 윗집의 복실이도 안다. 이들 세 처녀가 자기에게 깊은 연모와 짙은 사랑을 나타냈기에 더욱 싸늘했고 언젠가는 이 허황된 꿈에서 처녀들이 깨어날 것이라고 믿었으며 부처님을 향한 자신에겐 큰 시련이요, 이것을 극복하는 것이 자신이 성도(成道)하는 길이라고 굳게 믿었다.

"밤이 늦었습니다. 주지 스님이 계신 곳으로 가시지요. 거기서 유하셨다가 날이 밝으면 집으로 가십시오."

스님을 그 말을 남기고 총총히 법당을 떠났다. 그녀는 그 자리에 서서 스님의 뒷모습만 바라보며 눈물을 흘리고 있었다. 순이는 힘없이 돌아섰다. 산짐승의 울음소리가 크게 산을 타고 들렸지만 그녀는 무섭지 않았다. 그저 걸었다. 30리의 밤길은 길고도 멀었지만 순이에겐 그저 슬픔의 길이며 가슴이 찢어지는 것뿐이었다. 순이는 집으로 돌아왔다. 그 일이 있은 후 그녀는 자리에 눕게 되었다. 이 소식을 들은 옆집 옥이는 절로 뛰어 갔다.

"스님, 순이가 위독하게 되었어요. 어떻게 하면 좋겠습니까?"

스님은 빙긋이 웃을 뿐 아무런 말이 없었다. 옥이도 그의 가슴에 타는 연정의 눈길을 보냈다. 그러나 스님은 그 뿐, 옥이도 깊은 슬픔을 안고 집으로 돌아왔다. 복실이도 깊고 깊은 비련(悲戀)을 안고 돌아왔다. 세월은 자꾸 흘렀고 처녀의 가슴은 깊은 상사병으로 헤어나지 못하고 있었다. 그러나 이것도 아랑곳하지 않고 다른 동네 처녀들도 그 스님을 사모하게 되었고 청년 스님을 짝사랑하는 처녀들은 늘기만 했던 것이다.

여름이 지나고 가을이 깊어 갈 무렵에 순이는 냇가에 나와 청년 스님을 생각하면서 물에 빠져 죽었다. 그 소식이 절에 전해졌고 스님은 법당에 앉아 그녀의 극락왕생을 빌었다. 두 눈에선 연민의 눈물을 흘리면서, 그러나 스님은 이런 일에도 구애됨이 없이 수도에 정진했고 목탁소리를 더 높이기만 했다.

그 해 겨울, 옥이도 스님에게 깊은 연민의 상처를 남기고 순이가 죽은 그 물에 빠져 죽었다. 스님은 두 처녀가 극락왕생하도록 부처님께 '나무아미타불'을 외치며 몇 날 밤을 빌면서 그는 생각했던 것이다. 이 모든 것은 전생의 업보(業報)이며 내 자신이 걸어가야 할 인욕의 길이라고 생각했다.

세월은 어김이 없었다. 그 유난히 긴 겨울은 지나고 봄이 돌아왔다. 눈바람이 지고 개울은 새로운 생명력으로 조잘거리며 흘렀다. 잿빛 산은 푸른빛으로 변해 갔으며 물 머금은 버들잎이 새로 우거졌다. 스님은 보시를 떠났다. 보시를 하며 수도의 길을 벗어나지 않았다. 동네 어귀를 지날 때 그는 소곤거리는 소리를 들었다. 복실이도 순이가 죽은 그 곳에서 물에 빠져 죽었는데 그것이 모두 저 스님 때문이라는 말을 들었다.

그는 보시를 마치고 돌아오면서 그녀들이 죽은 냇가를 보았다. 굽이치는 물결, 휘돌아 가는 바위틈으로 힘찬 물굽이가 보인다. 그는 발길을 돌렸다. 그리고는 한걸음에 절로 달렸다. 이것은 모두 삼악도(三惡道)의 시련이며 어서 이것에서 벗어나야 한다. 그는 법당으로 들어갔다. 그리고 눈을 감고 몇 번이나 목탁과 염불을 외쳤다. 그러나 스님의 마음은 편치 못했다. 괴롭기만 했고 순이와 옥이, 그리고 복실이의 얼굴이 자꾸만 떠오르는 것이다. 그는 소리를 높여 외쳤다. 목탁도 더욱 힘차게 쳤다.

그날 밤에도 또 사하촌의 처녀가 왔다. 연모의 말들을 남기고 그들은 갔고 또 다른 처녀가 오기도 했다. 스님은 점점 괴로웠다. 자신은 수도하는 몸, 그들의 사랑을 받을 수 없는 자신이 괴로웠던 것이다. 그 후 스님은 괴로움에 못 이겨 절문을 나섰다. 그리고 천천히 걸었다. 별빛이 유난히 새로웠고 산새의 울음이 슬프게 들려왔다. 발부리에 부딪히는 돌이 아프게 가슴을 찔러 왔고, 그래도 그는 걸었다. 십리 가까이 그러니까 자기를 짝사랑하다 뜻을 이루지 못하고 죽은 그 냇가에 그는 이르렀다.

심호흡을 했다. 굽이치는 냇물소리가 유난히 똑똑하다. 스님은 두 손을 깍지끼고 바위에 누웠다. 먼 하늘의 별빛에 눈을 두고 '나는 내 이익만을 위해 사는 인간인가? 아니면 중생(衆生)을 위해 살아 갈 인간인가? 이 죄 없는 생명을 끊은 것은 모두가 나로 인해 생겼다면 나는 진정 무슨 수도(修道)를 했으며 지금까지 한 일이 무엇이란 말인가?'라며 깊은 생각에 잠겼다.

별빛은 모두가 영혼이라고 하는데 진정 그렇다면 저 별빛 속에 순이의 영혼과 옥이, 복실이의 영혼도 있을 것이다. 나는 그들에게 부처님의 자비도 주지 못하고 싸늘한 절망을 준 것 뿐이다. 그렇다면 나의 수도는 무엇을 한 것일까? 스님은 벌떡 일어났다. 그리고는 여울져 흐르는 냇물을 보았다. 그 여울지는 물살에 순이의 얼굴이, 그리고 옥이와 복실이의 얼굴이 웃고 있었다. 그는 몸을 던졌다. 죽는 것이 남을 구하는 길이요, 내 하나가 없다면 앞으로는 이런 비극은 일어나지 않을 것이라는 확신 속에 몸을 던졌던 것이다.

이들이 죽은 냇가엔 이 이후 바위가 새로 생겼다. 그 바위가 꼭 여자의 성기 같다고 하여 성기바위라고 불리어 오고 있으며, 그로부터 많은 스님들이 파계(破戒)를 했다고 한다.

– 출전 : 『하동군지』

8. 추월조능 스님과 호랑이

실은 우리가 문헌이라든지 인터넷에서 접할 수 있는 자료들은 접하고 있습니다. 계속 조사 중이고. 여기로 오지 않으면 들을 수 없는 이야기들 그러니까 칠불사에 대해서 실은 그러니까 지리산권 사찰 불교문화를 다 못하기 때문에 오기 쉬운 지리산권에 직접 맞닿아 있는 구례 남원 함양 산천 하동 5개 시군에서 각 행정구역당 2개 사찰만을 정했습니다.

하동에서는 쌍계사와 칠불사를 정했거든요. 그래서 직접 가서 인터넷이나 문헌에 없는 이야기라든지 우리가 혹시 자료 조사를 해서 일단 자료조사가 먼저 되야 되니까. 자료 조사 과정에서 빠질 수 있는 부분, 우리가 조사하는 부분만큼이라도 충실히 하자라는 목적에서 왔습니다.

그전에 구례를 가니까 실은 그 어떤 스님이셨죠?(진조스님) 그 우리가 정말 접하지 못할 이야기를 해주고 그러더라구요. 칠불사의 내력이라던지 칠불사에서 수도 했었던 고승들의 이야기라든지 인터넷에 없는 이야기를 조금 우리가 접했으면 좋겠다는 생각에서 왔습니다.

행사 있는지 모르고 오셨죠.

전혀 모르고 왔습니다.

이렇게 복잡하신데 오셨구나. 지금 말씀하셨는데요. 실제로 우리 주지스님이 이야기해야 하는 데 제가 할게 아니라. 근데 이제 중요한 것은 인터넷을 들어봤거든요. 저는 사실 컴맹인데 어느 정도는 할 줄 알아서 하도 제가 공부하려고 인터넷 하고 운전을 안 배웠는데. 하도 이상하니까 한 번 들어가 봤는데 인터넷은 그 여기 칠불사만 그런 게 아니라 다른 데도 자료가 거짓이 너무 많아요. 그래서 참 이게 어찌 보면 인터넷 문화가 좋은 거 같은 거면서도 아주 폐단이 크다고 느껴지죠. 오늘날 자살을 유도하는 것도 인터넷이 크게 작용하는 거 아닙니까?

사람이 직접 살인하는 것보다 간접살인이 무섭거든요. 말 한마디가 몇 사람을 살리고 죽이고 하는 것이 인터넷 문화, 아주 무서운 건줄 알고 제가 인터넷을 안 좋아하는데.

혹시 인터넷에 잘못된 게 뭐가 잘못되었습니까? 저희들은 다 사실이라고 알게 되니까. 일반인들은.

아 그러세요. 지금 칠불자료를 보면 딱딱 체크를 할 수 있는데 제가 지금 봐야 합니다. 지금 또 계속 보고 있지 않으니까. 근데 뭐 가끔가다 보면 말이 와전된 게 너무 많아요. 와전된 게 많고 그 내용을 또 그대로 다 모르는 사람을 믿을 수밖에 없는 거고 지금 인터넷이 완전 실은 교주나 마찬가지 그런 상태인데 저거 하나 잘못해 버리면 여러 사람이 다 그대로 믿는다고 이게 지금 큰일이라. 이게 저걸 하나 올릴 때도 확인된 거 아니면 검증된 거 아니면 하지 말아야 하는데 지금 누구라도 다 올리니까.

사실은 고승들의 이야기들.

여기 큰스님들은 그리 다 지나갔습니다.

예를 들어서.

칠불사가 굉장히 유명한데 이제 저기도 자료에도 나오는데. 북한에는 금강산 말고 이남에는 지리산 칠불로 양택으로 사람 사는 집터로는 어떤 걸로 치느냐? 음택으로 제일 치는 데가 오대산 상원서 추운데 고봉이고요. 양택으로는 이남에서는 지리산 칠불을 칩니다.

칠불로 치는데 지금은 도로가 나고 뭐 훼손이 많이 되었자나요. 사실은 지금 작업하는 것도 제가 제동을 걸어서 중제 하고 있어요. 오늘 국립공원 보수소장이 왔다가고 그런 상황인데 저는 참 저는 환경파괴 하는 거 굉장히 싫어하거든요. 사실 싫어해요. 이 옛날 사람들은 그 때 당시는 불심이 없어서 재력이 없어서 안 한 것도 아니고 다 갖춰져서 결국엔 풍수라는 게 의미가 뭐냐면 궁극적으로는 자연과의 조화입니다. 다 자연에 맞게 살다가 가고 이런 거지 내가 백년 천년 만년 살 것도 아니면서 마음대로 할 수 없는 거 자나요.

근데 지금 자기 것도 아니면서 마음대로 저래 하니까. 여 도로 날 때도 제가 굉장히 반대했어요. 사실 도로가 사실 방송 나가면 곤란한데 주지스님도 계속 알리기 싫어하실 수밖에 없었는데 반대하는 스님이 셋이 반대하고 나머지 결국은 2차 승낙이 났습니다. 그런데 기존 설계보다 많이 달라졌죠. 기존설계도는 마을에서 큰 산하고 일직선입니다. 일주문하고 아그래요? 저 밑에 마을에서요 산이 엄청나게 짤리죠.

근데 그때 당시에는 98년도 비가 엄청나게 올 땐데 제가 여기 가까운 산골짜기 전기도 안들어 오는데 혼자 살았거든요. 스님이 와가지고 좀 말려라. 제가 어떻게 말려 나는 여기 본방 식군데 선방에서 말려라. 선방에서 못하면 안돼는 거거든. 그래가지고 결국은 비 오는데 우산 쓰고 내려와가지고 저걸 환경단체 불교신문 현대불교 일간지 기자들 다 오고 해가지고 현장 확인하고 이런 상황이니까 좀 말려라. 이제 우리 자력으로 안되니까 타력으로 해야 된다 했는데 그때 그분들 머라 했냐면. 그때 하필 일주문에서 그 라인이 옛날에 도로가 다 국립공원 안이었습니다. 그런데 하필 3년 전에 거길 싹 빼놨어요. 일주문 밑에는 공원이라 빼놨어요. 그때문에 마음대로 팔라고 하는 거라. 기자들이 하는 말이 스님 국립공원이니까 9시 뉴스감이라 했거든요. 그래가지고 설계 다시 하고 측량 다시 하고 하다보니까. 지금 기존도로에서 얼마나 보기 싫습니까? 산맥이 다 끊어졌거든요. 사실은 그 마을에서 보면 지금.

옛날에는 저도 이곳에 여러 번 왔던 사람이 하산했는데 여기 와서 밥도 먹고 그랬거든요 예전에 좀 길었었죠. 비포장도로였고 지금은 크게 길이 났죠.

길이 크게 나고 고승이야기는 큰 스님들이 예전에 역대로 우리 불교의 큰 스님들이 여기에 안 거쳐 간 스님이 거의 없습니다. 다 거쳐 가고 지금도 고승 이야기를 할라 하기 때문에 왜 이야기를 해야 하냐하면 지금은 환경이 파괴되고 하니까 수행공간이 이미지가 달라지잖아요. 스님들이 안 올라 그래요 몇 년 전만 해도 여기가 들어 올라 하면 다른데서 3, 4년 이상은 살아야 되고 그 조건이 까다로웠습니다. 뭐 일체 외출을 못하게 돼있었고 그렇게 까다로웠는데 지금은 많이 이상해졌어요. 그러니까 참 옛날모습이 많이 사라졌죠.

그러니까 지금 제방에서도 2~3도로 밀려난 선방으로 밀려나버렸어요. 옛날에는 최고로 쳤는데 그러게 예전에 역대 우리 큰 스님들은 시작해서 백암 성충 스님, 부의스님 그 밑에 평양 무슨 스님 밑에 부도도 있는데 그 책에 나오는 백암 성충 스님 그런 스님 비행기 소리 때문에..근래에 너무 많이 변해버렸죠.

풍수상으로 양택이라는 거에 대한 좀 설명 좀 해 주세요.

풍수상으로 양택이라는 것은 사람이 사는 집을 양택이라 하죠. 우리가 죽어버리면 (음택이 묘를 말하고, 집을 양택이라 말함) 칠불 자체가 풍수상으로는 와우행 이라는 것으로 소가 누워있는 모양으로 다른데 있다가 여기 오면 정말이지 잠이 많이 와요 실제로 많이 먹힙니다. 지리를 무시 못하거든요. 제가 비유를 들어 말씀 드리겠습니다. 순천 송광사 가면요 드센 사람도 송광사에서 석 달 정도 지나면 많이 부드러워져요. (그래요?) 그러니까 해인사 스님을 송광사 가면 성격이 바뀝니다. 송광사 스님을 합천 해인사에서 3달 지나면 기가 갈갈해집니다. 그만큼 터가 작용이 큽니다. 그래서 해인사 쪽 스님이 예전에, 환경이 인간을 지배한다는 말이 그래서 나온다는 말입니다. 무시 못하는 게 일단 기갈이 갈갈해질 수밖에 없어 해인사는 산자체가 한라산이라 아주 추운 산이거든요. 지금요 해인사 가서 살면은 저도 해인사에서 4년 살았는데 거기 가면 틀립니다.

거기서 사셨다가 여기 오셔가지구는 안된다 그러셨겠네요~

당연하죠~ 그기가 여기까지 뻐쳐가지고. 여기 오늘 공사하려는데 초의선사 다신전을 지어가지고 그런 식으로 하려하는데 사실은 이 터가 옛날에 칠불암이었었죠. 여기는 암자턴데 생각해 보세요. 큰 배에다가 짐을 많이 실을 수 있지만 작은 배에는 짐을 많이 실을 수 없거든요. 여기는 암자터라 계속 반대하는데 저 혼자서는 안돼요. 나만 나쁜 사람 되어 있는데.

지금 짓고 있는 것이 초의선사 다신전. 그런데 초의선사가 여기 계셨던가요?

초의선사가 그쪽에만 있는 것이 아니었고 대원사 가기 전에 여기서 계셨어요. 원래 여기서 계시다가 해남에 가셔서 터를 잡았죠. 감봉선사에 대해선 여기저기에 기록이 안 나오더라구요. 전체적인 칠불자료를 아까 말씀하셨는데 칠불 자료가 남아있는 게 딱 2점이 있습니다. 유물이 다른 건 없습니다. 여순반란사건 때 불타서.

주황탱화라고 아시죠. 그 한 점 남아있고. 요새 달마도란 책 보면 나오는데 초의선사가 그렸다는데 누가 정확하게 그렸는지 알지는 못합니다. 초의선사가 그렸다고만 하는데 정확하지 않습니다. 초의선사가 그렸다는 달마도 한 점 그 둘밖에 없어요. 다른 자료가 하나도 없고, 칠불사적기라는 사적비 같은 거도 없고.

옛날에 동으로서 해논 게 있었는데 칠불사 옛날에 불타기 전에 예전에 절에는 머슴이 있었다고 하거든요. 자기 엄마 부모님이 여기서 머슴을 하니까 아들이 장사가 있었데요. 그래서 불타고 나서 동판을 칠불사적이 작게 되는 거야 조목조목 노비 몇 명 부지가 얼마 기록이 되어있으니까. 자기 엄마 아버지 이름이 있으니까. 그 사람이 다른 사람이 들지도 못하는 걸 지고 무겁다는데. 지금까지 찾을려고 몇 번 했었는데 못 찾았습니다. 동판이니까 썩지도 않고 땅에 어디에 묻었다는 데 아직까지 자료를 여러 가지 할려고 해도 찾지 못하고 있고.

건물 형태 배치도는 요사체 공양간체 두고는 옛날 모습 그대로입니다. 대웅전에 탱화같은 경우는 칠불탱화만. 칠불전은 목불탱화로 되어 있자나요. 옛날에는 목불탱화 말고 그냥 탱화로 모셔져 있었어요. 그게 좀 다르고.

다른 건 아짜 방문 요거는 옛날모습 그대로 아니구요. 완전히 바뀌었습니다. 이거는 옛날모습하고 다릅니다. 옛날 모습은 그 벽 자체가 불을 때면 벽까지 따듯한데. 지금은 벽이 이렇게 난방이 안되거든요. 옛날엔 벽까지 따뜻했다고 해요. 벽에 갈 가능성이 있고 왜 그려냐면 벽에 크게 갑니다. 왜 나면 내가 온돌에 대해 연구를 많이 했고 지금도 온돌을 놓을 수 있어요 지금도 온돌을 어느 사람 못지 않게 놓을 수 있어요 그 분야에 대해서 연구를 많이 했고 이것 때문에 연구를 많이 했는데 옛날에는 아궁이가 작지가 않고요, 상당히 컸답니다.

사람이 지게를 지고 그대로 들어갔다니까. 불을 때면 벽에 갈 수밖에 없는 게 저 아래부터 나무를 쌓아 놓으면 불을 마지막에 지피면 타잖아요. 그러면 한 보름 탔다고 하거든요. 백일 갈 수밖에 없죠. 그 열기가 서서히 스며 들어요. 안으로 그러니까 안에 보온 잘 돼있고 그러니까 백일 갈 수밖에 없죠. 그러니까 완전하게 백일동안 따뜻하게 하면 초기에는 그랬다 하는데 뒤에는 계속 아궁이는 손질 안하면 막히거든요. 계속 백일까지는 못갔다고 보죠. 그 정도로 오래갔다는 거지 꼭 백일까지 따뜻했다고는 뒤에까지 갔다고는 장담을 못합니다. 아궁이는 손을 안보면 안되니까.

단궁선사라고 도사가 있었는데 그러는데 단궁선가 아주 유명한 스님 칠불만 이렇게 한게 아니고 인근 마을에도 지금이야 이렇게 기후가 바뀌어 따시니까 난방을 중요시 안하잖아요. 예전에는 우리 옷부터가 모든 게 차이가 많이 나지 않습니까? 그러다 보니까 난방이 굉장히 중요하잖아요. 이 산중에서는 나무해서 때야 되고 나무 할라면 작은 일도 아니고. 지금

교통이 좋으니까 왔다 갔다 하니까. 예전에는 시장한번 갈라면 하루 걸리는데 얼마나 힘들겠습니까. 어떻게 가겠습니까 생각해 보면 얼마나 힘들겠습니까? 지게 들고 가랴…

아차바위에 살았던 추월조능 스님이라고 계세요. 갈추자에다가 달월자인데 추월조능 스님이라고 있는데 쌍계사 박물관에 가면 이만한 돌이 있습니다. 그 돌이 이제 추월조능 스님이 지금도 그런 스님이 있느냐 하면은 서럽죠. 그게 좀 안타까운 일인데…

호랑이 만나는 그 스님 말하는 거죠. 추월조능 스님이 이제 요즘에 그렇게 사실 수행하려면 오늘처럼 세속화되면 안되고요. 두 번째는 돌아가신 열반 성철스님의 불교의 세속화되면 안된다. 수양하는 사람은 철저히 가난해야 된다. 이게 전제가 되지 않는 사람은 수행하기 힘들거든요. 이것은 사실입니다. 대승불교의 정신이 사라지잖아요. 소승불교의 정신이죠. 그런 형태들은.

그러니까 예전처럼 용맹 추월조능 스님은 앞자바위에서 정진을 하면서 지금은 옛날하고 다릅니다. 앞자바위 구조가 옛날하고 다릅니다. 예전에는 다락이 있었다고 하거든요. 근래에 마지막으로 울산에 가면 저 울산요? 울산에 가면 그 누구야 그 스님이 마지막 사셨어요. (지금은 안삽니까?) 지금은 불타기 전에 불타기 전에 울산에 학선승에 가면 우룡스님이라고 계세요 80세인가 되는데 그분이 사시고 불타버렸는데. 그분이 옛날 모습을 알고 있는데 다락이 있어가지고 다락에서 다 이렇게 했다는데. 추월조능 스님이 여기서 계시면서 잠 안자고 정진을 하면서 9시 되면 절집에는 자거든요. 자는 걸로 하는데 잠 안잘라고. 이제 잠 안잘라면 그냥 하면 졸리지 않습니까. 범랑 속에다 돌을 요렇게 넣어가지고 그게 쌍계사 박물관에 있어요. 그 돌을 넣어가지고 왔다 갔다 하면 힘이 드니까, 자꾸 꼬끄라지잖아요. 매고 걸어서 쌍계사에 갔다 놨다고 해요. 저녁 9시에 출발하면 쌍계사 갔다 여기 오면 3시 예불하면 딱 돼는데. 지금은 길이 이렇게 났는데 예전엔 큰 고개 오른쪽에 보면 길이 있습니다. (계곡길이요?) 계곡길이 아니라 능선길이 있습니다. 그기에 송이도 많이 나는데 쭉 길이 있어요. 급커브 틀면은 넓적하게 내려가다 오른쪽에 보면은 옛날 길이 그대로 남아 있습니다. 아까 말씀하신 호랑이 논이 거기 있는 데. 거기를 쭉 갔다가 수각 이라고 바로 밑에 있거든요. 먹통하고 버마 하고 갈라지는데 거기가 수각입니다. 거기 바로 칠불을 옛날 길에 그 길이 하나 있고 먹통에서 올라오는 길이 하나 있고. 두 길인데 거기를 올라 올라면 아주 힘들어요. 지금도 그냥 힘듭니다. 저는 가끔 삼따로 다니든데. 송이 따로 다니고. 스님이 쌍계사 갔다 왔다 하니까. 이게 이런 이야기 하면 요즘 사람뿐만 아니고 누구든지 잘 안 믿을라 하는데 해인사 스님도 그랬거든요. (저도 믿기 어렵네요.) 호랑이도 없는데 무슨 소리 하느냐 이럴 정돈데. 호랑이 있어도 안믿을 시댄데 호랑이도 없는데. 여기도 마찬가지로 추월조능 스님이 왔다 갔다 하니까 모든 동물이 시중을 합니다. 마지막 정말 수행이 깊어지면은 모악산에 계실 때 노루나 사슴이나 호랑이나 다 같이 졸고 앉았다가 다른 사람이 오면 가고 그랬다고 하네요.

수월스님이라고 저 만주 간도에서 돌아가신 스님 있거든. 스님이 딱 지나가다가 수월스님에 대한 자료는 근래에 책이 나온 게 있습니다. 달을 든 강물이라고 있고 물속을 걷는 달빛이라고. 하여튼 달을 든 강물은 김진태 검사라고 대검중수부에 계신 여기 자주 옵니다. 한번 씩 오는데 그 분이 쓴 책이 있어요. 김진태 검사라는 분이 합천 해인사에서 사법고시 공부할 때 스님하고 많이 접촉하고 그런 이야기를 들었다고. 결국은 책을 내고 그랬는데 초기에 나온 게 달을 듣는 강물입니다. 달을 듣는 강물이고 뒤에 나온 게 물속을 걷는 달빛, 그런 책이 나왔어요. 2개가 나왔는데 내용은 똑같고 제목만 바뀌었습니다.

대검 중수부에 있는 그분인데 거기에 나온 분이 수월스님인데 구례 광의아시죠 ? (우리가 광의에서 왔어요) 광의면이 왜 광의냐면 방광리거든.

방의면 방광리 아닙니까. 그 수월스님 그 후에 우근대 계실 때 불난 것을 방관하니까. 마을 사람들이 불끄러 가고 방광리라는 지명이 거기서 나온 게 정확한 것은 거기까지 모르겠어요. (지금 천은사 말씀하신거죠.) 천은사에서 저 위에 있죠. (우근대 쭈욱 올라가야죠.) 우근대 있고 문수대 있고 그러잖아요 상선암 위에. (저희들이 그곳에서 왔습니다. 지금.) 그 인제 수월스님 마지막 계신데. (아 그래요?) 저 만주로 가시거든요. 만주로 가시는데 만주에 옛날에 들벽을 얼마나 쌓아놨는지 멀리서 산 뛰어오는데 수월스님이 지나가면 그냥 맹렬하게 와가지고는 알아보고 앞에 앉아 엎드리고 눈물 흘리면 수월스님이 법문을 외우고 지나가고 이랬다는 일화가 있거든요. 수월스님인데 키도 작고 못생기고 까무잡잡하고 그런 스님이라고 그 일화가 있는데요. 마찬가지로 여기도 추월조능 스님도 동물인즉 기이하게 되는 거죠. 워낙 수행을 열심히 하니까 호랑이가 딱 나타나가지고 스님이 돌을 지고 가는데 얼마나 무겁겠습니까? 뒤에서 밀어주는 거야 계속 등을 받치고 밀어주니까 쉬지 않으려고.

내가 다음날 보면 똑같아 지고 그걸 하자나 한쪽다리 들고 정진하는 거 얼마나 열심히 정진하는지 피가 쏟아지는 거 피가 엄청나게 쏟아지는 거지. 그 멍석이 마지막에 인자 옛날에는 자리가 많이 없지 않습니까. 멍석이 있으니까 말아가꼬 피가 많이 쏟아지니까. 소실되면서 같이 타버린 거죠. 자료가 다 이제 없어진 거지. 그런 게 인자 세밀하게 따지면 그런 작업들이 칠불암에 유일하게 두 점밖에 없어요.

역대를 여기를 스쳐간 스님은 그지 없습니다. 서산대사가 요기 시내에 마을 있습니다. 시내가면 마을 전체가 의신사 절텁니다. 밑에 내려가면 왕성초등학교 있는데 거기가 신흥사 절터고. (여기서 참 밑이잖아요.) 4km 계산은 알아서 하시고 왕성초등학교에서 오른쪽 위에로 보면 매헌적암이라고 정자가 하나 보여. 그 위에 보면 큰 나무 위에 매헌적암 절텁니다. 지금도 바위에 가면 매헌적암이라고 써져 있어요. 거기가 서산대사가 초안을 잡아서 산청 단속사에 가 가지고 유생을 모시고 책에 나오는데 거기 그 사람이 하필 젤 뒤에다 유교를 해놨다고. 그 사람이 싹 불지른 그런 일화가 거기에 나옵니다.

서산대사가 거기서 3년 계시고 상철골, 중철골, 하철골 있어요. 거기 철골암에도 계시고 원통암이라고 복원했습니다. 칠불에서 복원했는데 거기에 계시다가 마지막에 여기에 계시다가 저 매화산으로 올라가게 되고. 여기 큰 일화는 다 이걸 지금 내가 말씀하라하면 한꺼번에 하라하니 미리 전화라도 주셨으면 조금이라도 생각을 해놀껀데. 갑자기 토해내라면 제가 답을 못드리겠고요. 여기서 쭈욱 올라가면 저 위에 운산원은 현재 운산터가 옛날 터가 아닌 걸로 알고 있거든요. 실제로는 대웅전 뒤에 가면 명당터가 있어요. 그 터가 아주 좋습니다. 그 자리가 다들 기라고 생각…, 운산은 가보셨죠? (늦게 와가지고.) 선방에 안가보셨습니까? 있다가 가봅시다. (시간이 될란가 모르겠습니다.) 아 그러세요 선방에 따로 있습니다.

여기 있다가 내려가면서 쌍계사 잠깐 들려서 두 곳을 들렸다가 갈 생각이거든요. 그 여기 절이 실은 언제 누구에 의해 창건된 겁니까?

여기는 불교를 이해하면 보통 교과서 적으로 말하면 북방전래설이잖아요. 여기는 남방전래설을 이야기 하거든요. 남방전래설 자료가 여기 다 있습니다. 가락국부터 시작하니까 김해가면 다 자료가 있기 때문에 다 연계되어 있습니다. 창건설화는 정확하게 저도 잘 모르겠어요. 제가 그걸 꼬집어서 말한다면 그것도 내가 그 시대 살지도 않았는데 답한다면.

인터넷에 있는 것은 맞습니까?

그 자료는 맞을 껍니다. 그래서 칠불암… 실제로 김해김씨 종친회에서 가끔 그런 분이 명함을. 그분이 와 가지고 김해김씨 하고 하동의 상관이 없는 일이다. 자료를 조목조목 가져와서 설명을 하는데, 설명해도 자기혼자 해가지고 되겠어. 자료를 막대히 방대하게 가지고 있는데 맞는 이야기야 맞는 이야긴데. 근데 지금 와 가지고 자기 혼자서 엎을라하면 엎어지겠습니까? 이게 뭐 다 일대 알려지고 수정을 한다 해도 자기들이 김해 김씨인 데도 이건 아니다 이기라. 단지 칠불의 과거 칠불을 인용해서 칠불사가 이야기됐지 자료가 없으니까 맘대로 만들어 낸 거 아니냐. 김해 김씨하고 관련있는 걸 꾸며낸 거 아니냐. 이 애긴데 김해 김씨하고 뜯어 맞출라고 저 밑에 쌍계사 밑에 가면 대비마을이 있고 김수로왕이 머물렀던 이거마져도 정확하게는 못믿겠어요. 근데 그분이 자료를 가진걸 보면 그 분 자료는 정확해요. 연결할 수 있다면 전화번호를 가르쳐드리는데 그분 자료가 확실합니다. 실제로 보면 전국 사찰을 하나하나 파악하고 폐사된 절까지 다 파악하고 있어요. 다 자료를 가지고 있고 김해 김씨와는 하등의 상관이 없다는 것을 조목조목 정리했고 우리가 이걸 가지고 국가나 문화부나 어디를 가고 상대를 할라 해도 할 수 없는 게 정확하게는 말을 못합니다.

지금 스님께서 여기 오신지는?

저는 한 20년, 주지스님은 15년 됐어요. 주지스님이야 첨부터 복원을 하셨으니까. 좋은 일 많이 하신다라고 소문이 나 있으신 분이고. 우리는 할 수 있는 것은 최선을 다해서 합니다. 마을에 가난한 사람이라던지, 군 관련은 할 수 있는 것은 다하고 장학금도 이렇게 하는데. 그런 건 어딜 봐도 해야 하는 거고 그건 중요한 게 아니자나요. 당연히 해야 되는 건데.

잼있는 이야기는 시간이 없다고 하니까. 풍수가 와우형이기 때문에 스님의 수행에 성격적인 면, 다른 것. 풍수가 와우형이니까 소가 먹고 맨날 잠을 자니까 결국은 잠이 온다는 것은 수행하기에 좋다는 겁니다. 반대로 생각하면 잠을 이겨야하니까. 오히려 수행하는데 아주 좋은 거죠. 그래서 와우형이 그래서 좋은 겁니다. 역으로 생각하는 거죠. 와우형인데 저쪽 우리 저기 보셨는지 모르겠는데 연목있죠. 그쪽이 소가 좋아하는 풀을……

소가 다 누워있는. 그러니까 요 틀을 정확하게 보려면요. 다음에 기회가 되시면은 피아골 아시죠? 피아골 들어가시면 논 올라가는 길 있는데, 먹통계 올라가는 길이 피아골인데 거기 가면 마을이 나와요. 그 마을에서 10분만 산을 올라가는 길이 있습니다. 쭉 돌아가면 먹통골로 가는 길이 있거든요. 조금만 더 가다보면 여기 보이는 데가 있어요. 거기서 보면 아무리 바보라도 터가 좋다는 걸 알 수가 있습니다.

저 같은 경우는 비행기를 타고 헬기를 타고 몇 바퀴를 돌아봤는데 비행기 기장도 깜짝 놀란 게 어떻게 이 좋은 데를 터를 잡았는지 지리산 전체가 다 나오니까 해발 한 1000피트 이상 높이서 보니까.

예전에는 절터를 잡을 때 멀리서 관망을 하지 않았을까요? 꿈에서 인도를 해…

하하하 맞습니다. 몽중에 그러고 그 옛날에 축지법 들어 보셨자나요. 축지법도 옛날에는 많이 했거든요. 지금은 시대가 다르니까. 축지법도 하는 방법이 있습니다. 사실은 지금 말하는 건 하루에 얼마 하는 게 아니고 하루길에 천리 이천리 가는 거죠. 축지법은 사실 귀신을 이용하는 겁니다. 귀신을 이용하기 때문에 그것은 하지 말아야 하는 거죠. (굉장히 무섭네요 귀신을 이용한다니까.) 원래 축지법을 할라면은 큰 시골에서 봉화 있죠. 수탉 그거를 한 마리 산에서 잡아 그거를 들고 내가 맘대로 할 수 있는 공간을 의시시한데 하나 택합니다. 기가 센데 터가 쌘데. 그런데 가서 그걸 밤 12시에 들고 가요. 들고 가서 목을 쳐서 피를 구덩이를 이만큼 파가지고 100일 동안 매 저녁 그 시간에 가서 1시간 앉아 있어요. 실제입니다. 1시간 앉아 있다가 70일이나 80일 되면 뭐가 나옵니다. 그걸 이

길 수 있는 능력이 되야 그걸 해야지 그렇지 않으면 당합니다. 그래서 축지법 함부로 하지 말아야 돼요. 그 정도로 담력이 있고 내공이 있어야 축지법 이용 하는 거지. 그러면 이제 자기들이 힘 있냐 하면 엎드려 절 할끼고 안그럼 깔려. 내공 있는 사람은 아! 왔느냐 하고 아 왔습니다. 그래니 오른팔 잡아라. 니 왼팔. 너 다리. 너는 오른쪽 다리. 왼쪽 다리. 그리고 샤~ 갑니다. 그게 축지법이지. 지금 그거 하는 법도 없고, 지금 책도 없고 책도 안나오데요. 안하는 게 좋습니다. 그거 예를 들어서 이야기만 해드린 거니까. 참고만 하시고 그 이상은 하지 마세요.

오늘은 대략 한 시간 정도 이야기 들었는데… 저희들이 실은 지금 4시 30분이니까. 쌍계사 가서 사진도 찍고 그래야 됩니다. 귀한시간 주셨는데 저희들이 어떻게 감사드려야 할지 모르겠네요.

아닙니다 제가 답변을 제대로 못해드리고.

저희들 또 나중에 또 와서 좋은 말씀 듣겠습니다. 3월 봄에…

– 채록 : 2008. 9. 29. 자료 제공자: 칠불사 자원 스님, 조사자: 지리산권 문화연구원

9. 칠불암 전설

원탑 부락의 원우송 씨의 소개로 왔다고 하자, 친절히 조사자 일행을 맞아 주었다. 조사취지를 설명하자, 선뜻 응하여, 맨처음 이 이야기를 했다. 참고로 하동군 발행『내 고장 전통 가꾸기』(1983. 12) 속에 실려 있는 칠불암에 관한 부분을 소개하면 다음과 같다.

"칠불암은 화개면 범왕리(凡旺里) 1604번지에 위치하고 있으며, 옛날 가

락국 시조(金首露王)의 10왕자 중 맏아들은 태자로 수봉(受封)되고 그중 2남과 3남은 뒷날 왕후의 성을 따라 허(許)씨가 되었다 하며, 다음 4남으로부터 10남까지 7왕자(金王光佛, 金王幢佛, 金王相佛, 金王行佛, 金王香佛, 金王性佛, 金王空佛)가 그의 외삼촌 장유화상(長有和尙)을 따라 AD 101년에 들어와 현 칠불사 터에 운상원(雲上院)을 짓고 좌선한지 2년 후인 가락시조 62년 8월 15일 밤에 각각 오묘한 진제(眞諦)를 깨닫고 성불하였다고 한다. 그 후 운상원(일명 운상암)을 칠불선원으로 개칭하여 오다가 1967년 3월 10일 사(寺)로 승격하여 칠불사가 되었다."

그러나 위 내용은 근거를 잘 알 수 없고 단지 참고에 불과하다. 이야기 내용 속에 나오는 아자방(亞字房)은 1948년 12월 여순반란 사건 당시 반란군 무리의 토벌 때에 전소하여 온돌만 남았는데 1976년 12월 28일 지방문화재 제 144호로 지정되었다가 1981년 7천여만 원의 공사비를 투입하여 1982년 완공을 보았다고 한다.

칠불사(七佛寺)란 절이 있었어요, 시방, 현재, [마을 뒷산을 가리키며] 이 안에 들어가믄. 칠불사가 어째 칠불사가 됐는고는, 우리 뭐 그 속댐이지, 그 뭐 뜻이 참, 그석을 있는 것도 아닌 거이고(단지 전설일 뿐이지, 진실한 참뜻이 있는 것이 아니라는 뜻), 속담으로서 책을 찾아 챙긴 거이 있어.

김해 가락왕 아들이 저 칠 형제가 와서, 그기서 불도 공부를 했어요, 불도 공부. 인자 우리가 상식으로 아는 거는, [잘못 말하고서는 머뭇거리며 수정하면서] 부처님이, 저, 불, 불도지 아마. 불. 불도가 들어온 것이 가락왕 허태후가 [조사자에게 말을 건네며] 인도서, 인도 사램이거든요. [조사자가 고개를 끄덕임.] 인도서 요리 인자 올 때 [머뭇거리며] 인자 그, 불. 불도를 가지고 들어왔어. 김해 구지봉에, 저 가락왕이 [머뭇거리며] 인자, 저, 그 온다 소리 듣고는 구지봉에 가서 본께, 저 배를, 돛배를 타고 온다 말이여. 그래 인자, 금포(金浦) 끼러갖고 배를 저 나루 우에 갖다 대라. 해갖고 거다 대놨다 말이여. 대갖고 인자 그 가락왕이 영접해 받아들인 것이 내나 김핸데, 그래갖고 [머뭇거리며] 김해 저 뭐, 그래갖고 저, 저. 가락국이 생긴 거이고 [머뭇거리며] 이, 저, 인자 칠불암이. [머뭇거리며] 그, 이, 인자, 그 수로왕이 저 십남 이녀거든요. 그래인자 일곱은 불도로 드가비고(들어가 버리고), 남은 사람은 인자 수로왕 후손을 이어 나돈디, 한 분은 저 허태후, 허태후 집 인자. 근께 외가제, 외손 봉생이제. 외가 집이 아무도 없인게로 고리 한 분이 가고. 인자 한 분은 저그 본손(本孫)을 이어서 나오고, [수정하며] 그러니, 뭐슨 아니. 두 분은. 그러니 저 김해가 [반복하며] 저 김해는 가라국이 생기갖고 있는 거이고. 인자, 그 일곱 사람이 불도 공부헐라고 지리산을 들어와갖고 천지를 헤메고 댕기다가 자리잡은 데가, 시방 현재 칠불사라요. 그 터가 좋던 모양이 라. 그래갖고 그 아자방(亞字房)(2)[주]가락국 김수로왕의 7왕자가 수도하여 성불하였다는곳으로, 한번 불을 지피면 49일간 온기가 지속된다는 전설이 있는 선방(禪房)으로, 구들 모양이 아(亞)자임.이란 뱅이 있는데, 아자방 뒤에 거가 옥보대(3)[주]옥보대(玉寶臺), 옥보고(玉寶高)가 피리를 불었다는 칠불사 뒷계곡. 뒤의 보옥선은 옥보고의 잘못인 듯.라요. [머뭇거리며] 저 아무, 보, 보옥선이. 보옥선이가 그기 옥보대에서 저그 오빠들은 그기 인자 불도를 공부하고 있는데, 거 가서, 날마다 옥보대에 가서, 옥피리를 불었다 말이여. 그래 그 옥보대라고 하는 거입니다.

그러고 인자 여그 속댐이 칠불 비(碑)를 찾으만 불도가, 우리나라에 불도가 들온 것이 금절이 이걸 알겄는데,(4)[주]불교가 들어온 내력을 소상히 알겠는데. 비를 몬 찾아. 비를 알 수 있냐하믄, 또 한 가지 전설이 있어요.

그때 [조사자를 쳐다보며] 인제 그 때는 신라 때라요. 신라 때. [조사자: 고개를 끄덕임] 신라 때 김유신 장군이 삼국통일 안 했읍니까, 삼한을? 삼한을 통합헐 때, 인자 그 산청(山淸) 조로왕 저그 징조(曾祖)지, 내나저 양왕이. 그 징존디, 양왕 능묘가 시방 추존(推尊)을 허고 안 있읍니꺼? [조사자: 예.] 있는디, 거서, [머뭇거리며] 그 뭐이냐? 왕산사라고. 그 예초에 인자 그 저 본손이 그만, 그 김유신 장군이 전장헌다고 돌아댕기고 헌께 마,

본손이 모도 피신 박살이 돼갖고 흩어져ㅃ다 말이여, 그 능소의 집안이. 집에 막 추존을 못허고 묵히놓인께로 인자 중이 들어갔어 요, 중이. 중이 들어가갖고 그 인자 사는디, 절로, 절 왕산사로 맨들어갖고 산다 말이여.

그런디, 저 뭐이냐 중이 들어가 있는디, 이거 자꾸 이름이 생각이 안나. [청중: 천천히 이야기하시오.] 하마. [생각이 난듯이] 맨들어갖고 사는디, 인자 아. 김유신이 인자 전장을 다 끝나고, 백제 치고서 [머뭇거리며] 뭐 뭐이냐? 삼한을 다 절단내서 다 통합을 시키놓고, 들어오인께 인자 중이 산다 말이여. 그래 인자 [이야기 내용을 빠뜨린 것을 깨닫고는] 그, 아, 저 저! 김유신이 이걸 알고 드간 이유가 또 있구마이라우. 그 절을 뺏기ㅂ는데, 절에 중이. [머뭇거리며] 저, 주지. 주지 헌다는 사램이 말입니다. 절원 주관자 그 사램이. 그 앞에 거리에 술 파는 집 가인께로, 그 술 파던 주인이 그것들 자기 쟁끼(長技)라고,

"아! 나 용한 걸 하나 봤다요."

"그기 뭐이냐?"

하인께로, 저 우의 절에는. 아 민형기란 사램이, 그 인자 그 술 파는 사람이 민형기라요. 민형기가 그 절에. 주지가 절에 저 들어가믄, 그 큰 쌀도 옇고 하는 궤가 있는디, 그 궤를 [머뭇거리며] 저, 그, 쇠통을. 열쇠 쇠통을 금으로 맨들었다 말이다. 그걸 뿌시고서(부수어서) 열 수도 없고, 그양(그냥) 아깝애서 몬 버리고 있는데. 그걸 인자 그 민형기가 걸에(거리에) 앉아거, 그걸 자랑을 시켜요. 자기가 끌렀다는 겄을, 그 궤를. 끌러보닌께로 아무 것도 없고, 뭐 있는고 하면 김해[머뭇거리며 반복] 김, 김가, 그시기, 저. 김씨들, 그 저 양왕이 거(거기에) 살고 계시다가 나갔다는 그 전설책이 있어요. 그래갖고 그 책을 보고는 그만 김유신이 알고 들어가서,

"이거는 우리 선조 모시는 집이고 헌디, 이거 도저히 어쩔 수가 없다. 너그 나가거라."

이래갖고, 그 중이 그석을 나와갖고는, 중이 어디 갔는고 하면, 지리산을

넘어서 칠불사라는 데로 왔어요. 와서 보인께, 그 역사가 그 김씨들 역사가 저 비에 쫙 새기있고, 불도 그 역사가 쫙 있다 말이여. '이 비를 놔두고 그 역사를 가지고 있으믄, 또 우리가 쫓기나믄 어디로 갈 것이냐? 갈데도 엄다고.' 해갖고, 그래 그 비를 엄시비다고 그 전설이 그거여.

– 출전 : 『한국구비문학대계』

불일암(佛日庵)

불일암은 고려시대 보조국사였던 지눌이 수행한 암자이다. 고려 희종 때 보조국사 지눌께서 폭포 옆 불일암(1983년에 소실되고, 현재 불일암은 이후 다시 세워짐)에서 수도하시다 입적하신 후 희종이 시호를 불일이라 내리게 되고, 그 시호를 따라 불일암이라 부르게 되었다 한다. 전설에 의하면 폭포 밑 용소에 살던 용이 승천하면서 꼬리로 살짝 쳐서 청학봉, 백학봉을 만들고 그 사이로 물이 흘러 폭포가 되었다고 전해진다.

사실 불일암은 조계산에 있는 송광사 말사인 불일암이 유명하다. 한자(漢字)까지 똑같은 조계산 불일암이 유명한 것은 그 곳에서 법정 스님이 머물렀기 때문이다. 쌍계사의 말사인 하동에 있는 불일암은 암자로서 보다는 불일폭포로 더 알려져 있다. 〈용추의 쌀바위〉 설화 역시 용의 승천 설화가 〈쌀이 나오는 구멍〉 이야기와 습합된 것으로 보인다.

하동 불일암

1. 용추(龍楸)의 쌀바위

불일폭포(佛日瀑布)는 우리 고장의 명소일 뿐만 아니라 우리나라에서도 찾아보기 어려운 이름난 폭포인 동시에 그 풍취(風趣)가 아름답기로 유명하다. 더구나, 백학봉(白鶴峰)과 청학봉(靑鶴峰)이 우뚝 솟아 있는 심산의 흥취는 또 다른 신비감을 주고 있다. 지리산(智異山)의 그 웅대한 멋이 여기에서 맺혀 그 극(極)을 이룬 듯한 곳이다. 천 길 낭떠러지에 흐르는 비류(飛流)는 직하하여 소(沼)를 만들고 있으며 그 이름을 용소(龍沼)라 불리어지고 있다.

용소는 예부터 신비의 못으로 불리어졌고, 그 깊은 심연은 헤아릴 수 없어 더욱 신비롭다. 청학이 서식(棲息)한 이곳은 또한 이상향의 전설도 가지고 있으니 그것은 무엇인가. 인간이 풀 수 없는 자연의 섭리가 이루어지는 곳으로 여겨져 왔다.

아득한 옛날 불일폭포 오른쪽으로 물이 흘러내리고 있었다. 옥수(玉水)는 자연의 신비를 담아 용소로 떨어졌고 그 용소에는 천년 묵은 이무기가 살고 있었다고 한다. 아직 백학봉도 청학봉도 없을 때였으니까 무척 오랜 옛날이 아닐 수 없다. 이 이무기는 천년이 되면 용이 되어 하늘에 오를 것을 기다리며 세월을 보내고 있었다. 또한, 그 옆에는 불일암(佛日庵)이란 암자가 있어 스님이 수도를 하고 있었다.

하루는 뇌성이 치고 벼락이 나무를 때리며 무서운 폭풍이 휘몰아쳤다. 산천은 천지가 개벽되는 것 같이 무서운 변화를 가져오는 것 같았다. 산이 쩍 갈라지고 용소에서 용이 푸른 빛을 발하며 하늘로 오르고 땅은 마구 흔들리며 쾅쾅하는 소리가 천지를 진동하고 있었다. 비는 쏟아지며 뇌성은 이 골짜기를 가르고 있었다. 이윽고, 비가 멎으며 뇌성도 떨어지는 소리가 났다.

불일암에 있던 스님은 이제까지 무서워 꼼짝 못하고 방문을 걸어 잠그고 방안에 있다가 밖이 조용하며 어둡던 창이 밝아오는 것을 보고 방문을 열고 나섰다. 아! 이게 웬 일인가? 이제까지 용소 옆에 하나로 서 있던 산이 두 개로 갈라졌고 곱게 흐르던 물줄기가 없어지고 천인절벽이 생겼으며 그 절벽으론 물이 떨어지고 있어 없었던 폭포가 생겨났다. 이 모든 변화에 잠시 두리번거리며 조심스럽게 언덕을 내려가 보았다.

깊은 절벽 밑으로 새로 물줄기가 났고 폭포수가 떨어지는 언덕에 큰 구멍이 두 개 뚫려 있었다. 스님은 호기심이 일어나 절벽의 뚫어진 구멍 있는 곳으로 가 보았다. 그곳엔 쌀이 흘러나오고 있지 않은가! 스님은 눈을 닦았다. 그리고 다시 보았다. 틀림없이 쌀이었던 것이다. 스님은 기뻤다. 쌀이 나온다. 이는 분명 부처님의 자비가 내린 것이 틀림없다고 생각하며 그는 두 손을 합장하고 감사를 드리며 부지런히 쌀을 암자에 옮겼다.

뒷날 다시 그 절벽의 뚫어진 구멍으로 다시 가 보았다. 그런데, 또 쌀이 나와 있지 않는가! 스님은 또 쌀을 암자에 옮겼다. 그리고는 부지런히 염불을 외우며 부처님께 감사를 드렸다. 이제까지 나무 열매로 생식(生食)을 하며 지냈던 스님은 이제 여유가 생겼고 이 쌀을 화개장에 팔아 다른 일용품을 사기로 했다. 하루는 쌀을 구멍에 옮기고 뒷날은 장터에 내다 팔고 점점 불어나는 재산에 재미가 났다.

이제는 염불도 귀찮아졌다. 세속의 일들이 주마등처럼 머리를 스치고 지나갔다. 더구나 주막집 아낙네의 눈웃음을 잊을 수 없게 되었고, 승복을 입은 주제에 그곳에 갈 수도 없고 그렇다고 이 안타까운 심정을 말할 수도 없어 밤잠을 이루지 못했다. 그러나 쌀을 가져오고 내다파는 일을 계속했다. 하루는 장터의 장사하는 아주머니가 말했다.

"스님 이렇게 조금씩 가져올 것이 아니라 며칠 모아 놓았다가 한꺼번에 가져오시면 수고도 덜고 목돈도 가질 수 있을 것을 무엇 때문에 거의 날마다 나르시는지 모르겠군요."

했다. 스님은 그 말이 옳다고 생각했다. 앞으로 그렇게 하겠다고 하고는 암자로 돌아왔다. 그는 그날 밤 곰곰이 생각을 해 보았다. '저 쌀이 나오는 구멍을 더 크게 판다면 반드시 더 많은 쌀이 나올 것이고 그렇다면 장터 아낙네의 말처럼 될 수 있을 것이다.'라는 생각에 미치자 그는 날듯이 기뻤고 날이 밝기를 기다렸다. 그러나 이날따라 날은 더디게 밝아왔고 마음은 더욱 초조해지기 시작했다.

날이 밝기가 무섭게 스님은 구멍을 더 크게 뚫을 도구를 챙겨서 폭포로 내려갔다. 그는 열심히 구멍을 뚫었다. 비지땀을 흘리며 열심히 뚫었다. 그리고는, 해가 지자 암자로 돌아왔다. 그 이튿날 또 그는 구멍을 뚫었고 닷새 동안이나 구멍을 뚫었는데 뚫은 구멍은 전 것 보다 3배 이상 크게 되었다. 스님은 마음이 흡족했다. 내일부터는 3배로 쌀이 쏟아져 나올 것이니 이제는 큰 부자가 될 것이라는 부푼 기대로 밤잠을 설치며 거의 뜬눈으로 밤을 새웠다.

스님은 날이 밝자 큰 쌀자루를 메고 절벽으로 내려갔다. 그리고는 크게 뚫어 놓은 쌀구멍으로 갔다. 그러나 그 곳에는 3배로 많은 쌀이 있는 것이 아니라 한 톨의 쌀도 없었다. 스님은 구멍 속을 보았다. 또 보았다. 그리고는 생각했다. (어느 도둑놈이 나 몰래 그 많은 쌀을 가지고 간 것이라고.) 그래서, 그날 밤 스님은 그 쌀이 나오는 구멍 앞에 앉아 도둑을 지키고 있었다. 뜬눈으로 도둑을 지켰지만 도둑은 오지 않았다. 스님은 마음을 놓았다. 그렇다면, 오늘은 틀림없이 많은 쌀을 가져갈 수 있을 것이라고 그는 구멍을 보았다. 그러나 그곳엔 아무것도 없었다.

뒷날 사람들은 스님이 욕심이 많아 구멍을 크게 뚫었다가 그만 쌀이 나오지 않았다고 천벌을 받았다고 말한다. 또 용이 하늘로 오를 때 백학봉, 청학봉이 생겼고 용추는 용소가 되었으며, 불일폭포도 생겼다. 그 쌀이 나온 바위를 용추바위라고 한다.

– 출전 : 『하동군지』

| 하동편 출전 |

1. 문헌

- 동봉스님, 『동봉스님이 풀어 쓴 불교설화』, 고려원, 1994.
- 한국정신문화연구원, 『한국구비문학대계』, 1994.
- 최정희, 『한국불교전설99』, 우리출판사, 1996.
- 하동군지편찬위원회, 『하동군지』, 1999.
- 혜능, 『육조단경』, 불광출판사, 2008.

2. 웹사이트

- 한국관광공사(http://korean.visitkorea.or.kr)
- 불교설화(http://hompy.buddhapia.com)
- 쌍계사(http://www.ssanggyesa.net)
- 하동군청(http://hadong.go.kr)
- 하동문화관광청(http://tour.hadong.go.kr)

함양편

—

벽송사(碧松寺)

—

벽송사의 정확한 창건 연대는 알 수가 없지만 옛 절터에 있는 삼층석탑으로 미루어볼 때 신라 말이나 고려 초로 추정하고 있다. 벽송사란 명칭은 조선 중종 15년 벽송 지엄대사가 중창한 후 붙여진 이름이다. 이후 한국전쟁 때 북한군의 야전병원으로 사용되다 소실되었으며, 이후 중건되어 오늘에 이르고 있다. 벽송사에는 삼층석탑과 더불어 목장승 2기가 전해지는데, 목장승은 사찰 입구에 세워져 잡귀의 출입을 막는 사천왕이나 인왕의 역할을 대신하였던 것으로 보인다.

벽송사와 관련한 설화로 벽송사 창건 연기설화와 벽계정심 · 벽송지엄 · 환성종사 · 서룡상민와 관련된 이야기, 그리고 벽송대사에 얽힌 명당이야기를 수록하였다. 이 중 벽송사 연기설화와 관련해서는 흥미로운 점을 엿볼 수 있다. 〈한 대사의 도 닦은 이야기〉에 따르면 벽계 정심의 문하에서 일하던 벽송이 어느 날 깨달음을 얻고, 벽계 대사의 입적 이후 이곳에 벽송사를 지었다고 전해진다. 그러나 『동사열전』에 따르면 벽계대사는 경북 금릉의 황악산 밑에 은거하였다고 하며, 벽송대사가 벽계대사를 찾아가 도움을 받은 적은 있지만, 지리산에 머물렀던 시기는 만년 무렵이라고 전하고 있다. 이렇게 보자면, 벽계정심과 벽송지엄의 관계를 연기설화에서 전하고 있는 것처럼 벽송사 창건의 직접적인 계기로 간주하기에는 무리가 뒤따른다.

그리고 휴정대사의 『청허당집』에 실린 「벽송당 행적」에는 '벽송이 정심을 찾아가 선지(禪旨)를 일깨움 받아 깨달음에 도움이 많았다.'는 내용이 전해지는데, 『동사열전』을 번역한 김윤세는 '벽계대사' 편에서 또 다른 전거 등을 내세우며 "벽송의 정심 사법(嗣法)을 확고히 하기 위한 조처"(『동사열전』, 梵海, 김윤세 譯, 광제원, 1991, 108~109쪽)로 설명하고 있다. 김윤세의 논의에 의탁하자면 결국 벽송사 연기설화는 선종의 법통을 확립하는 과정에서 '광주리'의 지명설화(〈벽송 스님과 벽송사〉 참고) 등이 덧붙여져서 윤색된 결과로 볼 수 있는 것이다.

함양 벽송사

1. 벽송 스님과 벽송사

… 이 벽송사가 정확하게 언제 세워진 절입니까?

이제 뭐 전설로는 신라 말이라 하는데 그건 전설이고 내가 추정하고 문헌적으로 1520년 중종 시절이죠. 벽송지엄 선사에서 창건된 걸로 그렇게 나와 있습니다.

벽송사 사적기도 출간이 됐죠?

네 그렇습니다.

그런 전설은 왜 나오게 된 것인지?

전설이 왜 되었는지는 그 하여튼 벽송 스님이 초창인지 이제 중창하신지 알 수가 없고, 문헌적으로 초창으로 나오니까, 절터만 남아있던데 다시 지어서 중창으로 봐야 하는 건데, 워낙 폐허된 데서 지어졌기 때문에 초창이라 할 수도 있었겠죠. 어쨌던 간에 벽송사 사적기에는 벽송 스님이 처음 창건한 걸로 그렇게 나오니까, 역사적인 어떤 그런 거는 벽송 스님 초창으로 봐야되겠죠 (자 차 한잔씩 하세요).

절을 창건하게 된 이야기는 없습니까?

창건하게 된 이야기는 뭐 구체적인 어떤 언급은 없고, 추정을 해보면은, 벽송 스님의 그 스승되는 분이 벽계정심선산데, 그 분은 음 이제 요 앞에 광주리라는 동네가 있어요, 밑에서 저 안에 있어요. 거기에 계셨다 그래요. 숨어서 은거했다는 거죠. 일설에는 세조 대왕이 뭐 스승처럼 받드니까, 유생들이 이제 반대를 하고, 그 시절에 억불시대니까 큰 스님에 대한 탄압이 있어가지고 원래는 지리산 화악산, 김천 화악산 그 고자동에 숨어계셨다가 거기서 알려지니까 지리산으로 들어오셨다 그래요. 그래서 광주리에 은거하시면서, 뭐 광주리를 만들어 팔고 그렇게 그 보살을 하나 데리고 이렇게 있으면서 속인행세를 하면서 그래 살았다 그래요. 그래서 지금도 지명이름이 광주리에요, 광주리. 광주리 혹은 광오리, 광주리 점 줄여서 광점 이렇게 여러 가지로 불러요. 어쨌던 벽계 스님하고의 그런 인연이 있었던 지명 같아요. 하여튼 벽계스님이 지리산에 오신 건 분명해요 왜냐하면 지리산 꼭대기에 있는 법계사라는, 중산리 쪽으로 내려가다 보면 법계사라는 절 꼭대기에 있는 절에서 보면 벽계정심 승사가 중창했다는 말이 나온다 말이야, 그런 걸로 봤을 때 아마 지리산에 숨어 계셨던 거 같아요. 근데 인제 광주리에 숨어서 지내시면서 신분을 숨기고 은거를 하고 있는데, 벽송 스님이 지리산에 도인 스님이 있다는 소식을 듣고 찾아들어 온 거에요. 3년을 시공했다고 해요. 3년을 나무도 하고 대나무로 광주리도 매고 시공을 하고 그랬는데, 아무 표를 안 내니까, 티를 안내니까 일제 도에 대해서는 일절 말이 없으니까, 그냥 일만 시키고 낮에는 일하고 밤에는 벽 쳐다 보고 앉아 있는 거 그거 말고는 특이한 점이 없단 말이에요. 분명이 도인인줄 알고 시공을 했는데 없으니까, 그래서 인제 그루마를 짊어지고 보따리를 쌌다 그래요. 보따리를 싸가지고 저 큰 개울에 개울 있지 않습니까, 다리 있는데 저 밑에, 큰 개울 다리 거기를 이쪽에 옛날에는 이쪽에 징검다리가 저 위쪽에 있었다 그래요, 지금은 지리산 제일문 이래가지고 쎄면으로 이렇게 해 놓은 그 쪽에 다리가 있었다고 그래요. 글로 건너가는데, 뭐 전설적인 이야기죠, 인제 벽계스님이 뒤에서 이름이 벽송지엄이니까, 법명이 지엄이겠죠. '지엄아' 하고 부르면서 소리를 지르니까, 돌아보는 순간에 '법 받아라' 하는 고함소리에 이제 뭐 참 도를 깨달았다, 그렇게 이제. 그래서 얼마 전까지 벽송정 고 위에 지리산 제일문이라고 하는 그 위쪽에 정자가 있었어요, 정자 터가 있어요. 함양 군수가 거기다 정자를 세우고 동상을 세운다는 말을 합디다만은, 그래가지고 그런 인연으로 다시 들어왔어요.

들어와서 인제 터를 잡은 곳이 바로 여기 탑전에 벽송사 거기서 은거를 했죠. 아무리 은거를 하더라도 이제 그 밖으로 드러나기 마련이니까 제자가 70명 모인 거죠. 70명 제자가 모여가지고 하여튼 지리산 일대가 벽송 스님의 도량이 되었던 거죠. 여기서 지리산 북쪽에는 벽송사, 영원사 지리산 남쪽에는 칠불사, 쌍계사, 그 다음에 그 왜 그저 쌍계사에서 칠불동으로 쭉 들어가다 보면 신흥이 나오고, 더 올라가면 의신마을이 나와요, 신흥이라는 마을이 지금은 마을이지만 신흥사 절이 있었거든요. 의신도 의신사라는 절 이름이에요, 그게, 거기가. 신흥 의신 칠불 상계사를 중심으로 해서 벽송스님 제자들이 다 살았던, 그래서 그 지금도 그 여기서 넘어가는 칠불 넘어가는 고개를 갖다 벽소령, 옛날에는 벽송령이라 했는데 동음탈락으로 해가지고 벽소령이라고 그렇게 부르는데 그쪽하고 이쪽하고 한 도량이에요. 그래서 이제 벽송 스님 제자 가운데 입실 제자가 9명인데, 입실이라 하는 것은 도를 깨달은 제자를 말하는데, 70명 중에 9명이 도를 깨달아서 입실했다는 거지. 그런데 그 9명 중에 가장 뛰어난 분이 세 분이거든 부용영관 선사, 숭인선인 선사, 경성일선 선사 이 세 분이 가장 뛰어난 제자거든요, 아홉 분 중에서도. 그래서 인제 (차 한 잔들 하세요) 부용영관 선사는 인자 벽송 스님 뒤를 이어서 여기 계셨고, 경성 스님이라든가 숭인선인 스님 같은 경우는 남쪽에 있었던가 봐요, 의신사 그쪽에 칠불사 저쪽에. 나중에 서산 스님이 16살에 지리산 왔을 때 처음 만난 곳에 의신사 그 위쪽에 원통암이란 게 있거든요. 원통암에 계시면서, 그 숭인 스님이 거기 계셨거든, 숭인 스님, 숭인노장을 만나가지고 거기서 행자 생활 3년 하고 다음에 사형되는 부용영관 스님도 일로 와서 여기서 3년 동안 행자 생활하고, 22살에 출가하게 되는, 결국 한 도량이라는 거죠. 서산스님이 여기서 출가하고 여기서 오도 하고 여기서 또 보림하고, 보림할 때는 그쪽 넘어 쭉 넘어 서산스님이 흔적이 깃든 곳이 굉장히 많아요. (서산대사가 벽송사에서 출가했습니까?) 출가했어요. 처음 이제 행자 생활을 시작하기는 의신사 원통암에서 시작했죠. (그쪽이 출가가 아니고, 이쪽이?) 출가해서 계를 받기를 여기서 했어요. 행자 생활 6년 했거든 거기서 행자 생활 3년 하고 여기서 부용 스님도 3년 생활을 했어요. 그래서 계사가 은사가 숭인 스님이 은사가 되고, 거 보무면 양육사, 양육사가 요즘말로 은사거든, 글고 경성일선이 전계사, 계를 주는 전계사가 되고, 여기 계셨던 부용영관이 적법사, 세 분이 들어가지고 부용 음, 벽송스님의 3대 제자가 들어가지고 서산스님을 하나 만든 거에요. 간단히 된 게 아니라 서산 스님이 뭐 그냥 우리는 그냥 서산, 서산 하지만 그냥 서산이 된 게 아니고 벽송 스님의 3대 제자가 심혈을 기울여 만들어 논 작품이라는 거야. 그래서 서산 스님의 도량이 여기가 되다 보니까 조선 불교의 중심이 벽송사가 됐던 거죠. 그 이후로 계속 서산문파 그리고 서산 스님의 또 다른 부용 스님의 또 다른 제자 부휴선사라고 계신단 말이에요. 서산 스님과 나이 차이는 많이 나지만 사제거든 서산 스님의 제자 산영스님하고 나이가 비슷해요. 두 살 많지, 아마. 부휴 스님이 부휴선사라고 하는 분이 우리 맥에서 서산부휴 양맥이거든, 양맥이 벽송 부용 밑에 양맥이 나온 거요. 서산문파 부휴문파 이 두 파가 조선불교를 다 이끌어가는 거요. 지금 한국불교의 95%는 서산문파에요. 5% 정도가 부휴문파가 남아있거든. 그런데 조선말까지만 해도 부유문파하고 서산문파하고 대등했어요, 비등비등 했어요. 하다가 이제 범혜 선사라고 하는 분이 그 범혜선사 맞지 아마 불조원류라고 하는 책을 만들면서, 그 사람이 해남 대원사 쪽인데 서산문파거든, 그러니까 부유문파를 고의적으로 많이 없애고 서산문파쪽으로 편향되게 기록을 했어요. 그 이후로 부휴문파가 많이 죽었지만은 어쨌던 간에 조선불교 선맥으로 봤을 때 양대 문파가 벽송스님의 문하 부용영관에서 벌어졌단 말이에요. 그런 어떤걸 보더라도 우리의 한국 불교의 승맥을 봤을 때 고려 말에 태고보우스님으로 잡고 보고 거기에서 흘러나와서 환암혼수 귀곡각운 벽계정심 다음에 벽송지엄이란 말이죠. 그런데 태고보우, 환암혼수부터 시작해가지고 벽계정심까지는 법계가 이렇게 정확하지가 않아요. (…) 그래서 환암혼수부터 벽계정심까지는 그게 역사적인 연대도 안 맞고 갭이 한 100년 정도 나고 그래요. 그런데 이제 정확하게 인제 여기 계셨던 벽송지엄 스님으로부터는 정확해요, 그거는. 모든 문헌이 증명하고 있으니까. 그래서 벽송사가 한국선불교 선종의 어떤 그런 조정이라고 하는 이유가, 종가집이라고 하는 이유가 바로 이제 어떤 뭐랄까요 벽계정심까지도 넣으면은 말할 것도 없지만 그건 불분명하니까 역사적인 근거가 몇 줄밖에 안 나와 있어요. 그건 그만두더라도 벽송지엄 부용영관 청허휴정, 서산대사 그다음에 부휴선수 환성지안 경허선사까지 여기서 떨어지거든요. 경허선사도 여기에 계셨던 그 기록이 있어요. 그래서 여기는 이제 가장 종가라 그러고 이제 할아버지 조자에 뜰정자 조정이라고 이렇게 말하죠. 하여튼 벽송스님이 벽송사에 창건, 중건은 분명하고 또 어떤 조선불교의 선불교의 개막을 알리는 그런 분인 것만큼은 분명해요, 고 점을 말씀드릴 수 있죠.

올라가보지는 않았는데 말입니다. 지금 절터가 그리 크지 않던데 조정입니까? 올려다 보면 상당히 큽니까?

절이 크고 안 크고는 상관이 없고, 그래도 이제 누가 개창을 하고 어떤 분들이 살다갔느냐가 중요한 거죠. 여기서 살다간 주지 스님만 하더라도 백 몇 분이 되요. 백여덟 분인가, 뭐. 그래서 큰 스님이 한두 명이 나도 그게 대단한 절이에요. 해인사 뭐 송광사, 송광사 16국사가 있고 해인사 역대 큰 스님들 다해봐야 20명 정도 밖에 안 되지만 벽송사는 100명이 넘어요 그러니까 조정이지 뭐. 절 규모하고는 아무 상관없는 거에요 그라고 옛날에 벽송사적기 보면 한 30동이 되고 300명 정도 살았다니까 작은 절도 아니에요 그리고 산에 암자가 15개였데요. 그니까 이 일대가, 마천 일대가, 지리산 일대가 다 벽송사 권내에 있었던 거죠. 심지어 환성지안 스님이 계셨을 때 저 산청에 있는 대원사까지도 여기 말사로 되어 있어요. 옛날에 큰 스님이 계시면 다 거기 소속이라 그렇게. 지금에 어떤 행정적인 어떤 혹은 외형적인 사찰 규모를 가지고 그런 건 아니고, 어떤 법맥이라든가 큰스님들의 배출이라든가 승맥의 전승과정이라든가 그런 걸 가지고 하는 말이죠. 우리 뭐 스님들도 다 인정합니다, 벽송사는. 인정 안 할 수가 없죠, 문헌적으로 나와 있으니까.

문헌이야기를 하시니까 그러는데 문헌들이 다 어떻게 전해지고 있습니까?

그게, 이제 벽송사 사적기 그 다음에 저기 서산스님의 행장기에 보면 그 서산스님 제자 보면 삼노화상 행장기라는 것이 나오겠죠? 거기에 벽송사 이야기가 나오고 그 다음에 하동군지에도 나온답디다, 하동군지에도 그 이야기가 가끔 나오고 그 다음에 불교조선불교산가 뭐 하여튼 몇 종류의 전적들이 있어요, 그걸 인제 종합해서 하는 이야긴데. 벽송사는 뭐 화엄사나 쌍계사처럼 본사규모는 아니죠 사실은. 얼마 전까지만 해도 육이오 때문에 다 불타버렸으니까 뭐 그런 상태였으니까 뭐 알려질 수가 없었죠 그게 그죠. 그러나 역사적인 거는 변할 수 없는 거니까 빨치산들이 점령을 해가지고 야전병원으로 사용했거든. 그러니까 우리나라 국군하고 경찰들이 들어와 가지고 여기 마을 노인 환자들이 사오백 명이 즐비했답니다, 여기, 빨치산 환자들이. 저쪽에 숙박재 넘어오고 마천에서 들어오고 사단 병력 그것들이 몇 군대 포위해서 들어와서는 비행기로 공습해가지고는 폭탄을 투하하고 그러면서 사방에서 그냥 쪼여와가지고 몰살시켰다 그래요, 이야기를 들어보니까. 거의 뭐 한두 명 살아가지고 빡빡 기어가지고 마을에 내려왔는데 그거까지 다 색출해서 다 죽였다더만요. 아군도 많이 죽었고, 아픈 어떤 민족의 상처가, 상처의 그 흔적이 남아있는 그런 데죠. 그때 싹다 흔적없이 사라져버렸으니까 천구백육십년 50년대 말 60년대에 들어와서 스님들이 다시 들어와서 살았던 거 같애.

그때 와서 건물 짓기 시작하고, 지금 건물은 오육년 전에 지어진겁니다 그때 흔적은 없죠.

근데 한 가지 궁금한 것은요, 앞에 보살님도 이야기하지만 여기 벽송사가 정말 천하의 명터라는 것은 많이 나와있는데, 큰 명지라는 곳이 실은 이곳이 아니라 여 위 아닙니까? 근데 왜 거기다가 법당을 안 짓고 여기다 …?

원래 거기 집이 있었어요. 집이 있었고 십년 전에 선방도 거기 있었어요. 불났죠, 불이나가지고 10년 전에 불나가자고 선방이 타버렸어요. 타고 지금은 무슨 되도 않은 문화재 보호법 때문에 허가를 잘 안내주고 어쩌고 합니다. 탑이 있거든요, 보물이 있거든요, 보물 반경 몇 미터 이내는 허가를 안내죠. 그런 거 때문에 그렇지 뭐 법이 없으면 당연히 거기 짓죠.

근데 다른 절에 보면 보물도 있고 국보도 있어도 짓던데.

거기 본래 건물이 있었던 데는 상관없어요. 새로 할라니까 이제 발굴해라 뭐 어째라 복잡해지니까 발굴해놓으면 어느 천년에 짓겠어요, 안 그래요? 그러니까 빨리 집을 지어가지고 어떤 옛날 승맥을 이어가지고 좀 스님들이 수행도 하고 제가 와서 볼 땐 템플스테이도 하고 해야겠는데 발굴해서 5년 조사하는데 5년 지나가버리면 어느 천년에, 그래서 우선 그냥 쉬우니까 밑으로 지은 거죠. 그게 그런 거에요 그게. 본래 대웅전도 그쪽에 있었다 그래요 (그러니까 칠불사도 굉장한 명지라 그러고 여기도 명지라 그러고 또 몇 군데, 근데 위가 명지 같은데 …) 위가 어쩌고 글지만은 그 왜 그 쇠 뭐 들고 다니는 사람 있잖아요. 자리 찾아다니는 사람이 명당이라고 그래요, 선방 여기까지 혈이 혈맥이 퍼져 내려왔데요. 우리는 뭐 반신반의 하지만 어쨌든 한 도량이니까 한 도량이니까, 뭐 그런게 있겠죠. 그분들 이야기 들어보면 그런 거 같애요. 우리는 명당의 개념을 그렇게 안보니까 모든 사람이 와서 편안하게 행복한 삶을 살면 그게 명당인 것이지 뭐 안그래요? 스님들로 봐서는 열심히 수행하고 열심히 참 그 모든 사람을 교화하는 그런 어떤 도량 그게 명당이지 뭐 안 그렇습니까? 그분들이 그래요 수도 없이 찾아와요. 맨날 들고 왔다갔다 해서 요기다 뭐 집을 지어야 되고 여기 벗어나면 안 되고 그 사람들 이야기 다 들을 건 없고.

벽송스님 같은 경우는 문집이 지금도 전해진 걸로 알고 있는데 아마 108분이나 되는 엄청난 큰스님들이 여기에서 나오셨고 6 · 25나 그런 전쟁을 통해서 그분들의 문집이나 글들이, 여기에 있던 건 다 산실되어 버렸습니까?

거의 없어요. 몇 몇 도라꾸로 실어, 실어가지고 갔다네요, 그때 고의적으로. 그 중에서 많이 가져간 것이 중광 스님도 많이 가져갔다네 걸레 스님이라고 있었잖나요? 거 왜 일제 시대, 그 또 그 일제 시대 이후에도 아마 여기 일제 시대 살던 대처승들이 인제 아마 그런 책들이라든가 그런 어떤 보물들을 집에 갔다놨다가, 그때는 스님들이 장가를 갔으니까, 가정 집들이 밑에 마천에 다 있었데요. 갔다놨다가 다시 인제 전쟁 끝나고 여기 갖고 왔는데 그런 물건들이 인제 그때 당시에는 별 소중한 줄 모르니까 불쏘시개로 했잖아요. 하다가 그나마 남아있던 것도 조금 아는 사람들이 다 가져가 버린 거야, 조금 그 가치를 아는 사람들이. 그니깐 없어요 없고. 다만 한 가지 다행스러운 건 환승지안스님 이후에 강원이 있었는데, 여기 강원이 있고 여기 금대라고 여기 있거든요. 금대암이라고 있는데, 거기가 선방이거든, 거기가. 벽송사 선방이 거기 있었어요.

금대암이 벽송사 선방이었습니까?

지금은 선방이었는데 거기 암자였으니까 여기가 강원이 있었고 선방이 있었는데 강원에 〈방학록〉이 다행히 전해져 내려오고 있어요. 굉장히 중요한 사료가 되는데, 그걸 중심으로 조실스님 같은 강주와 조실 스님 강주와 조실을 겸했으니까 조선시대 선사가 곧 강사였거든요 선사따로 있고 강사 따로 있는 게 아니라 그러다보니 강주 스님도 조실 스님이라 조실 스님이 면면들이 전부 유명한 선사들이라, 그러니까 그런 걸로 대략 더듬어 보는 거죠. 아 이러한 스님들이 계셨구나.

보통 일반적으로 절에는 장경각이라고 도서관격인 그런 건물이 있지 않습니까, 여기는 어떻습니까?

없죠 뭐 그 옛날 내려오던 그 어떤 것들 그런 유물이라든가 책들이 있으면 성보박물관이라도 만들어질 수 있고 어떤 장경각 같은 경우도 이제 남아있을 수도 있지만은 역사적인 굴곡으로 인해서 잿더미가 됐으니까 있을 수도 없고. (앞으로의 그럼 계획은 없습니까?) 앞으로 계획은 모르겠어요. 장경각 같은 경우는 있으면 좋겠죠. 근데 나름대로 규모가 이 현재 어떤 산세라든가 도량 규모로 봐서 더 커지면 곤란하겠죠. 집들이 들어서면 곤란하고. 있는 것을 다듬는 그런 쪽으로, 선방을 저 위쪽으로 올라가야겠죠. 그런 정도지 규모를 더 크게 해가지고 다 갖출 수 있는 그런 입장은 어렵죠. 다만 수행도량으로 참선도량으로 그 명맥을 이어가는 그게 이제 맞을 거 같아요.

지금 아직 거기에 잘 몰라서 드린 질문인데 제가 한국불교의 기본적인 특징이라면 많은 사람들이 통불교라고 그렇게 이야기합니다. 교종과 선종이 그냥 통합되어 있다는 그런 의미도 포함되어 있다고 생각되는데요. 수행이나 참선을 강조하면서도 경전에 대한 그런 이해라던가 이런 것들이 요구되는 것이 아니겠습니까? 어떻습니까?

당연한 거죠. 좋은데 쫌 음 선(禪)일변도로 수양하는 분들이 계시긴 하지만 실지는 한국불교의 어떤 전통은 선교점수입니다. 선교점수고 또 뭐랄까요 벽송사는 더더군다나 이제 선방 조선시대 선방 강원이 동시에 있었던 절이 얼마 안 되요. 강원이면 강원, 선방이면 선방, 별도로 독립되어 있었지, 선방 강원이 동시에 이렇게 함께 있는 도량은 드물죠. 벽송사는 뭐랄까요 선교를 겸수하는 그런 전통이 내려왔죠, 벽송 스님 이후에. 그래서 요즘 이제 그런 전통을 복원하고 계승하는 의미에서 이제 겨울철에는 주로 참선 실천 쪽으로 이렇게 하고 그 봄가을로는 스님들이 모여가지고 선교를 겸수하는 그런 선회 같은 것도 열고 있어요. 선회가 끝난 지가 불과 1주일도 안 됐어요. 스님 100명 와가지고 아침저녁으로 참선하고 낮에는 경전과 조사 스님의 어록을 강독하고 토론하고 그런 선회를 여는 것도 그런 맥락에서 진행하고.

입구에 목장승이 있는데, 여기 오시는 그분들이 이렇게 시주 비슷하게 돈도 넣어놓고 그러셨던데, 그게 불교적인 그러한 어떠한 믿음이나 신앙의 대상이…?

그런 건 없고 목장승이 변강쇠 옹녀 전설하고 저기 머가 연관이 되는가 봐요. 변강쇠 고향이 밑에 마을이에요. 옹녀가 또 저쪽에 어디 이 부근 살고, 왜 그 그 내용이 뭐더라, 창 하는 거기에 보면 함양골 거기에 나온답니다. 여기에 인제 차라리 구전이라 하는 게 그렇잖아요. 왜냐하면 목장승 그렇게 하면 되는데 구전에는 변강쇠하고 옹녀하고 연관지어가지고 저 목장승을 자꾸 이야기 하는 거에요. 가루지기 타령에도 그런 말도 나오고 하니까. 그것 때문에 찾아오는 사람들이 많아요. 그러고 또 요즘 세상은 무슨 변강쇠가 다 될라고 (웃음) 작정을 했는지, 세태를 반영하는 건지 와서 그걸 묻는 사람들이 많아요. 많고 또 뭐 벽송사에는 목장승이 있으니까 그것도 벽송사의 문화적인 일부니까 실지로 중요한 거는 조선시대에 승맥이 이곳에서 전승됐다, 그야말로 숭유억불 정책 속에서 오백년 동안의 탄압 속에서 그 맥을 이어가는 중심적인 선탈의 역할을 여기서 했다는 그게 정말 중요한 건데 일반사람들은 또 그것이 별로 중요하지 않잖아요. 그거보다 더 중요한 게 스스로가 변강쇠가 되는 것이 더 중요하다고 생각하니까. 그런 어떤 뭐랄까 민속적인 관심이 있는 분들이 또 와가지고 그걸 묻고 또 연구하고 사진찍어가고 또 그런 바램으로 해가지고 동전도 던지고 절도 하고 그래요, 그런 거죠 그게.

제가 아무래도 문학이 전공이다보니까 설화부분이나 전설 같은 부분…

여기 도인송 미인송에 얽힌 전설이 있어요. 사무장인데 전설 이야기를 적어놓은 게 있었는데 어디 있을 거야, 아마. 그이야기가 잼 있을 꺼 같애요. 자료 한번 달라 하세요. 큰 나무가 도인송이고 옆에가 미인송이고 나무가 참 멋있어요.

– 채록 : 2008. 11. 5. 자료 제공자 : 벽송사 월암 스님, 조사자 : 지리산권문화연구원)

2. 한 대사의 도 닦은 이야기

지금으로부터 약 450여 년 전 전라북도 부안에서 부안 송씨 가문의 한 집안에서 송지암(宋芝岩)이라는 아이가 태어났다. 그는 어려서부터 두뇌가 총명하여 열 살 이전에 벌써 사서삼경을 다 읽었으며 스무 살이 되던 해 어느 따뜻한 봄날에 조정에서 과거시험을 본다는 방이 붙었다. 지암은 무과에 응시하여 전국에서 모여든 쟁쟁한 무사들을 물리치고 당당하게 장원급제를 하여 장군의 칭호까지 받게 되었다. 그 당시는 나라가 어수선하여 외세의 위협을 받고 있을 때다. 중국의 명나라에서도 자주 트집을 잡아 괴롭혔고 국경의 침범이 심하였다. 조정에서는 또한 북벌 계획을 시도하여 적군과 싸우다가 전쟁터에서 많은 사람들이 살상을 당하기도 하였다.

그러던 중 장군은 혹독한 혹한 속에서 국경지대를 수비하다가 장검을 짚고 서서 인생의 무상함을 느끼게 되었다. 많은 번뇌 속에서 시름하다가 문득 자신의 나아갈 바를 결정짓기 위해서 스승의 가르침을 받아야 하겠다고 생각하였다. 그리하여 방장산 어디에선가 수도를 하고 있다는 법계정심대사(法戒正心大師)를 찾아가서 가르침을 받기로 하였다. 그래서 그는 함양군 마천면에 소재하는 지리산에 들어가 수십 일 동안 헤매던 중에 드디어 지금의 추성리 광점동에서 대사를 만나게 되었다.

법계정심대사 앞에 무릎을 꿇고 절한 다음 지암은 지금까지 번뇌 속에서 방황하던 자신이 걸어 온 그 동안의 경위를 자세히 말씀드렸다. 그리고 앞으로 나아갈 바를 가르쳐 달라고 간곡히 부탁을 드리자 대사는 쾌히 승낙을 하셨다. 지암은 너무나 기뻤다. 그날부터 기쁨을 감추지 못하고 대사의 문하에 들어가서 일을 했다. 그런데 그 당시 법계정심대사는 이미 불문을 떠나 속세에서 부인과 같이 생활하고 있었다. 식솔들의 의식주 생활을 해결하기 위해서 산에 가서 싸리나무를 베어다가 싸리 제품인 광주리를 만들어 시장에 내다 팔았으며 그 광주리를 판돈으로 생활을 근근히 해결해 왔다.

대사는 매일 지암을 머슴처럼 부리며 산에 가서 싸리나무를 채취해와서 광주리 만드는 것만 가르치고 다른 문제는 일체 언급이 없었다. 지암은 세월이 갈수록 안타까웠다. 이제는 더 이상 이곳에서 머물 필요가 없음을 알고 법계정심대사의 문하에서 떠나기로 결심하였다. 그리하여 대상에게 뜻을 전하니 대사는 '가고 오는 것은 그대의 자유이니 그대의 마음대로 하라.' 하는 대답이었다. 하는 수 없이 지암은 그곳을 떠나 정처없이 또 다른 스승을 찾아서 길을 나섰다.

마천면 의탄리 속칭 살바탕에 이르자 법계정심대사가 '지암아, 너는 도를 받아라.' 하고 부르는 소리가 들려와서 깜짝 놀라 지암은 그길로 다시 광점에 계시는 대사 곁으로 찾아가서 무릎을 꿇고 사죄하였다. 대사는 눈을 감고 한참 동안 묵상을 하더니 갑자기 두 손을 높이 하늘로 치켜 들더니 지암은 '이제 도를 받았느냐?' 하고 물으니 지암은 얼떨결에 자기도 모르게 서슴없이 받았다고 대답을 하였다. 대사는 '지암은 이제 도를 받으라.'고 다시 소리치며 손을 내렸다고 한다. 그러자 이상하게도 이 시각부터 지암은 물욕과 정욕이 사라지고 만물의 원리를 터득하게 되어 벽송대사로 칭호를 받게 되었다.

이곳에서 대사가 광주리를 만들었다고 하여 광주리점이라고 했는데 그 이름이 전해 내려오면서 변하여 지금의 광점으로 부르게 되었고 의탄리의 속칭 살바탕에서 광주리점으로 되돌아가 도를 받고 벽송대사가 되었다고 하여 이곳을 벽송정이라고 부르게 되었다 한다.

지암이 대사로부터 깨달음을 받은 지 삼개월 후에 법계대사가 입적하자 벽송대사는 이곳에 조그만한 절을 짓고 벽송사라고 이름을 지었다. 벽송대사는 이곳에서 도를 닦으며 많은 제자를 교육해서 고승들을 배출시켰으며 70세를 일기로 입적하였다. 입적한 대사의 시신을 화장하자 많은 사리가 나왔다고 한다. 대사의 수제자인 환성대사가 다시 절을 짓고 석탑을 세워 벽송대사의 유품인 염주와 사리 등을 안장하여 오래도록 보존하여 왔으나 6·25 동란 중 사찰이 소실되고 석탑도 파괴되어 석탑의 사리와 유품도 망실되었다고 전해지고 있다.

– 출전 : 함양 문화관광(http://tour.hygn.go.kr/)

3. 벽계대사(碧溪大師) 이야기

스님의 법명은 정심(正心)이고 법호는 벽계(碧溪)이며 경북 금릉군 사람이다. 조선 태종 때 극심한 불교 탄압이 있자 환속(還俗)하여 머리 기르고 처자식과 더불어 금릉군 황악산으로 들어가 물한리(物罕里)에 숨어 살았다.

뒷날 선(禪)을 벽송지엄(碧松智嚴), 교학(教學)을 정련법준(淨蓮法俊)에게 전하여 그로 인해 조선시대 선·교의 두 법맥은 끊어지지 않고 이어질 수 있었다. 아, 무상하도다, 당시의 불교 운명이여!

정열수(丁洌水)는 벽계스님에 대해 이렇게 말했다. "나는 하산(下山)한 뒤에 벽계정심 때문에 북산(北山)을 옮기려는 어리석은 짓을 하지 않고 남쪽 바다로 날으려는 대붕의 비상을 생각하게 됐다." 문인으로, 벽송지엄·묘각수미(妙覺守眉)·정련법준 등이 있으며 기타 사항은 그의 생애를 기록한 행장 속에 갖춰져 있다.

– 출전 : 『동사열전(東師列傳)』

碧溪大師傳

師名正心 號碧溪 金山人也 當太宗沙汰之時 長髮畜妻子 入於黃岳山居於物罕里 禪傳于碧溪正嚴敎傳于淨蓮法俊 宣敎二派 不絕而蕃衍無常哉 時運也 丁洌水曰 我下山後爲碧溪正心 莫作北山之移 追念南溟之徙乎 門人碧溪智嚴 妙覺守眉 淨蓮法俊等 具如行狀

4. 벽송선사(碧松禪師) 이야기

스님의 법명은 지엄(智嚴), 법호는 야로(壇老), 당호는 벽송(碧松)이다. 속성은 송(宋) 씨이며 아버지의 이름은 복생(福生)이고 어머니는 왕(王) 씨이며 전북 부안 사람이다.

어느 날 어머니는 꿈에, 한 인도 스님이 예를 올리고 자고 간 뒤 잉태하여, 조선 세조 10년(1464) 3월 15일 벽송을 낳는다. 아이는 특이한 골격과 웅혼한 기상을 지녔으며 어려서부터 글공부와 칼 쓰기를 좋아하고 특히 병서(兵書)에 능했다.

성종 22년(1491) 여진족들이 북방 변두리에 쳐들어와 그곳을 수비하던

장수를 죽이자 임금은 허종(許琮)에게 명하여 군사 2만을 거느리고 토벌하도록 했다. 벽송은 도원수 허종을 따라 참전하여 니마차(尼馬車)와 싸워 큰 공을 세웠으나 싸움이 끝나고 돌아온 뒤 세상의 속절없음을 느껴 출가의 뜻을 굳힌다. 그는 '대장부로 태어나 마음자리를 지키지 않고 헛된 명예를 좇아 외부로만 치닫겠는가.'라 탄식하고는 계룡산 상초암(上草庵)으로 들어가 조징(朝澄) 대사에게 머리를 깎고 스님이 되니 28세 때이다. 뜻이 높고 행실이 엄격하니 즐겨 선정을 닦는 것이 마치 중국 수(隋)의 낭장(郎將) 지엄(智嚴)에 견줄만 했다.

그는 먼저 교학(教學)에 밝은 연희(衍熙) 스님을 찾아가 원돈교의(圓頓教義)를 묻고 다음에 정심(正心) 선사를 찾아가 '달마가 서쪽에서 온 뜻[西來密旨]'을 일깨움 받아 현묘한 가르침에 의해 깨달음에 도움이 많았다.…(중략)…

조선 중종 15년(1520) 3월, 지리산으로 들어가 초암에 머물며 그로부터 옷을 갈아 입지 않고 하루에 두 번 먹지 않으며 정진을 거듭하였다. 문을 닫고 외부와의 교류를 일체 두절한 채 인사(人事)를 닦지 않자 배우는 이들이 왔다가 우뚝 솟은 언덕을 바라보고는 물러서면서 거만하다고 비방하는 일이 잦았다. 옛 사람[莊子]이 '물고기가 아닌데 어떻게 물고기의 마음을 알겠는가'라고 한 말은 곧 이런 경우를 두고 한 말일 것이다.

벽송은 어느 날 일선(一禪) 장로를 돌아보고 말한다.

"이 하나[是一]라고 하는 것은 이미 진실이다, 거짓이다, 하는 분별을 떠나고, 이름이나 형태와는 상관없이 굳세고 깨끗하며 산뜻하고 걸림이 없는 것이다. 그렇다면 무엇을 일러 참선이라 하는가. 만약 삼라만상이 다 여래의 실상(實相)이고, 보고 듣고 깨닫고 아는 것이 모두 반야(般若)의 신령스런 광명이라 한다면 그것은 마치 천마(天魔)의 종족이나 외도(外道) 사종(邪宗)의 견해와 같은 것이니 어찌 한 맛의 선정이 생길 수 있겠는가."

그러고는 게송 한 수를 읊었다. 또 법준(法俊) 선자에도 정진을 독려하는 게송을 내렸다.

중종 29년(1534) 겨울, 여러 제자들을 수국암(壽國庵)에 모아 법화경을 강설하다가 방편품(方便品)에 이르러 크게 한번 탁식하며 "오늘 이 노승은 여러분들을 위해 적멸상(寂滅相)을 보이고 가리니 여러 분은 밖으로 향해 찾지 말고 더욱 힘쓰라"고 당부했다. 그리고는 시자를 불러 차를 다려 오게 하여 마신 뒤 문을 닫고 단정히 앉더니 한참 동안 잠잠했다. 제자들이 창을 열고 보니 벽송은 이미 열반에 들었다. 때는 11월 초하루 진시(辰時)였다. 입적한 뒤에도 얼굴빛은 변함 없고 팔 다리는 마치 산 사람처럼 부드러웠다. 다비(荼毗)하는 날 밤 상서로운 빛이 하늘에 뻗치고 재를 드리는 날 새벽, 상서러운 구름이 허공에 가득 서리었다. …(이하 생략)…

– 출전 :『동사열전(東師列傳)』

碧松禪師傳

師名智嚴 號壇老 所居堂日碧松 姓宋氏 父日福生 扶安人也 母日王氏 夢一梵僧 設禮寄宿 因以有娠 天順八年甲申三月十五日生 骨相奇秀 雄武過人 幼好書劍 尤善將鑑 弘治四年辛亥四月野人寇朔方 殺鎭將 成宗大王命許琮帥師二萬討之 師亦仗劍從之 擧鞭一揮 大梏功焉 旣罷征芺然日 大丈夫生斯世也 不守心地 役役馳勞耶卽拂衣入鷄龍山上草庵 參祖澄大師剃染 時年二十八矣 自爾志行卓 樂修禪定 若隋郎將智嚴之爾焉 先訪衍熙敎師 問圓頓敎義 次尋正心禪師 擊西來密旨 俱振玄妙 …(중략)… 庚辰三月入智異山棲身草庵 身無再衣 日不再食 不修人事 多以倨慢譏 古人云 非魚安知魚 此之謂也 一日喚侍者 點茶來 茶訖 閉門端坐 良久黙然 開窓視之則已入寂 乃十一月初一日辰時也 顏色不變 屈伸如生 茶毘之夜 祥光洞天薦齋之晨 瑞雲盤空 …(이하 생략)…

5. 환성종사(喚醒宗師) 이야기

스님의 법명은 지안(志安)이다. 지안이란 법명으로 불리게 된 데는 내력이 있다. 스님이 춘천 청평사(淸平寺)에 머물 때의 일이다. 경내 누대 밑에는 연못이 있었는데 오랜 역사의 소용돌이 속에 파묻혀 겨우 흔적만 보일 뿐이었다. 스님의 명에 의해 연못 속의 불순물들을 모두 치워내는 과정에서 짤막한 비석 하나가 발견됐는데, 그 비석에는 '유충관부천리래(儒衷冠婦千里來)'라는 글귀가 적혀 있었다. 대중들은 신기해하였지만 막상 이 글귀가 무엇을 뜻하는지 아무도 선뜻 나서서 해명하지 못했다. 여러 가지 주장과 추측이 난무했으나 모두 공감을 얻기에는 미흡하였다. 그러나 많은 사람들이 모이게 되면 그들 숫자만큼 특이한 재능을 가진 사람들이 많은 법이다.

줄곧 대중 가운데서 홀로 미소를 짓고 있던 한 객승이 성큼 앞으로 나서더니 시끄러운 좌중을 진정시킨 다음 논리정연한 어투로 글귀를 풀이해 나갔다.

"'유충(儒衷)'이라 함은 '선비의 마음'이니 곧 '지(志)'자를 말하며 '관부(冠婦)'는 '갓쓴 여자'이니 여(女) 자(字)가 갓을 쓴 모양의 '안(安)'자를 지칭하는 것입니다. 또 '천(千)'자와 '리(里)'자를 합치면 중(重)자가 되는 법이니 '유충관부천리래(儒衷冠婦千里來)'는 곧 '지안중래(志安重來)'를 의미하며 따라서 이 글귀는 '지안이라는 이름을 쓰는 선지식이 이곳에 다시 올 것'이라는 뜻이 됩니다."

이로 인해 당시 제방에 이름을 떨치던 환성 스님의 법명은 지안(志安)으로 굳혀졌다.

환성(喚醒)이라는 법호에도 역시 내력이 있다. 스님이 해남 대둔사에 주석할 때의 일이다. 언젠가 부처님께 올릴 공양을 차려 놓자 공중에서 세 번 스님을 부르고 스님 역시 세 번 응답한 일이 있어 드디어 법호를 환성(喚醒), 자를 삼락(三諾)이라 하였다.

스님의 성씨는 정(鄭) 씨로서 춘천 사람이며 조선조 현종 5년(1664)에 태어났다. 15세에 미지산(彌智山) 용문사(龍門寺)로 출가하여 머리 깎고 쌍봉정원(雙峰淨源)에게서 구족계를 받은 뒤 17세 되던 해에 월담(月潭)에게 가르침을 구했다. …(중략)…

지리산에 주석할 때의 일이다. 언젠가 한 도인이 나타나 "스님께서는 속히 이 자리를 떠나십시오"라며 곧 재앙이 닥칠 것을 암시한 뒤 홀연 사라져 버린 일이 있다. 과연 며칠 뒤 환성이 머물던 곳에서 화재가 발생, 그곳은 잿더미로 변해버렸다.

또 금강산 정양사(正陽寺)에 머물 때의 일이다. 어느 날 큰 비가 내리자 환성은 서둘러 행장을 꾸려 걸메 메고 그곳을 떠나갔다. 산 밑의 어느 부잣집에서 스님께 쉬어가도록 청하였으나 스님은 들어가지 않고 인근 조그만 집에 투숙하였다. 그날 밤 절과 그 부잣집은 모두 물에 잠겨 떠내려가 버렸다.

환성의 강의내용은 유묘(幽妙)하여 의심하는 사람들이 적지 않았다. 그런데 언젠가 낙안(樂安)의 징광사(澄光寺)에 빈 배가 와서 언덕에 닿았는데 그 안에는 육조(六祖) 이래 주해된 제경(諸經) 1천 1백 함(函)이 있어 이를 고증하여 보니 환성의 강의 내용과 여합부절해 사람들을 탄복케 하였다.

영조 1년(1725) 전북 김제에 위치한 금산사에서 화엄대 법회를 여니 1천 5백여 명의 대중들이 참석, 대성황을 이뤘다. 전국을 떠들썩하게 만들었던 이 역사적 집회는 당시 조정을 긴장케 함으로써 뒷날 환성을 귀양가서 죽도록 하는 비극의 불씨기 된다. 영조 5년(1729) 마침내 법회사건을 끈질기게 호도해 온 한 무고자의 무고(誣告)에 의해 환성은 지리산에서 체포돼 호남의 옥에 갇히게 된다. 그 뒹 얼마 지나지 않아 환성은 무죄임이 밝혀져 풀려나게 되었으나 전라도의 한 고위 관리가 끝내 불가(不可)

함을 주장, 또 다시 머나먼 제주도 유배길에 오른다. 환성의 고난은 개인적인 고난이 아니라 당시 혹독한 탄압을 받고 있던 불교 전체의 고난을 상징하는 것이었다.

제주도에 유배된지 7일째 되던 7월 7일, 환성은 중생구제를 위한 원대한 서원(誓願)을 펴보지 못한 채 홀연 열반에 든다. 누려온 나이 66세, 법랍 51세였다. 환성의 열반은 곧 한라산이 울고 바닷물이 끓어오르는 등 이변을 보이자 제주도 사람들은 환성을 '삼성(三聖)의 예언에 나오는 바로 그 분'이라고 단정하였다.

제주도에는 예로부터 세 분의 성자가 이곳에 와서 생애를 마칠 것이라는 전설이 구전되어 온다. 이를 증명이라도 하듯 한라산 상봉의 돌부처 등에는 다음과 같은 글귀가 보인다. '세 분 성자의 입적처, 한 분은 중국 정법보살(正法菩薩)로서 와서 살다가 입적하고, 또 한 분은 우리나라의 허응존자(虛應尊者)로서 들어와 살다가 열반을 보이며, 다른 한 분은 환성 종사로서 유배되어 살다가 열반에 들리라.' …(이하 생략)…

– 출전 : 『동사열전(東師列傳)』

喚醒宗師傳

先師名志安 住春州淸平寺 樓下有影池 搗塞已久 濬之得短碑刻曰 儒乘冠婦千里來 解之者曰 儒乘志也 冠婦安也 千里重也 謂志安重來 仍名焉 住海南大芚寺 設淨供 空中三呼 醒亦三應出 遂號曰喚醒 字曰三諾 姓鄭氏 春州人 顯宗五年甲辰康熙三年十五出家 落髮於彌智山龍門寺 受具於雙峰淨源 十七求法於月潭 … (중략) … 住金剛山正陽寺 一日天甚大雨 師促裝去 山下富家 請師不入 投宿矮舍 其夜寺及富割家 俱沒水去 乙巳設大法會於金山寺 衆凡一千五百人 雍正七年己酉六十六竟以會事有誣捏者 自智異逮繫湖南獄 未幾蒙宥 道臣執不可 竟流於耽羅 到 彼七日 爲七月七日也 忽示寂 山鳴三日 海水沸騰 驗三聖之讖矣 三聖者 漢拏山上有石佛 有文在

背日 三聖入寂處 一中國正法菩薩 來居入寂 二東國檻應尊者 入居示寂 三喚醒宗師 流居示寂 … (이하 생략) …

6. 서룡상민(瑞龍詳玟)의 입적

서룡 상민(瑞龍詳玟, 1814~1890) 스님은 조선시대 후기에 벽송사에 머물렀던 고승으로, 벽송사에는 그에 대한 일화가 전한다. 서울에서 태어났으며 속성은 광산김씨(光山金氏)로, 조선시대 중기의 대학자 김장생(金長生)의 8세손이다.

17세에 종로에서 관인(官人)이 사형당하는 것을 보고 세속의 명리가 큰 걱정거리가 됨을 깨닫고, 경기도 안성 청룡사(靑龍寺)로 출가하여 영월(影月)의 제자가 되었다. 19세에 지리산 안국사에서 용악(龍岳)에게서 불경을 배운 뒤 용암(龍巖)에게 선(禪)을 배웠으며, 성전(聖典)의 법맥을 이어받았다. 그 뒤 벽송암에 머물면서 암자를 중창하였다. 그러나 자기 본래 면목을 밝히지 못하였음을 깨닫고 지리산 칠불암에 가서 수년 동안 좌선하여 깨달음을 얻었다.

1889년 12월 27일 병을 얻어 29일 열반에 들려고 하자 대중이 그 해를 마치는 불공이 바빠 걱정하였다. 그는 "내가 60년 중노릇을 하였는데 세상을 떠날 때에 어찌 불사(佛事)에 방해하겠는가?" 하고 연기하였다.

다시 새해 초이틀 또 열반하려 하자 대중이 또 칠성재(七星齋)로 걱정을 하였으므로 다시 연기하였으며, 4일 사시(巳時)에 대중으로부터 불사가 없음을 확인한 뒤 모든 것을 부촉하고 조용히 입적하였다. 입적하면서 제자들에게, "불법을 닦을 때 생사를 해탈하려고 하면 먼저 생사가 없는 이치[知無生死], 둘째 생사가 없는 이치를 증득하여야 하며[證無生死], 셋째 생사가 없는 것을 활용할 줄 알아야 한다[用無生死]."는 유명한 말을 남겼다.

상민 스님의 법맥은 부휴 선수(浮休善修)스님으로부터 비롯되는데, 이어서 모운 진언(慕雲震言, 1622~1703) - 원민(圓旻) - 회암 정혜(晦庵定慧, 1685~1741) - 성안(性眼) - 홍유(弘宥) - 경암(鏡巖) - 중암(中庵) - 성전, 그리고 상민 스님으로 이어진다. 스님의 대표적인 제자로는 영운(嶺雲) · 동운(東雲) 등이 있다.

– 출전 : 대한불교조계종(http://buddhism.or.kr)

7. 무자손천년향화지지(無子孫千年香火之地)의 명당

동진면 장동리 봉덕마을 입구에는 지응대사선비지묘(紙鷹大師先駢之墓)라고 쓰인 묘비가 하나 있다. 자손이 없더라도 천년이 넘게 향불이 그치지 않는다는 무자손천년향화지지(無子孫千年香火之地)에 어머니를 모신 조선 중기의 대선사 벽송대사(碧松大師, 紙鷹大師)의 예지가 넘치는 명당자리 묘지인 것이다.

일명 지응대사라고도 불리는 벽송대사는 태인 출신으로 성은 여산 송(宋)씨라고 한다. 그의 어머니는 일찍 남편을 여의고 슬하에 일점의 혈육도 없음을 항시 허전하게 여기다가 여산 송씨 집안으로 개가하여 얻은 아들이 바로 벽송이다.

벽송은 어머니의 극진한 사랑 속에 총명하게 자랐으나 당시 서얼에 대한 인간 이하의 차별대우와 구박으로 인해 어머니 곁을 떠나 수도승이 되어야겠다고 결심하고, 태인 근처의 용문암(龍門庵)이라는 암자에서 수도하면서 지리[風水]를 공부하여 이름을 얻게 되었다고 한다. 그러던 어느 날 갑자기 태인의 고현(古縣) 내에 있는 도강(道康) 김 씨(金氏) 집안으로 시집 간 누님를 찾아갔다. 뜻밖에 찾아 온 벽송을 보고 누님은 반가이 맞아주며 대접을 잘 하여 주더니 명당자리 한 자리 잡아주기를 간청했다. 벽송은 배다른 동생이지만 차별하지 않고 대해주는 누님이 고맙기도 하고 지금까지 공부한 풍수를 시험해 보기 위해 좋은 명당자리를 잡아 주었다. 그러자 도강 김 씨네는 크게 흥하여 부귀가 끊이지 않았다고 한다. 그 후, 벽송은 부안의 변산으로 들어가 내소사에서 청련암 가는 중간쯤에 벽송암(碧松庵)을 짓고 수도에 정진하였다.

한편 그의 어머니는 사랑하는 아들의 행방을 몰라 팔방으로 수소문하며 찾아 헤매다가 변산에서 수도하고 있는 아들을 만나, 귀가할 것을 간청했으나 이미 불도에 깊이 귀의한 벽송의 마음을 돌이킬 수는 없었다. 하는 수 없이 작별하면서 한 가지 굳은 약속을 하였는데 비가 오나 눈이 오나 초하루와 보름, 오늘 작별하는 이 고개에서 상봉하기로 하였다.

아무리 어머니이지만 수도승이 지켜야하는 청계(淸戒)의 영역 안에는 부녀자가 들어올 수 없으므로 암자로부터 십리가 넘는 이 고개 마루에서 만나 모자의 정도 나누고 새 옷과 헌 옷을 바꾸기로 한 것이다. 그 이후로 이 고개를 옷을 바꾸는 고개라 하여 환의재(換衣峙), 또는 모자가 기쁘게 만난다고 하여 환희재(歡喜峙)라 부르는데, 지금의 내소사에서 진서 연동으로 넘어가는 고개를 말한다.

그의 어머니가 아들과 헤어질 때마다 하는 말이,

"나는 너 하나만을 믿고 살아 왔는데 네가 이렇게 수도하는 중이 되어 출가하였으니, 네 한 몸은 수도하여 도를 이룬다 한들 너의 후손은 끊어지고 말 것이니 그것이 한스럽구나."

하는 것이었다. 그럴 때마다 벽송은,

"어머니 염려 마세요. 어머니께서 천수를 다 하고 가신 후에 무자손천년향화지지에 모셔 향불이 끊이지 않도록 할 것이오니 염려 마세요."

하고 어머니를 위로하였다고 한다. 그 후, 벽송은 대오(大悟)하여 고승이 되었으며, 돌아가신 그의 어머니를 지금의 동진면(東津面) 동성초등학교 뒤 봉덕리(奉德里) 산에 모셨는데, 이 지방 사람들이 이 묘에 명절날 치성을 드리면 가족이 일 년 내내 무병하고 재수가 좋다하여 다투어 제사를 지내고 있다고 한다. 또 이 무덤의 풀은 '야니락(학질의 일종)'이라는 병에 특효가 있다고 하여 다투어 뜯어가므로 자손이 없어도 저절로 벌초가 되는 셈이어서 과연 '무자손천년향화지지'의 명당이로구나 하고, 벽송대사의 깊은 효심과 신통력을 칭송한다는 이야기가 전해오고 있다.

– 출전 :『전설지(傳說誌)』

보림사(寶林寺)

1. 돌부처의 신력(神力)

미륵전에 봉안된 용산사지석조여래입상(龍山寺址石造如來立像)이 방치되어 있을 때였다. 보살 한 분이 그곳으로 이사를 왔는데, 돌부처님이 방치되어 있는 것을 보았다. 넘어져 한 구석에 처박혀 있었는데, 동네 아이들이 올라가는 등 그야 말로 굴러다니는 큰 돌멩이와 같았다고 한다. 그런 돌부처님을 잘 추슬러 집에 보관하고 관리를 하기 시작했다.

이 집 보살의 아이가 태어날 때부터 눈이 많이 아팠는데, 돌부처님을 집에서 보관하고 관리한 후에 눈이 말끔히 나았다고 한다.

그러다가 1990년에 보림사에 기증을 하게 되었고, 기증을 받은 보림사는 용산사지석조여래입상을 경상남도 유형문화재로 등록했다. 돌부처님을 기증한 보살은 이후에도 보림사를 찾아 매일같이 새벽기도를 올린다고 한다.

– 출전 : 전통사찰관광종합정보(http://www.koreatemple.net)

함양 보림사

영원사(靈源寺)

영원사는 신라 경문왕 때 영원조사가 창건한 사찰이라고 전해지지만 이를 뒷받침할 만한 문헌이나 유물은 없는 형편이다. 고승들의 방명록이라고 할 수 있는 조실안록(組室案錄)에는 부용영관(芙蓉靈觀), 서산대사, 청매(靑梅), 사명(四溟), 지안(志安), 설파 상언(雪坡 常彦), 포광(包光) 스님 등 당대의 쟁쟁한 고승들이 109명이나 이곳에서 도를 닦았다는 기록이 있는데, 이로 보아 조선 시대의 손꼽히는 선방 중의 하나였음을 알 수 있다.

영원사에는 영원조사와 영원사 인근의 '황소목'과 관련된 설화가 두드러지는데, 두 종류의 설화에서 등장하는 영원조사는 신라 시대가 아닌 조선 시대의 승려이자 또한 창건주로 전해지고 있다. 동명이인(同名異人)인지 혹은 전승되어 오던 설화가 기록되는 과정에서 시대가 바뀐 것인지는 알 수 없다. 두 종류의 설화에서 흥미로운 점은 연기조사와 그 스승이자 제자인 명학(혹은 매학)과 얽힌 인연으로서, 구렁이 모티프를 이용하여 윤회, 대오(大悟) 등의 주제를 잘 보여주고 있다는 점이다. 그렇지만 연기 설화에서는 스승이 자신의 과실로 인해 구렁이로 변하는데 비해, 지명설화에서는 스승의 말을 어긴 영원조사 때문에 스승이 구렁이로 변하게 된다. 전자가 인과응보를 드러내기 위한 모티프로 차용되었다면, 후자는 낚시 이야기와 더불어 영원조사의 각성 계기를 드러내기 위한 모티프로 사용되고 있는 것이다. 이는 제재에 맞춰 변형되는 설화의 특징을 잘 보여주는 것이라고 할 수 있다.

함양 영원사

1. 번갈아 드는 생

임진왜란 당시 부산의 동래 범어사에 노스님이 한 분 살고 있었다. 그의 법명은 명학이라 했다. 명학 스님은 평생을 재물 모으기에 힘썼다. 수도는 뒷전이었고 신도들의 시주가 들어오면 대중들에게 베풀기보다 늘 자신의 주머니를 채우기에 급급했다. 그런 그에게 미래를 내다보는 예지가 숨어 있었다. 하루는 소산 앞을 지날 때였다. 소산은 조선의 의병들이 왜적을 막기 위해 진을 치고 있던 마을이었다. 그는 마침 한 초가에서 상서로운 기운이 감도는 것을 보고 뭔가 특별한 일이 있을 것으로 생각했다. 옷깃을 여미며 집 앞에 이르자 안에서 애기 울음소리가 들렸다.

"으앙, 으앙, 으앙."

옥동자가 태어난 것이다. 명학 스님은 문 밖에서 애기 울음소리가 그치기를 기다려 방안을 향해 소리쳤다.

"축하합니다, 시주님. 옥동자를 낳으셨군요. 그런데 부처님과 인연이 깊은 아이입니다. 잘 기르십시오. 소승이 10년 뒤에 데리러 오겠습니다."

밖에서 들려 오는 남정네 소리에 정신이 퍼뜩 든 여인은 특히 부처님과 인연이 깊은 아이라는 말에 신경을 곤두세우며 물었다.

"누가 오셨습니까?"

"예, 빈도는 범어사에서 사는 비구 명학이라 합니다."

"그런데 어인 일이 신지요. 그리고 제 아이가 부처님과 인연이 깊다고요?"

"예, 그렇습니다. 그것도 아주 깊습니다, 그려."

"그렇다면 당연히 부처님께 바쳐야만 하겠지요. 허나 피할 도리는 없는 것입니까?"

"이는 전생부터의 인연이라 사람의 힘으로 피할 수 있는 게 아닙니다."

"하온데 언제쯤 데리러 오신다구요?"

"예, 10년 뒤에 다시 오겠습니다."

그로부터 10년의 세월이 지났다. 임진란도 이미 끝이 났고 나라는 안정을 찾아가고 있었다. 하지만 건국 초기부터 있어 온 당파싸움은 임진란이 있을 때에 좀 가라앉은 듯하더니 다시 이어졌다. 게다가 스님네는 마음놓고 저잣거리를 나다닐 수도 없었고 탁발하기는 더욱더 어려웠다.

그런 와중에도 명학 스님은 전에 약속했던 아이를 데리러 갔다. 하지만 10년 전의 약속과는 달리 남편이 반대하므로 난처하다고 했다. 명학 스님은 하는 수 없이 발길을 돌려 범어사로 돌아왔다. 그런데 이게 어쩐 일인가. 웬, 동자 하나가 명학 스님 방 앞에 앉아 있는 게 아닌가. 명학 스님이 물었다.

"너는 어디서 온 아이냐?"

동자가 태연하게 말했다.

"스님께서 절 데리러 오신다고 했던 명학 스님이시지요? 하지만 전 제 힘으로 왔습니다."

"제 힘으로 왔다?"

명학 스님은 혼잣말처럼 중얼거리며 문득 오조홍인 문하에서 법을 받아나오는 육조혜능을 생각했다. 육조가 오조에게 말했다.

"깨닫기 전에는 스님께서 저를 건네 주셨지만 이제 깨닫고 나서는 제가 제 힘으로 자신을 건네겠습니다."

명학 스님은 이 동자가 보통내기가 아님을 느꼈다. 그는 동자에게 물었다.

"그래, 어떻게 왔느냐?"

동자가 대답했다.

"신통으로 왔습니다."

점입가경이었다. 명학 스님은 내심 놀라며 다음 질문을 던졌다.

"신통이라면 축지법을 말하는 게냐? 아니면 둔갑술을 뜻하는 게냐?"

동자가 대답했다.

"보고 듣고 느끼고 말하고 침묵하고 움직이고 조용하고 앉고 서고 가고 누움이 모두 신통인데, 스님께서는 하필 축지법과 둔갑술을 말하십니까?"

명학 스님은 망치로 뒤통수를 한 대 얻어맞은 느낌이었다.

"일상적 신통이란 말이지. 그래 어디 한번 신통을 보여 주지 않겠느냐?"

동자가 문득 삼배를 올리고 나서 명학 스님 앞에 차수를 하고 말했다.

"이미 신통을 보여 드렸습니다, 스님."

명학 스님은 그를 상좌로 받아들였다. 그리고 방광이라 법명을 지어 주었다. 방광은 스님의 잔심부름을 비롯하여 조석의 예불도 곧잘 모시곤 했다.

그러던 어느 날 명학 스님은 방광을 시켜 땔나무를 해 오라고 일렀다. 땅거미가 어둠에 묻히고 나서야 방광은 돌아왔는데 빈 지게였다. 명학 스님이 물었다.

"나무하러 간 녀석이 어찌하여 나무는 안 해 오고 빈 지게만 지고 돌아왔느냐?"

"스님, 도저히 나무를 벨 수 없었습니다. 왜냐하면 낫으로 나무를 찍으니 찍히는 자리에서 피가 흐르고 나뭇가지가 비명을 지르며 식은땀을 흘리지 않겠어요? 그래서 하는 수 없이 그냥 돌아왔습니다."

"아니, 이런 녀석이 있나. 나무가 피를 흘리고 비명을 지르며 식은땀을 흘린다고? 내 60평생을 살았다만 너처럼 능청스럽게 거짓말을 하는 녀석은 처음 보았다. 고얀 녀석 같으니라구, 어험."

그 일이 있고 나서 어느 날 명학 스님이 방광을 데리고 산책을 나갔다. 명학 스님이 주장자를 들어 바위를 두드리며 앉았노라니 방광이 다가와 말했다.

"스님께서는 바위의 비명소리를 듣지 못하십니까?"

"뭐? 바위가 비명을 지른다고?"

"언젠가 스님께서 제게 일러 주시지 않으셨습니까. 삼리만상이 모두 스승이시라구요. 한데 지금 스님께서 바위를 두드리시니 바위가 아프다고 하는 것은 당연한 것이지요."

명학은 방광을 이길 수가 없었다. 산책을 그만두고 돌아온 명학 스님은 방광을 앞에 앉혀 놓고 조용히 말했다.

"나는 너를 지도할 수가 없구나. 더 큰 스승을 찾아 떠나거라."

그리하여 방광은 명학 스님 곁을 떠나 금강산으로 들어갔다. 금강산 영원동에서 세속과 인연을 완전히 끊고 오직 한마음으로 정진하기를 15년. 그는 마침내 완전한 깨달음을 얻었다. 그리고 영원동에서 깨달음을 얻었다 하여 '영원'이라 스스로 호를 붙여 영원 스님이 된 것이다. 영원 스님은 다시 3년 동안 영원동에서 보림을 하고 있었다.

하루는 선정에 들어 법열을 만끽하고 있는데 홀연히 염라국이 나타나고 거기서 범어사의 옛 스승 명학 스님의 죄목을 묻는 소리가 들렸다.

"네 이름이 명학이가 맞더냐?"

염라대왕의 물음이었다. 명학 스님이 우물쭈물대자 다시 호령이 떨어졌다.

"다시 묻겠다. 맞느냐, 틀리느냐?"

"맞습니다. 명학이라 불렸습니다."

"네가 이곳에 왜 왔는지 아느냐?"

"잘 모르겠습니다."

"모르겠다고? 어험. 너는 인간세상에서 선한 일이라곤 조금도 한 일이 없었고 오직 탐심으로 재물 긁어 모으기에 여념이 없었다. 사실이냐?"

"생각해 보니, 그런 것 같습니다."

"생각해 보니 그런 것 같다고. 이런 못된 자를 보았나. 너는 그 죄로 구렁이 몸을 받으라."

판결은 끝난 모양이었다.

억울하다 부르짖는 스승의 비명을 들으며 선정에서 깨어난 영원 스님은 부랴부랴 행장을 꾸려 범어사로 향했다. 범어사에 도착해 보니 큰 구렁이가 골방에 서리서리 또아리를 틀고 팥죽을 먹고 있었다. 범어사 대중의 얘기로는 이 구렁이가 팥죽을 잘 먹기에 늘 팥죽을 쑤어 대접하곤 했다는 것이다.

"명학 스님께서 열반하신 지 얼마나 됩니까? 오래는 안 되셨지요?"

한 스님이 대답했다.

"예, 이제 오늘이 열흘째입니다."

"그럼 이 구렁이가 여기 있은지는 며칠이나 됩니까?"

"예, 오늘로 한 파수가 됐지요."

영원 스님이 가만히 손가락을 꼽으면서 계산해 보니 자기의 옛 스승인 명학 스님의 업보신이 틀림없었다. 영원 스님은 구렁이가 팥죽을 다 먹기를 기다려 공손하게 구렁이 앞에 큰절을 올렸다.

"스님, 어찌하여 이렇게 되셨습니까? 어서 해탈하시어 승천 하옵소서."

영원 스님이 말을 마치고 밖으로 나가니 구렁이도 또아리를 풀고 따라 나갔다. 시냇가에 이르러 영원 스님이 말했다.

"스님께서 이런 몸을 받으신 것은 전생에 탐욕스런 마음으로 재물을 긁어 모을 줄만 알았지 베풀어 줄 줄은 몰랐기 때문입니다. 스님도 이러하거늘 하물며 일반 대중이나 재가불자야 말해 무엇하겠습니까? 부디 모든 인연을 놓아 버리시고 집착하지 마옵소서."

말을 마치자 들고 있던 석장으로 구렁이를 내리쳤다. 그때였다. 죽어가는 구렁이의 몸에서 파랑새 한마리가 나오더니 영원 스님의 품에 안기는 것이었다. 그는 새를 품에 안고 금강산으로 향했다. 가는 도중 품안에 있는 새는 암수의 짐승이 짝짓기를 하는 곳이면 어느 곳이나 가리지 않고 날아가 퍼득거리곤 했고 영원 스님은 이를 붙잡느라 진땀을 뺐다.

그러던 어느 날, 해가 져서 더 갈 수가 없어 인가를 찾던 중 젊은 부부가 살고 있는 집에서 하룻밤 묵어 가게 되었다. 영원 스님은 새를 주인에게 맡기고 당부하였다.

"이 새를 놓치지 마십시오. 그리고 앞으로 1년 뒤에는 이 댁에 옥동자가 태어날 것입니다."

"옥동자라고요? 그러지 않아도 결혼한 지 3년이 넘도록 아무런 소식도 없었는데, 듣던 중 반가운 소식입니다."

주인 내외는 진심으로 반가워했다. 영원 스님이 말했다.

"그 옥동자는 부처님과 인연이 아주 깊습니다. 제가 10년 뒤에 다시 데리러 오겠습니다. 그럼 이만."

그 후 10년이 지난 뒤 영원 스님은 이 집을 다시 찾아 사내아이를 데려갔다. 영원 스님의 나이도 40 고개에 올라섰을 때였다. 그는 동자의 머리를 깎아주고 이름을 학보라고 지었다. 그것은 인과응보의 원리를 깨치라는 의미였다.

영원 스님은 그 후 학보에게 큰절을 올렸다. 학보는 깜짝 놀라 뒷걸음을 쳤다. 영원 스님이 말했다.

"저는 본디 스님의 제자였습니다. 스님께서는 전생에 명학이라 하셨지요. 그런데 탐심이 많아 구렁이 몸을 받았고 이제 그 몸을 다시 바꾸어 사람으로 환생하신 것입니다. 정신을 차리시고 제 눈을 똑똑히 보십시오."

그 순간 학보는 비로소 자기의 전생을 보았다. 이미 깨달음을 얻었기 때문이었다. 깨닫고 나서야 스스로 호를 붙여 우운이라 하였다. 우운수좌는 영원 스님이 전생에 자기 제자였으면서도 그를 통해 업보의 몸을 벗고 사람으로 환생하여 우운이 되었음을 알고 고마운 마음을 금할 길 없었다. 그러나 우운수좌에게는 아직 미진한 구석이 있었다. 아무리 영원 스님이 고맙다손 치더라도 전생에 구렁이 몸을 받았을 때 석장으로 때려 자기를 죽인 원한이 서려 있었다.

어느 날 밤이었다. 영원 스님이 잠든 틈을 이용하여 우운수좌는 방으로 스며들었다. 그의 손에는 날카로운 도끼가 들려 있었다. 영원 스님은 깊은 잠에 들어 있었다. 그러나 그는 미리 앞 일을 알고 벽장 속에서 자고 있었던 것이다.

그는 방문이 열리는 소리를 들었고 벽장 문틈을 통해 우운의 동태를 지켜보았다. 우운수좌는 살금살금 영원 스님의 침상의 곁으로 다가갔다. 침상에는 방석과 베개를 잇대어 놓아 사람이 자는 것으로 알게끔 해 놓았다.

그때였다. 우운수좌는 들었던 도끼를 내리찍었다. 이를 지켜 본 영원 스님이 벽장문을 열고 나오며 말했다.

"스님, 이제 숙업은 다 해결되었습니다. 어서 도끼를 내려 놓으십시오."

우운수좌는 힘없이 도끼를 내려 놓았다.

그 후 우운수좌는 착한 일을 많이 하고 올바르게 깨달아 비로소 우운조사라는 큰스님이 되었다.

한편, 스승을 제도한 영원 스님은 전국을 운수납자로 행각하면서 많은 제자를 제접하고 불자를 교화하였다. 나중에 경남 함양군 마천면 지리산에 들어가 절을 세워 영원사라 하였다. 이 절에서 걸승이 배출되었으니 부용선사, 청하선사, 청해선사 등이었다. 그리고 우운 스님은 나중에 법명을 진희라 했다. 사미승 때 불렸던 학보라는 이름 대신 우운진희대사가 된 것이다. 그는 소요태능(1562~1649)선사의 법을 이었으며 통도사 중창불사에 크나큰 공헌을 했다.

– 출전 : 『동봉스님의 풀어 쓴 불교설화』

2. 영원조사와 명학동지

이조시대에 경상도 동래군 금정산(金井山) 범어사(梵魚寺)에 명학(明學)이란 스님이 있었다. 그는 사판승(事判僧)으로 절 방앗간 소임을 맡아보고 또 사중의 전답 관리의 책임을 도맡아서 수천 석이 넘는 사중 재산을 관리하였다. 그의 근면으로 사중 재산도 많이 늘었지만, 자기도 보수 받는 것을 근검 저축하고, 늘 방앗간에서 벼를 찧고, 쌀을 아껴 땅에 떨어져서 사람의 발 밑에 밟힌 쌀을 주워 모은 것도 적지 않았다. 이렇게 모은 쌀을 장리쌀로 놓아서 당대 천석을 추수하는 부자중이 되었던 것이다. 그래서 돈을 주고 아무 내용 없는 이름뿐인 동지(同知)라는 벼슬을 사서 행세하였으므로 남들이 명학동지(明學同知)라고 불렀었다. 그러나 그 스님은 학문과 지식은 없었으나 마음이 너그럽고 인자하며 또 보사(保寺)를 잘 하였기 때문에 공심이 장하다고 원근에서 칭송이 자자하였다. 그에게 상좌가 많아서 백여 명의 권속을 거느리게 되었으므로 이 절 안에서는 큰 세력을 잡고 주관노릇을 하게 되었다.

그에게는 이 많은 권속 가운데 영원(靈元)이란 상좌가 있었는데, 그는 참선 공부만하는 수좌(首座)로서 재산 욕심을 초월한 사람이라 운수납자(雲水納子)로 명산대찰을 찾아서 선방에 들어가 참선공부를 많이 하여 한 소식을 얻을 만하게 되었다. 그래서 명학동지도 그를 기특하게 생각하고 항상 말끝마다,

"나는 상좌가 백여 명이 되어도 쓸 만한 상좌는 우리 영원이 하나밖에 없을 거야."

하고 칭찬하였다.

어쩌다가 영원이 찾아오면,

"내가 나이가 많아 언제 죽을지 모르니 내가 죽거든 자네가 천도나 잘 하여주게."

하고 부탁하기도 하였다. 운수납자로 다니던 영원수좌는 금강산 장안사 뒤 옛날 영원조사(靈源祖師)가 계시던 영원암에서 참선공부를 하고 있었다.

어느 해 여름인데, 선정에 들어있자니까 그 앞에 시왕봉[十王峯]이 늘어선 남혈봉(南穴峯) 밑에서 죄인을 다스리는 소리가 천지를 진동하듯 울려 나왔다. 살펴보니 염라대왕이 좌정하고 판관 녹사가 늘어서 있는데,

"이번에는 범어사 명학동지를 잡아 오너라."

한즉 지옥사자가,

"네이"

하고 대답하더니, 이번에는,

"범어사의 명학동지를 잡아들였소."

하고 명학동지를 끌어내어 뜰 앞에 꿇어 앉힌다.

염라대왕이 문초하기를,

"네가 범어사에서 살던 명학동지냐?"

"네, 그렇습니다. 제가 명학동지 옳습니다."

"너는 일찍이 머리를 깎고 중이 되었으면 계행을 잘 지키고 참선 공부나 염불 공부를 하여 도를 하여 도를 닦아야 할 것이어늘, 어찌하여 상구보리(上求菩提)와 하화중생(下化衆生)을 망각하고 재산만 탐하다가 죄를 짓고 이런 곳으로 들어 왔느냐?"

"저는 공부는 비록 못하였으나 죄를 지은 일은 없습니다."

"네가 중이 되어서 재물을 모아 천석꾼 부자가 되었는데 죄가 없다고 하느냐?"

"그것은 제가 재물을 모으는데 재미를 붙여서 쓸 것을 아니 쓰고 먹을 것을 먹지 않고 모은 것이지, 남을 못살게 하거나 망하게 하여 부자가 된 것이 아니옵기로, 저는 죄가 없다고 생각합니다."

"이놈 잔소리 마라. 너는 부처님이 설하신 5계와 10계를 범한 죄인이니

라. 살생을 하지 말라는 것이 첫째 불살생(不殺生)계인데, 너는 쌀 곡간에 쥐가 많이 들끓는다고 고양이를 수십 마리씩 키워서 쥐를 잡아먹게 하고, 도둑질을 말라는 것이 둘째의 불투도(不琥盜)계인데, 너는 쌀을 모두 주워 네 자루에 담아 네 것으로 삼았다. 여자를 관계하지 말라는 것이 셋째의 불사음(不邪淫)계인데, 너는 예쁜 여자를 보면 탐을 내고 술집 주모에게 쌀을 주고 간음을 하였다. 거짓말을 하지 말라는 것이 넷째의 불망어(不妄語)계인데, 너는 사중 건물 중수 때 시주 받은 많은 금액을 권선책에 적어놓고, 부득이 내기는 내되, 내기가 싫어서 질질 끌며 쓸 때에 쓰지 못하게 때를 어기었으니 이는 불망어(不妄語)계를 어기었다. 술을 마시지 말라는 것이 다섯째의 불음주(不飮酒)계이거늘, 너는 술을 곡차라고 마시었으니, 너는 이와 같은 가장 중대한 5계를 범한 죄인이 아니냐!"

계속해서 말하기를,

"그리고 중의 신분으로 높고 넓은 평상에 앉지 말며 눕지도 말라는 것인데, 너는 그것을 어기었으니 여섯째 계를 범하였고, 중은 비단옷을 입지 말고 중은 몸을 꾸미지 말라는 것인데 너는 그것을 범했으니 일곱째 계를 파했다. 또 중은 노래하지 말고 춤추지 말라는 것인데 너는 생일날과 환갑 · 진갑을 차리던 날 속인과 더불어 노래를 부르고 춤을 추었으니 여덟째 계를 범했고, 또 중은 금은전보(金銀錢寶) 등의 재산을 모으지 말라는 것인데 너는 그것을 범했으니 아홉째 계를 파했고, 중은 저녁밥을 먹지 말고 오후불식(午後不食)을 하고 소 짐승을 소작인에게 의뢰하여 기르고 또 팔아서 돈벌이를 행하였으니 열째 계를 파하였나니, 너는 이렇게 5계와 10계를 모조리 범하고 파하였는데 어찌 죄가 없다고 하겠느냐!"

"저는 재산을 모은 것은 보사중(保寺中)하고 행자선(行慈善)을 하려는 것이었고 그 다음에 자질구레한 죄는 짓기도 하고, 아니 범한 것도 같아서 잘 모르겠습니다."

"이놈, 그래도 자백을 아니하고 버티는 것이냐!"

"버티고 불복하려는 것이 아니오라 사실상 그렇습니다."
"여봐라, 업경대(業鏡臺)를 가져오너라. 업경대의 심판을 보여 주자!"
하고 염라대왕이 업경대에 비추니 소소역력하게 하나도 빠짐없이 스크린에 나타나듯이 명학동지의 행장이 그림같이 나타났다.
이것을 본 명학동지는 머리를 숙였다.
"네가 지금 똑똑하게 다 보았겠지. 이래도 딴 말을 하겠느냐!"
"할 말이 없습니다."
"그러나 나는 네가 중이었던 것을 감안해서 무서운 지옥은 보내지 아니하고 황사망의 구렁이 털을 씌워서 금사굴로 보내는 것이니, 들어가서 한 천년 엎드려서 반성하여 보아라."
고 하였다.
이때에 명학동지는,
"우리 상좌 영원의 말만 들었어도 이렇게는 되지 아니 하였을 것인데. 내가 듣지 않았기 때문에 금사망을 쓰게 되었구나. 영원아, 영원아, 네가 나를 천도하여다오."
이러한 소리가 영원대사의 귓전에 쟁쟁하게 들려왔다. 이때 영원수좌는 곧 시왕봉(十王峯) 아래 금사굴(金蛇窟) 앞에 가서 염불과 독경을 하여 주고 장안사 영원암을 떠가서 범어사에 갔더니, 명학동지의 49재 날이 되어서 상좌도 백여 명이 모이고 본사 스님과 인근 각사의 스님네들이 모인 외, 전답 작인까지 수백 명이 모여서 법석거리고 있었다. 다른 상좌들은 영원대사를 보고,
"초상 때는 오지 않더니 49일이 지나면 재산 분배 문제가 생길 터이니, 논마지기나 타 볼까하고 왔군."
하고 빈정거렸다.
영원대사는 그런 소리는 듣는 둥 마는 둥 하고 쌀을 구하여 멀겋게 죽을 쑤어 큰 그릇에 담아 창고로 가서 문을 열고 볏섬과 쌀섬과 돈 항아리

사이에 놓고,

"스님, 스님. 나오셔서 죽을 잡수시옵서."

하였더니 큰 기둥 같은 누런 구렁이가 나온다.

나의 이 공양을 받으소서 어찌 아난의 공양과 다르리까.
주린 창자를 채우소서. 업화가 금방 서늘하리라.
탐·진·치의 삼독을 버리고 항상 불·법·승에게 귀의 하소서
생각 생각에 보리심만 가지면 가는 곳 마다 안락하리라.

이렇게 외우고 축원하니 구렁이가 죽을 먹었다. 구렁이가 먹기를 다한 뒤에 영원수좌는,

"스님, 스님. 생전에 재물을 탐하여 3보를 외면하고 계행을 지키지 않고 인과(因果)를 불신하시더니 이 모양이 되었구려. 이 법식을 자시고 축원을 들었거든 곧 속히 해탈하여 벗으시옵소서!"

하였더니, 구렁이가 광문 밖으로 기어 나와 머리를 층대 돌에 짓찧어서 죽었다. 그런데 구렁이 밑에서 파랑새가 나오더니, 그대로 날아가는 것이었다. 영원수좌가 놓치지 않고 뒤쫓아가니 어떤 촌가의 전씨(全氏) 집 안방으로 들어간다. 이튿날 영원수좌가 그 전씨 집에 가서 말하기를,

"당신네가 열 달만 지나면 귀동자를 낳을 것이고, 아이가 7세만 되거든 나를 주어 산에 들어가서 도를 닦게 하시오. 그러면 7년 후에 다시 오리다."

하고 다시 금강산 영원암으로 갔다.

7년 후에 어린애를 데리고 영원암으로 갔다. 여기서 참선법을 가르쳤는데, 한 방편을 써서 문창호지에 바늘구멍을 하나 뚫어 놓고 어린이에게 말하되

"이 문창호지의 바늘구멍으로 큰 황소가 들어올 터이니, 그 황소가 들

어올 때까지 바늘구멍만 내다보고 일심으로 황소를 생각하여라."
하였다.

그랬더니 어느 날 어린아이가 깜짝 놀라며,

"황소가 바늘구멍으로 막 들어옵니다."
고 부르짖는 것이었다. 그 아이는 도를 통해서 숙명통(宿明通)을 얻었던 것이다. 그래서 영원수좌를 보고 말하되,

"스님이 내 전생에 나의 상좌였구려! 그런데 이제는 스님이 나의 스님이 되고, 내가 스님의 어린 상좌가 되었군요."

"그렇다. 이것이 불교에서 서로 바뀌지는 인과라는 것이다. 다행한 일이다."
하고 영원수좌는 7세 동자를 꽉 끌어안고 뺨을 대고 문질렀다. 참으로 희안한 일이다. 두 스승 상좌가 전생일을 얘기하며 웃었다. 그리고 이 두 사좌(師佐)는 같은 도인으로서 오래도록 금강산에 있으면서 수도정진 하였다.

– 출전 : 『윤회와 인과응보 이야기』

3. 나암강사(懶庵講師) 이야기

스님의 법명은 승제(勝濟), 법호는 나암(懶庵)으로 전남 화순군 능주면의 쌍봉사 사람이다. 대흥사 13대 강사 중의 한 분이다. …(중략)… 나암은 만년에 자신에게 『화엄경』을 가르쳐 준 설파(雪坡) 스님이 생각나서 그가 주석하고 있는 지리산 영원사로 또다시 찾아갔다. 함께 같은 길을 가면서 길잡이 역할을 하던 스승이 갑자기 훌쩍 다른 곳으로 떠나버리자 삼담(三潭) 스님들은 모두 설담의 문하로 들어가 입실제자가 되었다.

얼마 뒤 나암은 병을 얻어 다시는 돌아오지 않을 서녘 땅으로 가버리

고 그의 뜨락은 사람들의 발길이 끊어져 버린 채 쓸쓸하기만 하였다. 삼담 스님들은, 쓸쓸한 만년을 보내다가 떠나가 버린 나암 스님의 생애를 통해 인생의 허무를 더욱 절감하게 된다. 그리고 무엇보다도 나암 스님이 입적한 뒤 그의 뜨락이 쓸쓸한 데 대해 깊은 비애를 느꼈다. 나암 스님의 교학적 위치는 제방 선지식들 위에 뛰어났으니 후세 사람들은 그 점을 알아야 할 것이다. … (이하 생략)

– 출전 :『동사열전(東師列傳)』

懶庵講師傳

師名勝濟 號懶庵 綾州雙峯寺人 …(중략)… 晩年未忘雪坡 再遊智異山 於是三潭 皆歸於雪潭入室 而懶庵得病西還 門庭冷落 此三潭之所深悲也 若其經術 超越諸方之上 後人宜知之 … (이하 생략)

4. 완호강사(玩虎講師) 이야기

스님의 법명은 윤우(倫佑), 자는 삼여(三如)이고 법호는 완호(玩虎)이며 아버지는 김시택(金時澤)으로서 전남 해남군 별진(別津) 사람이다. …(중략)… 스님은 언제가 영원사(靈源寺)에 머물 때 꿈 속에서 이런 소리를 들었다고 한다. “과여(過如)요, 현여(現如), 내여(來如)로다.” 꿈속에서 그 소리를 듣고 나서 완호 스님은 ‘삼여(三如)’로 자(字)를 삼았다.

– 출전 :『동사열전(東師列傳)』

玩虎講師傳

師名倫佑 字三如 號玩虎 父時澤 姓金氏 海南別津人 …(중략)… 嘗於靈源得夢 日過如現如未如 遂以三如字之

5. 문구멍으로 황소가 들어오다

영원대사가 소년시절에는 범어사에서 동자승으로 있었는데 그의 스승과 제자 사이에 끊을 수 없는 정의가 깊었다는 것이다. 영원의 불가 입문 동기는 스승으로부터 멀리 떨어져 산속에 들어가 공부를 하라는 말씀이었다. 그는 스승과 작별하고 범어사를 떠나기로 작정하였다.

그날 밤 영원대사의 꿈에 '길을 떠나더라도 목적지를 향해 떠나되 절대로 뒤를 돌아보아서는 안되느니라.' 하는 계시가 있었다. 꿈을 깨어난 영원은 하도 기이한 꿈이라 스승에게 이야기도 못하고 현몽대로 길을 떠나기로 했다. 그러나 헤어질 수 없을 만큼 깊은 정이 든 스승을 두고 떠난다는 것은 가슴 아픈 일이었다. 행장을 차려 길을 떠나기는 했지만 스승을 두고 가는 영원의 가슴속은 어떠했으랴마는 뒤를 돌아보지 않으려고 마음을 굳게 하였다.

그러나 그 곳을 잊을 수 없어 고개를 넘다가 마지막으로 범어사를 보기 위해 저도 모르게 고개를 돌리고 말았다. 그 순간 범어사에 있던 스승은 시커먼 구렁이로 변하고 말았다. 뒤를 돌아본 자신의 주위에는 아무런 변화도 일어나지 않았다. 그는 그런 줄도 모르고 지리산으로 들어와 토굴을 만들고 혼자서 불법을 공부하며 8년 동안 온갖 고초를 다 겪었다. 자신의 도가 대사의 경지에 이르지 못함을 한스럽게 생각하며 자리를 옮겨 공부해 보려고 토굴을 나와 길을 걸었다.

그때 풀밭에서 물리지 않는 낚시로 육지에서 낚시를 즐기는 이상한 노인을 보았다. 그런데 그 노인이 풀밭에서 낚시를 하고 있는 것도 이상한데 도저히 이해할 수 없는 말로 지껄이고 있었다.

"2년만 더 낚시질을 하면 큰 고기가 낚일 터인데……"

꼭 같은 말을 되풀이하며 낚싯대를 놓고 한숨을 쉬고 있었다.

그 순간 영원은 번득 뇌리를 스치는 깨달음이 있어 가던 길을 되돌아섰다. 다시 토굴로 돌아와 열심히 공부하여 2년을 채워서 십년의 공부를 계속했다. 십년의 각고 끝에 도를 깨친 대사의 기쁨은 이루 헤아릴 수 없었다.

득도한 대사는 이 기쁨을 스승에게 알리고 싶고 스승을 뵙고 문안드리고 싶었다. 영원대사는 봇짐을 싸지고 범어사로 발길을 옮겼다. 범어사로 돌아온 영원대사는 스승의 모습을 볼 수 없었다. 뒤늦게 그는 궂은 일을 도맡아 하며 헛간에 살고 있는 시커먼 구렁이가 자기 스승이었다는 사실을 알게 되었고 죽을 쑤어 주며 공양을 계속했다. 대사는 구렁이를 볼 때마다 안타깝기 그지없었다. 이따금씩 구렁이가 허물을 벗고 사람으로 환생하라는 불공을 드렸다. 그럴 때마다 구렁이는 바위에다 머리를 찧고 스스로 죽어갔다. 결국 구렁이는 죽고 말았다. 스승의 죽음을 애도하며 영원대사는 범어사를 떠나기로 결심을 하였다.

그는 죽은 구렁이의 영혼을 소매 속에 넣어가지고 자신이 수도하던 지리산으로 들어가던 중 어느 마을 앞을 지나게 되었다. 길에서 들로 나가는 한 부부를 만나게 되었다. 대사는 그 부부에게,

"열 달 후에 아기가 태어날 것인데 그 아이에게 스승의 혼을 넣어 드리니 그 아이가 일곱 살이 되거든 나에게 데리고 와서 공부를 해야 하오. 만약 내 시키는 대로 하지 않으면 그 아이는 명이 짧아져서 일찍 죽고 말 것이오."

라고 말했다.

"네, 대사님 말씀대로 꼭 시행하겠습니다."

"잊지 마시오. 내 말을."

"명심하고 실천하도록 하겠습니다."

대사의 말을 듣고 그 부부는 대사에게 약속을 하였다.

대사는 지금의 영원사 터로 들어와 절을 짓기 시작했는데 칠 년이나 걸려서 완성하게 되었다. 절을 짓는 데에도 얼마나 많은 어려움이 따랐는

지 모른다.

겨우 절이 완성되자 약속한 대로 동자 하나가 절로 들어왔다. 이 동자는 스승의 가르침에 따라 열심히 공부하였다. 나날이 학문이 늘어가고 있었는데 원래부터 욕심이 너무 많았다. 그는 욕심대로 그 많은 공부를 한꺼번에 하려고 하였다. 대사는 동자를 방 안에 가두고 바깥에서 문을 잠그며 문에다 구멍을 뚫어놓고,

"이 문구멍으로 황소가 들어올 때까지 열심히 공부나 하여라."

하고 일러주었다.

그 후 수년이 흘러 그 동자의 눈이 영롱해지면서 우뢰와 같은 소리와 함께 문구멍으로 황소가 뛰어 들어오지 않는가! 그러자 동자는,

"스님, 황소가 들어옵니다."

하고 소리치며 넘어지는 순간 동자는 득도를 한 것이다.

전생의 일을 알게 된 동자는 자기의 스승이 전생에는 자기의 제자였음을 깨닫게 되었다. 그리고 동자 자신은 전생에 명학 소승이라는 것도 알게 되었다.

위와 같은 전설로 영원사 부근에는 황소목이라는 지명이 붙게 된 것이다.

– 출전 : 함양 문화관광(http://tour.hygn.go.kr)

| 함양편 출전 |

1. 문헌

- 범해(梵海), 김윤세 역, 『동사열전(東師列傳)』, 광제원, 1991.
- 전라북도문화예술과, 『전설지(傳說誌)』, 전라북도, 1990.
- 동봉스님 엮음, 『동봉스님이 풀어 쓴 불교설화』, 고려원, 1994.
- 일타, 『윤회와 인과응보 이야기』, 효림, 1997.

2. 웹페이지

- 함양 문화관광(http://tour.hygn.go.kr)
- 대한불교조계종(http://www.buddhism.or.kr)
- 전통사찰관광종합정보(http://www.koreatemple.net)

편자 약력

이상구(李尙九)

국립순천대학교 사범대학 국어교육학과 교수. 고전소설 전공. 고려대학교 국어국문학과 문학박사. 저역서로는 『17세기 애정전기소설』, 『유충렬전 · 최고운전』, 『숙향전 · 숙영낭자전』 등이 있으며, 연구논문으로는 「〈숙향전〉의 문헌적 계보와 현실적 성격」, 「〈유충렬전〉의 갈등구조와 현실인식」, 「〈운영전〉의 갈등양상과 작가의식」, 「〈구운몽〉의 구조적 특징과 세계상」, 「〈홍길동전〉의 서사전략과 작가의 현실인식」 등이 있다.

김진욱(金晋郁)

현 조선대학교 자유전공학부 교수. 국립순천대학교 지리산권문화연구원 인문한국(HK)연구교수 역임. 한시 전공. 조선대학교 국어국문학과 문학박사. 저역서로는 『智異山圈 寺刹 題詠詩』, 『향가문학론』, 『송강 정철 문학의 재인식』 등이 있으며, 연구논문으로는 「梅泉 自然詩에 投映된 近代性 硏究」, 「智異山圈 寺刹 題詠詩에 投影된 佛敎 空間 認識 硏究 -朝鮮時代 儒者들의 作品을 中心으로」, 「松江 漢詩의 理想鄕 모티프 酒·夢·鶴 硏究」 등이 있다.

박찬모(朴燦謨)

국립순천대학교 지리산권문화연구원 인문한국(HK)교수. 국문학(현대문학) 전공, 전남대학교 국어국문학과 문학박사. 편저서로는 『지리산권 문화와 인물』(공저), 『지리산 역사문화사전』(공저) 등이 있으며, 연구논문으로는 「조선산악회와 지리산 투어리즘」, 『일제 강점기 지리산 유람록에 대한 시론적 고찰』, 「문순태의 『피아골』에 나타난 생태학적 상상력」 등이 있음.

박길희(朴吉姬)

국립순천대학교 교양기초교육원 강의전담교수. 순천대학교 교육학부(국어교육전공) 교육학박사. 연구논문으로 「〈창선감의록〉의 교화적 성격과 작가의식」, 「판소리 명창 송순섭의 삶과 예술관」, 「〈사씨남정기의 여주인공 사씨의 성격 재고」, 「19세기 소설에 등장하는 하층여성의 일탈과 그 의미」 등이 있다.

지리산인문학대전08 기초자료08
지리산권 불교설화

초판 1쇄 발행 2016년 7월 30일

엮은이 | 국립순천대 · 국립경상대 인문한국(HK) 지리산권문화연구단
이상구 · 김진욱 · 박찬모 · 박길희
펴낸이 | 윤관백
펴낸곳 | 도서출판 선인

등록 | 제5-77호(1998.11.4)
주소 | 서울시 마포구 마포대로 4다길 4(마포동 324-1) 곶마루빌딩 1층
전화 | 02)718-6252 / 6257
팩스 | 02)718-6253
E-mail | sunin72@chol.com
Homepage | www.suninbook.com

정가 26,000원
ISBN 978-89-5933-996-9 94810
978-89-5933-920-4 (세트)

· 이 책은 2007년 정부(교육과학기술부)의 재원으로 한국연구재단의 지원을 받아 수행된 연구임(KRF-2007-361-AM0015)